Ursula Pickener
KAISERSKINDER

Ursula Pickener

KAISERS KINDER

Kriminalroman

ULRIKE **HELMER** VERLAG

Printausgabe gedruckt auf FSC-zertifiziertem Frischfaserpapier

ISBN 978-3-89741-463-1

CRiMiNA ist ein Imprint des Ulrike Helmer Verlags, Sulzbach a. Taunus
© 2022 Ulrike Helmer Verlag, Sulzbach a. Taunus
Alle Rechte vorbehalten
Covergestaltung: Atelier KatarinaS / NL
unter Verwendung einer Fotografie von © misterQM / photocase.de
Druck und Bindung: CPI, Leck, Germany

Ulrike Helmer Verlag
Klosterhofstr. 3, 65843 Sulzbach
infoulrike-helmer-verlag.de

www.ulrike-helmer-verlag.de

Für das Herz ist das Leben einfach:
Es schlägt, solange es kann.
Dann stoppt es.
Karl Ove Knausgård, »Sterben«

1. Schwimmende Insel

Eine Stockente führte vier Küken gegen die Strömung flussaufwärts. Die war früh dran mit ihrem Nachwuchs. Hatte es wohl nicht erwarten können. Würden die Küken die gefährlichen ersten Tage und Wochen überstehen? Füchse, Waschbären und Greifvögel, Krähen, Wanderratten und Marder – sie hatten viele Feinde am Anfang ihres Lebens.

Marias Blick ging über den träge dahinströmenden Fluss. Weiter hinten entdeckte sie einen Bisam. Sie stieg vom Rad ab und griff nach ihrem Fotoapparat im Fahrradkorb. Das Tier schwamm auf sie zu. Um diese Zeit hatte auch die Bisamratte Junge zu versorgen, der unterirdische Bau konnte hier zwischen den Steinen der Uferbefestigung liegen. Heute, am ersten Tag nach den Osterferien, war es kurz nach sieben schon hell genug. Das Licht würde für ein brauchbares Foto ausreichen.

Maria deutete zu Boden und formte mit den Lippen ein lautloses *Platz!*. Zu spät: Pawlow, ihr Huskymix, ließ sich ungern spannende Dinge mit Fell oder Federn entgehen und sprang bereits auf die Steine.

Der Bisam tauchte ab und würde sich so bald nicht wieder blicken lassen. Er kannte den Unterschied zwischen einer Nikon und einem Viertelwolf, auch wenn er rassenuntypisch blond war.

»Schade.« Für ihren Biologiekurs machte Maria Fotos von einheimischen Tieren und jede Woche besprach sie mit den Schülern eine Tierart. Das war nicht im Oberstufenlehrplan vorgesehen, aber die Lehrplantreue hatte sie direkt nach ihrem bestandenen Staatsexamen vor ein paar Jahren abgelegt. Manchmal brachten die Schüler Handybilder oder -videos mit: Hunde, Katzen, Kanarienvögel. Am liebsten natürlich von Tierbabys. Aber auch exotische Schlangen, Echsen, Spinnen wurden stolz in viel zu engen Terrarien vorgeführt.

Maria stieg wieder aufs Rad. Pawlow starrte weiter zur Flussmitte: Ein Bündel Schilf, verknäult mit Zweigen und Ästen, trieb abwärts. Obenauf saßen zwei Krähen, die auf etwas einhackten, vielleicht war ein toter Fisch in diesem Gestrüpp angelandet. *Saat- oder Rabenkrähen?*, fragte Maria sich.

Ein interessantes Motiv: schwimmende Insel mit schwarzglänzenden Aasfressern im morgendlichen Dunst. Unheimlich, morbide, wie ein schlechtes Omen. Aber wer an so was glaubte, glaubte auch an Schornsteinfeger, Kleeblätter, Glücksschweine, Wünsche und Träume. Damit war Maria Brehm durch. Schon lange.

Die Totale zeigte eine Flusslandschaft mit aufgehender Sonne, der Himmel orange, hellblau, dunkelblau, türkis. Das Wasser reflektierte die Farben. Der Dunst schwebte in wolkigen Fetzen darüber. Im Vordergrund griffen die Zweige einer Trauerweide am Ufer ins dunkle Wasser. Am linken Rand glitt langsam das unbekannte, schwimmende Objekt heran. Wie ein Rätsel, eine offene Frage an den beginnenden Tag. Wieder drängten sich Maria magische Vergleiche auf. Sie war wohl noch nicht richtig wach.

Langsam kam das Bündel näher. Kräftige Schnäbel, Hackbewegungen wie Verbeugungen. Rabenkrähen (*Corvus corone*), jetzt konnte sie sie genau erkennen.

»Schau Pawlow, ist da etwas Rotes? Ein roter Arm, der uns zuwinkt?«, fragte sie mehr sich als ihren Hund.

Ein letztes *Brssst* der Kamera. Das Floß schwamm mitsamt seiner schwarzfedrigen Besatzung und dem roten Stofffetzen vorüber, die Lesum herab, der Weser und der Nordsee entgegen, um vielleicht mit der nächsten Flut wieder flussaufwärts getrieben zu werden. Das ewige Hin und Her der Gezeiten. Maria bekam nie genug davon. Am Ufer stehen, gehen, radeln, liegen, dösen … Am Fluss war alles ein kleines bisschen besser, leichter, richtiger, erträglicher. Na ja, fast immer.

Sie riss sich los und stieg aufs Rad. Ihre Berufsschulklasse wartete. Und, viel schlimmer, der Kollege Kaiser auch.

Vor der Sporthalle standen gähnend und rauchend Marias Dachdecker im zweiten Ausbildungsjahr und Kaisers Bauzeichnerklasse.

»Guten Morgen allerseits! Schön, Sie so munter zu sehen.« Von irgendwoher kramte sie eine Animateurinnenstimme hervor. *Und allem Anfang wohnt ein Zauber inne,* machte ihr innerer Kritiker sich lustig. »Ich hab mir in den Ferien etwas ganz Neues für Sie ausgedacht.«

Etwa fünfunddreißig müde junge Männer und sieben, vielleicht auch müde, aber wach geschminkte junge Frauen sahen Maria höchstens mäßig interessiert an.

»Und zwar habe ich mir überlegt, dass Sie ab heute vor der Sporthalle nicht rauchen dürfen.«

»Quatsch, Frau Brehm, das steht doch schon immer in der Schulordnung!«, antwortete einer der Dachdecker. Die anderen guckten irritiert, einige stöhnten genervt auf.

»Ach soo, na dann …« Maria wies auf den Mülleimer vor dem Eingang.

»Ist Herr Kaiser schon drin?«, wendete sie sich den Bauzeichnern zu.

»Nö.«

Komisch, sonst ist er immer pünktlich. Ein Arsch zwar, aber ein pünktlicher Arsch, dachte Maria.

»Na, er kommt wohl gleich. Die Bauzeichner bitte in die Umkleiden eins und zwei. Und die Dachdecker in drei und vier.«

Kaum war die Klasse von Kaiser in den Umkleiden, ärgerte Maria sich, sie mitgenommen zu haben. Kaiser würde das umgekehrt nie tun. Sie hätte die Schüler in die Verwaltung schicken und Punkt zwei ihrer geheimen Lebensliste abhaken sollen: *Sei unfreundlich!*

Falls Kaiser krank sein sollte, müsste sie nun beide Klassen belustigen. Zu spät.

Andererseits war für die Berufsschüler jede Sportstunde eine Chance, um Spaß am Sport zu entdecken. Sowieso sägten viele Betriebe am allgemeinbildenden Auftrag der Berufsschulen: Sport, Deutsch, Politik – alles Luxusquatsch. Gebraucht wurden Werktätige.

Immerhin bliebe ihr heute eine erneute Auseinandersetzung mit dem Kollegen wegen seiner geplanten Surfkursfahrt im Mai erspart.

2. Primitiver Stachelflosser

Seit Maria Brehm und Greta de Boer den Kollegen Sven Kaiser als Sportfachvorsitzende abgelöst hatten, versuchte dieser seine angeschlagene Männlichkeit wieder herzustellen, indem er sie mit lächerlichen und lästigen Hilfsarbeiten quälte: »Die Basketbälle sind platt, die müssen aufgepumpt werden.« – »Im Magazin herrscht das Chaos, man findet nichts wieder.« – »Ich brauche einen intakten Taucheranzug Größe zweiundvierzig bis spätestens …«

Schleimkopf nannten Maria und Greta ihn unter sich. Es gibt einen Kaiserbarsch (*Beryx decadactylus*), der gar kein Barsch ist, sondern ein nördlicher Schleimkopf, ein primitiver Stachelflosser. Es tat gut, sich Kaiser, der gar kein Kaiser war, als Barsch, der keiner ist, vorzustellen und *primitiver Stachelflosser* – treffender ging's nicht.

Maria ließ Kaisers *dringende* Zettel stets unten im Aufgabenstapel verschwinden. Falls einer zum Vorschein kam, schrieb sie einen freundlichen Antwortzettel mit dem Tenor, dass er zwischenzeitlich sicher eine Lösung für sein Problem gefunden habe, ansonsten möge er noch einmal auf sie zukommen. Es kam nie eine zweite Anfrage …

Einige Dachdecker spielten Volleyball mit den Bauzeichnern. In den anderen zwei Hallendritteln war Hockey angesagt. Alles lief reibungslos. Maria hoffte, dass nicht zufällig ein Behördenmensch vorbeikommen würde. Sonst wäre ab sofort jeder Sportkollege für zwei Klassen zuständig.

Kaiser war nicht aufgetaucht. Maria sah in die Umkleiden hinein: Es lief keine Dusche, kein Klo war verstopft und überschwemmt, kein Papierkorb brannte. Pause. – Aber da hörte sie leise Stimmen in der hinteren Umkleide. Sie drehte um.

»Mensch Flo, nun mach schon. Ist doch nix dabei, sind ja nur deine Füße.« Sie erkannte die lachende Stimme von Alex. Maria nannte den Bauzeichner für sich *Schmalspießer*: ein Junghirsch im zweiten Jahr, der schon mal in ein Imponierduell einsteigt, aber direkte Kämpfe vermeidet. Alex sah immer aus, als wäre er perfekt gestylt aus dem Bett gestiegen: Ob übergroße Pullover, Hemd oder Trachtenjacke; in Kombination mit dem Selbstbewusstsein von Leistungssportlern aus amerikanischen Collegeserien konnte er alles tragen. Irgendwie bewundernswert. Bei den Mitschülern kam das anscheinend auch gut an.

Maria war stehen geblieben und hörte weiter zu.

»Baah, Juunge. Haha, als ob das jemand geil findet. Bleib mir bloß weg damit!« Diese Stimme konnte sie nicht zuordnen. »Und guck mal, wie krumm ... Das gibt nicht mal Likes von den Freaks auf TikTok!«

»Kink-Shaming ist ja sooo Zweitausender, Leon. Gib ruhig zu, wenn du drauf stehst, Cutie!«, stichelte Alex zurück. »Und Flo, ich wette, dass die Bilder dir schon was bringen für dein Profil. Leon ist ja bloß neidisch, weil er diesmal nicht mitfahren kann.«

»Ach, fuck you. Lass ma' gehen jetzt. Nicht, dass die Brehm noch kommt.« Maria drehte sich um und ging rasch in den Seitenflur zur Lehrerumkleide. Jetzt schämte sie sich für ihre Lauscherei. Apropos Schämen. Was war denn Kingshaming? Musste sie mal im Internet recherchieren. Manchmal kam sie sich uralt vor ...

Sie öffnete die Tür zur Lehrerumkleide und knallte sie direkt wieder zu. Keine Minute später gingen die drei jungen Männer an ihr vorbei den Gang runter. Alex hatte den Arm um Flo gelegt und klopfte ihm auf die Schulter.

»Seid ihr die Letzten aus der Umkleide?«, fragte sie.

»Jo«, kam es dreifach zurück.

Während sie hinter den dreien herging, freute sie sich darüber, dass der eher stille Florian in Alex einen Freund gefunden hatte, der ihn gegen diesen Leon verteidigte – worum es in dem Geplänkel auch immer gegangen sein mochte.

Auf der Krankenliste im Sekretariat stand Kaiser nicht. Wieder verschob Maria die Unfreundlichkeit von Punkt zwei auf später und sagte nichts über Kaisers Fehlen. Eine Petze wollte sie trotz aller guten Vorsätze nicht sein.

Ob seine Abwesenheit mit seiner Wut über den Surfkurs und die Auseinandersetzung mit ihr zusammenhing? War sie ihm so auf die Nerven gegangen? *Na, das wäre wirklich ein Fortschritt!*, meldete sich der Kritiker aus ihrem inneren Team. Sie fragte sich, ob der Unterton eher sarkastisch oder zynisch war.

Bisher hatte Kaiser sich stur gestellt, und nun nach den Ferien wollte – musste – Maria mit ihm darüber sprechen. Sie war auf das Verbalduell vorbereitet. Dann eben morgen.

3. In Anbetracht der Umstände

»Frau Brehm, bitte ins Lehrerzimmer. Frau Brehm, bitte ins Lehrerzimmer!«

Als Erstes dachte Maria an Pawlow. War etwas mit ihm passiert?

Sie lief schnurstracks zu seinem Platz unter dem Treppenabsatz, der nur für die Schulleitung ein Versteck war. Er lag eingerollt zu einer festen Kugel auf seinem Teppichstück. Er verschlief den zweiten Schultag, der für Maria mit einer Stunde im Bioleistungskurs gerade begonnen hatte.

Hier war also alles klar. Was könnte sonst sein? Hatte sie eine Konferenz vergessen?

Sie betrat das Lehrerzimmer. Alle Köpfe drehten sich zu ihr. Sie fühlte sich wie in einem dieser Albträume: Eine zähe Masse umschließt die Beine und macht die Flucht vor dem näherkommenden Schrecklichen unmöglich.

Am Kopf der u-förmig aufgestellten Tische saß der Schulleiter Herr Mehrbold mit zwei Unbekannten. Eine Frau, selbst im Sitzen erkennbar groß, schmal, sehr wach, sehr präsent, sehr blaue Augen, blonde, kurze Locken. Und ein Mann, ebenfalls groß, aber massig, fast schon fett, zurückgelehnt im Sessel. Er blätterte in einem dünnen Aktenhefter und ignorierte scheinbar die Versammlung, als ginge ihn das Ganze nichts an. Nur lästige Störenfriede bei seiner unbedingt wichtigen Blätterei.

Es waren etwa fünfzig Kolleginnen und Kollegen im Raum.

Vermutlich alle, die im Haus waren. Die meisten sahen ernst und betroffen aus. Gab es schlechte Neuigkeiten? Wieder eine als Reform getarnte Sparmaßnahme? Marias fragenden Blick beantworteten einige Kollegen mit Achselzucken.

»Das ist Frau Brehm«, sagte der Schulleiter gerade noch hörbar zu der Frau und wies vage mit dem Kinn zu Maria hin. Die Fragezeichen in den Augen der Kollegen blinkten auf und Maria registrierte eine klassisch verlaufende Kampf-oder-Flucht-Reaktion bei sich. Der Sympathikus aktiviert bei akuter Gefahr einen Adrenalinstoß aus der Nebennierenrinde, der über das sympathische Nervensystem und über den Blutstrom binnen kurzer Zeit das Körpergeschehen auf die physiologischen Bedürfnisse einer Alarmreaktion umstellt: vermehrte Ausschüttung von Hormonen, Beschleunigung von Herzfrequenz, Puls und Atemfrequenz, Zunahme des Blutdrucks, von Fett und Zucker im Blut, Erhöhung der Blutgerinnungsfaktoren, Pupillenerweiterung, Senkung des Hautwiderstands, Muskelanspannung. Kurz gesagt: Bloß weg hier!

»Fangen wir an. Mein Name ist Grothus. Ich bin Hauptkommissarin im K3 bei der Bremer Kriminalpolizei und das ist mein Kollege Oberkommissar Scholz.« Scholz blickte nicht auf. »Wir haben Ihnen die Mitteilung zu machen, dass Ihr Kollege Sven Kaiser gestern tot aufgefunden wurde. Ich habe Ihren Schulleiter Herrn Mehrbold darum gebeten, alle im Hause befindlichen Kolleginnen und Kollegen herzubestellen.«

Kurzes Schweigen, gefolgt von Nach-Luft-Schnappen, Gemurmel und einigen lauten Fragen und Bemerkungen. Maria kam es vor, als sei die Temperatur im Raum abrupt gefallen. Sie fröstelte.

»Bitte – Sie werden Gelegenheit bekommen, Fragen zu stellen, wenn wir mit Ihnen einzeln sprechen. Vorher möchte ich Sie mit dem Stand der Ermittlungen bekanntmachen. Allerdings können wir vieles noch nicht als gesichert betrachten, da die gerichtsmedizinischen Gutachten noch nicht vorliegen. Wir werden zunächst diejenigen unter Ihnen befragen, die direkt mit Herrn Kaiser zusammengearbeitet haben. Die Gespräche werden mein Kollege Scholz und ich im Büro des Schulleiters führen. Bitte warten Sie so lange hier.«

»Was ist mit den Schülern, in fünf Minuten beginnt der Unterricht?!« Eine wichtige Frage einer Kollegin. Es warteten ungefähr eintausend Schüler auf die Lehrer.

Nach einem Wortwechsel mit der Frau von der Kripo sagte Mehrbold: »Wir haben das, hrm, in der erweiterten Schulleitung besprochen …«, er griff sich in seinen Hemdkragen und zog ihn unter seinen Kehlkopf, »… und sind zu der Meinung gekommen, dass normaler Unterricht in Anbetracht der Umstände …«, wieder der Griff an den Hals, jetzt schien ihn die Krawatte zu würgen. Fahrig versuchte er, den Knoten zu lösen. »Ähm … nicht möglich ist.« Geschafft. Er hatte den Krawattenknoten um einige Zentimeter heruntergezerrt.

Was konnte sie sagen? Was wusste sie? Tot aufgefunden … Ein Unfall? Aber die Kriminalpolizei, so schnell? Mord? Quatsch! Andererseits war Kaiser ein unangenehmer Mensch gewesen, ein Wichtigtuer, der die wunden Stellen anderer kannte, und er pikte gern hinein.

»Sagen Sie, hrm, Frau Brehm, wissen Sie etwas über Frau de Boer?« Maria zuckte zusammen. Sie fühlte sich bei ihren unfreundlichen Gedanken ertappt, schließlich war Kaiser tot. Sie hatte nicht gemerkt, dass Mehrbold nun neben ihr stand. »Hat sich krank gemeldet, ist aber zu Hause nicht zu …?«

»Wie? Nein, keine Ahnung. Sie wird wohl beim Arzt sein? Wann hat sie sich krankgemeldet? Heute oder schon gestern? Hat sie sich vielleicht beim Skilaufen verletzt?« Zu viele Fragen, schon klar. Das wird ihn eine Weile beschäftigen.

»Gestern ein Anruf, fällt für zwei bis drei Tage aus.« Mehrbold sah Maria vorwurfsvoll an. »Grund nicht genannt. Ärgerlich. Die Polizei wollte mit ihr als Erste nach den Abteilungsleitern sprechen. Hrrrm, dann werden sie Sie wohl gleich …«

»Mich? Wieso mich? Und wieso Greta? Was sollen wir mit Sven Kaisers Tod zu tun haben?«

»Frau Brehm, womöglich war es Mord. Hrrm ... muss man alles mitteilen, was den Fall aufhellen kann. Natürlich auch Ihre Meinungsverschiedenheiten mit dem Kollegen.«

Lächerlich, dachte Maria, als die Tür zum Zimmer des Schulleiters aufging. Der Abteilungsleiter Berufsschule kam heraus und verschwand schnellen Schrittes über den Flur. Auch so einer. Wichtig, wichtig – und diesmal stimmte es sogar.

Die Kommissarin stand in der Tür und sah Maria an.

»Frau Brehm, kommen Sie bitte herein.« Die Frau war wirklich groß, mindestens eins achtzig. Eine angenehme Erscheinung, bis auf diesen Blick, den Maria abweisend, kalt, geradezu virtuell fand. Solche Augen haben Werbehuskys. Sie mochte diesen stechenden Ausdruck nicht. Gut, dass Pawlow keine blauen Augen hatte.

»Bitte setzen Sie sich.« Das Gespräch fand am Besprechungstisch statt, nicht am Schreibtisch. Diese Frau hatte es nicht nötig, durch die Chef-Distanz ihre Dominanz zu demonstrieren, folgerte Maria.

»Ich habe Ihren Namen vorhin nicht richtig verstanden«, begann sie.

»Grothus. Frau Brehm, was können Sie mir über Ihren Kollegen Kaiser sagen? Wir müssen uns ein Bild von ihm machen, um Ansatzpunkte für die Ermittlungen zu finden.«

»Da kann Ihnen sicher seine Frau besser helfen. Wir kennen ihn nur von einer Seite und das nicht einmal gut. Lehrer arbeiten hinter geschlossenen Türen, wie Sie wissen.«

»Sie hatten aber mehr Kontakt zu ihm als die meisten Kollegen? Soweit ich weiß, sind Sie an dieser Schule die Fachvorsitzende für Sport und auch Vertrauenslehrerin?«

»Das ist richtig. Als Vertrauenslehrerin bin ich in erster Linie Ansprechpartnerin für die Schülerinnen und Schüler.«

»In welchen Situationen?«

»Wenn sie Probleme haben.«

»Welcher Art?«

»Alles Mögliche. Persönlich: Liebeskummer zum Beispiel, familiäre Schwierigkeiten, Drogen. Schulisch: Konflikte mit Mitschülern, Meistern oder Lehrern …«

»Hatten Sie Gespräche über Probleme mit Herrn Kaiser?« Grothus lehnte sich zurück, als ginge es um Small-Talk-Themen. Maria war auf der Hut.

»Die Gespräche mit den Schülern sind vertraulich.«

»Sie müssen keine Namen nennen, es reicht für den Anfang, wenn Sie allgemein bleiben. Sollte sich allerdings ein Verdacht in diese Richtung ergeben, werden Sie aussagen müssen.«

Achtung Maria! Lächeln, sanfte Stimme: Beschwichtigung. Lass dich nicht einlullen. Maria lächelte und nickte, als sei sie einverstanden.

»Hat es solche Gespräche gegeben?«

»Ja, das heißt weniger mit einzelnen Schülern. Es gab immer wieder mal Klagen von Klassen über seine Art des Unterrichts und über sein Verhalten ganz allgemein.«

»Können Sie das bitte präzisieren?«

»Kaiser war ehrgeizig und ein Mann. Männer nehmen sich manchmal sehr wichtig.« Maria sah Grothus an. Gab es da eine Verbindung zwischen ihnen? Konnte sie sich mit ihr auf einem solchen, zugegebenermaßen platten gemeinsamen Nenner verständigen? Nein, Grothus behielt den neutralen Gesichtsausdruck bei. Also weiter ohne Verschwesterung. »Kaiser nahm sich sehr, sehr wichtig. Die Schüler beschweren sich, dass er ihnen nicht zuhört, sondern immer nur doziert, und die Schülerinnen, dass er sie vor der Klasse lächerlich macht. Er hielt nicht viel von Frauen, von Schülerinnen genauso wenig wie von Kolleginnen. Kaiser hat viele genervt, aber das ist doch kein Grund, ihn umzubringen.« So, das war raus.

»Haben Sie einen Grund für die Annahme, dass er ermordet wurde?«

»Andernfalls wären Sie nicht hier, oder? Und Herr Mehrbold hat gesagt ...« Maria zuckte mit den Schultern. »Was ist denn mit Kaiser passiert? Was heißt: *tot aufgefunden*? Wo und wie denn überhaupt?«

»Ich kann Ihnen nur sagen, dass seine Leiche gestern am späten Abend aus der Lesum geborgen wurde. Über die genaue Todesursache können wir noch keine Auskunft geben.« Grothus legte ihre Hände auf eine dünne Aktenmappe.

»Es kann doch ein Unfall gewesen sein? Er hat gesurft, wissen Sie das? Gesurft, gesegelt, gepaddelt, gekitet. Er hat alles gemacht, was mit Wasser und Sport zu tun hatte, immer und zu jeder Jahreszeit. Er war ein hervorragender Wassersportler, aber selbst ihm könnte etwas zugestoßen sein.«

»Und die Kollegen? Hatte jemand besondere Schwierigkeiten mit ihm?« Jetzt wurde Grothus' Ton härter. Die Beschwichtigungsphase war beendet. »Ich habe gehört, dass Sie und Ihre Kollegin de Boer mit ihm Streit hatten.«

Danke, Herr Mehrbold!

»Er hatte Probleme damit, uns als Fachvorsitzende zu akzeptieren«, sagte Maria.

»Also war der Umgang mit Sven Kaiser schwierig für Sie?«

»Wie gesagt, er provozierte durch Überheblichkeit. Er hat uns kritisiert und manchmal schikaniert. Ich hatte das Gefühl, er fühlt sich nur lebendig, wenn sich jemand über ihn ärgert, wütend ist oder Angst hat.« Maria schwitzte. Der kalte Blick heizte ihr ein, und sie redete zu viel und zu schnell. Aber warum sollte sie vorsichtig sein, sie hatte ja nichts zu verbergen.

»Frau de Boer war sehr wütend, oder?«

»Ja – nein ... Natürlich nicht so sehr. Es ist Blödsinn, da einen Zusammenhang zu konstruieren. Sie hatte sich geärgert, das stimmt. Aber wir sind Lehrerinnen, wir müssen tagtäglich mit unserem Ärger umgehen.«

»Ist es auch alltäglich, dass Morddrohungen geäußert werden?«

»Das war doch keine Morddrohung, das war … Luft ablassen, ein Spruch.«

»Wissen Sie, wo Frau de Boer jetzt ist?«

»Zu Hause, nehme ich an, oder beim Arzt? Sie ist krank.«

4. Nichts. Wie. Weg

»Liebe Schülerinnen und Schüler, im Raum 7100 gibt es das Angebot mit Frau Brehm oder Herrn Hüsing über die Nachricht vom Tod Herrn Kaisers zu sprechen. Wir sind für Sie da. Kommen Sie vorbei.« Karl Hüsing, der andere Vertrauenslehrer und ein guter Freund, beendete seine Durchsage.

Auf dem Weg zum Raum 7100 sah Maria Schülerscharen zum Ausgang strömen. »Nichts. Wie. Weg«, damit ließ sich die Stimmung am besten beschreiben.

Es war nicht überraschend, dass niemand kam, um mit ihnen zu sprechen. Die meisten hatten nichts mit Kaiser zu tun gehabt. Und auch für diejenigen, die bei ihm Unterricht hatten, hieß sein Tod zunächst mal: Unterrichtsausfall. Das war eine gute Nachricht für Schüler. Das war schon immer so und würde wohl auch so bleiben. Bedenken und Fragen kämen, wenn überhaupt, erst später.

»Bist du schon verhört worden?«, fragte Maria Karl, während sie sich einen grünen Tee einschenkte.

»Nein, ich werde gleich mal sehen, ob ich gebraucht werde. Ich muss Johanna abholen. Ist es denn ein Verhör?«

»Mir kam es so vor, aber wahrscheinlich heißt es Befragung.«

»Wie ist er überhaupt gestorben?«, fragte Karl.

»Er wurde in der Lesum gefunden. Gestern Abend. Mehr weiß ich auch nicht.«

»Und was ist mit seiner Frau?«

»Keine Ahnung. Ich könnte es gut verstehen, wenn seine Frau am entgegengesetzten Ende der Welt Urlaub machen würde. Das hätte ich an ihrer Stelle jedenfalls getan.«

»*Du* hättest ihn gar nicht erst geheiratet.«

»Stimmt, was bringt eine Frau dazu, so einen Typen zu heiraten? Für mich ist er ein solitäres Tier. Wie Maulwürfe, Igel, Schlangen und Orang-Utans, die sich nur zur Paarung Artgenossen suchen.« Maria schüttelte den Kopf.

»Apropos Paarung. Ich habe ihn vor Jahren auf einem Betriebsausflug erlebt, Kohl-und-Pinkel-Tour mit Teebeutelweitwurf und allem Gedöns«, sagte Karl. »Da hat er mit einer Referendarin geflirtet. Verhuscht, reiche Eltern. Sie hat nie Examen gemacht, sicher auch besser, schüchtern wie die war. Also, da war er charmant. Ein netter Kerl, dachte ich damals.«

»Vielleicht war das seine jetzige Frau, und er versprüht seinen Charme seitdem exklusiv bei ihr zu Hause?«

»Nein, geheiratet hat er viel später, eine Ärztin, soviel ich weiß. Du, ich muss hoch und dann zu Johanna.«

»Okay, bis morgen und grüß' deine Frauen von mir.« Maria sah Karl hinterher, der den Flur entlang rannte. Sie wusste, dass er die Befragung zeitlich beschränken würde. Nichts konnte ihn davon abhalten, seine Tochter pünktlich aus der Kita abzuholen. Schon gar kein toter Kaiser.

Maria saß noch eine Weile im leeren Klassenraum. Sie hätte die Zeit nutzen können, um ein paar Hausarbeiten anzusehen, aber ihre Gedanken wollten nicht von Kaiser ablassen. Den Tod hätte sie ihm nur kurzfristig und vorübergehend gewünscht, sozusagen in pädagogisch-homöopathischer Dosis. Damit ihm klar geworden wäre, dass das Leben zu schön war, um es anderen schwer zu machen. *Hey, was 'n jetzt los, Frau Brehm? Das Leben ist schön?! Aus deinem Mund?* Der nimmermüde Kritiker in ihr, der vorlauteste in ihrem inneren Team, war alarmiert. Maria holte tief Luft und sprach halblaut trotzig vor sich hin: »Das Leben *kann* schön sein, manchmal, vielleicht.«

Kaiser jedenfalls war nicht glücklich gewesen oder falls doch, dann selten und heimlich. Sie ertappte sich dabei, dass sie sich in ihm wiedererkannte. Und nun war es für ihn zu spät, um wenigstens Zufriedenheit zu lernen. Das war auch typisch für ihn: Er wirkte immer unzufrieden. Ständig fuhr er neue Autos, irgendwelche Flitzer, in die höchstens zwei Menschen passten – und das nur unbequem. Hauptsache teuer und schnell. Und Wohnmobile, die fand Maria grundsätzlich nicht schlecht, aber seine waren immer groß und protzig. Und schon nach kurzer Zeit musste wieder etwas Neues, Schnelleres, Größeres her.

Während Maria den Tee austrank, dachte sie an den Streit zwischen Kaiser und Greta vor den Osterferien zurück.

Maria hatte gerade das Lehrerzimmer betreten wollen, war aber im Türrahmen stehen geblieben, als sie Kaisers laute Stimme hörte. Sie trat einen Schritt zurück, um unentdeckt zu bleiben, und hatte gelauscht.

»Greta, wie du hoffentlich mitbekommen hast, beginne ich demnächst mit den Abiturprüfungsvorbereitungen des Sport-Leistungskurses. Dazu müssen uns die Kanus beim Bootshaus zur Verfügung stehen.«

»Was willst du damit sagen? Erwartest du, dass wir sie dir hinbringen?«

»Selbstverständlich ist es die Aufgabe der Fachvorsitzenden, die Voraussetzungen für eine qualifizierte Arbeit zu schaffen. Achtet darauf, dass die Boote für die prüfungsrelevanten Übungen ausgerüstet und geeignet sind. Wenn ich mir das Material im Magazin so ansehe, scheint ihr darauf bisher keinen Wert gelegt zu haben.«

Provokantes Gockelgehabe, eindeutig. Leider würde es rein gar nichts bringen, wenn Maria sich in den Konflikt einklinken würde. Doppel-Kollision. Doppel-Sieg für Kaiser.

»Ich habe nie behauptet, dass ich mich mit den Kanus auskenne, aber das ist doch auch nicht nötig, wenn man zusammenarbeitet.«

»Ich bin jetzt seit einundzwanzig Jahren hier und die Etablierung des Kanusports habe *ich* erreicht. Ohne mich gäbe es kein einziges Boot! Ich werde sicher keine Nachhilfe erteilen für eine Dame, die sich als Fachvorsitzende aufspielt und dabei dermaßen unqualifiziert ist.«

»Das darf doch nicht wahr sein! Du bist der unkollegialste, unverschämteste –«

»*Du* bist nicht in der Lage, ordentlich zu arbeiten und *ich* soll mich von dir beschimpfen lassen? Ich werde mich beim Schulleiter beschweren, das kannst du mir glauben!«

Kaiser stolzierte aus dem Lehrerzimmer, an Maria vorbei. Greta war in seine Falle getappt.

»Oh, verdammte Scheiße, eines Tages bringe ich das Großmaul um. Ich hau ihm seine Paddel um die Ohren oder stopfe ihm mit einem Taucheranzug das Maul!«

Maria ging zu ihrer Freundin, die mit rotem Kopf und Tränen in den Augen dastand, ihre Fäuste wollten hinter Kaiser her, aber sie hielt sie mit Kraft zurück. Ein paar Kollegen schoben Papiere von rechts nach links und taten geschäftig.

»Nördlicher Schleimkopf, sag ich nur«, raunte sie Greta solidarisch zu.

Ein Kollege mit besonderer Begabung für geistige Abwesenheit, der auf Konferenzen immer exakt das fragte, was gerade besprochen worden war, schaute untypisch interessiert herüber. Konnte Mimikry sein, wie die Tarnung der Schwebfliege als Wespe, aber Maria wollte es nicht darauf ankommen lassen.

»Ach, komm Greta, wir trinken einen schnellen Tee.«

Drei Wochen nach diesem Zusammenstoß mit Greta war die Sache mit dem Surfkurs passiert. Eine Liste am schwarzen Brett hatte bekannt gegeben, wer zu Kaisers Windsurfkurs auf Norderney zugelassen wurde, den er immer im Mai oder Juni anbot.

Die Schüler, die mitwollten, aber nicht auf der Liste standen, kamen empört zu Greta und Maria. Die versprachen Klärung.

Maria holte sich ihre innere Kriegerin zur Hilfe, mit der sie sich gerade ein bisschen angefreundet hatte. Sie sah, wie die Kriegerin ihre Gesichtsbemalung auffrischte, und griff zum Telefon. Halt. Erst: aufrecht sitzen. Beine hüftbreit. Schultern locker. Dreimal ein- und ausatmen. Okay. Wählen.

»Kaiser.«

»Hallo Sven, Maria hier. Ich muss mit dir über den Windsurfkurs sprechen. Es gibt Probleme wegen der Teilnehmer.«

»Da gibt es nichts zu besprechen.«

Schweigen auf beiden Seiten.

Dann fuhr er doch fort: »Die Kursbelegung ist durch hoch motivierte Schüler erfolgt, die über die nötigen Vorerfahrungen verfügen, um in diesem schwierigen Revier, noch dazu im Mai, wo die Wetterlage kritisch sein kann, einen solchen Kurs erfolgreich zu absolvieren.« Kaiser hatte zuerst und zu viel weitergesprochen. Ein Punkt für Maria.

»Wir müssen über die Kriterien der Platzvergabe und die fehlende Inkenntnissetzung der Fachvorsitzenden sprechen. Bitte nenne mir einen Termin in der nächsten Woche, der dir passt.« Ihre Stimmlage war einen Ton tiefer gerutscht. Bauchatmung. Gut.

»Nächste Woche geht gar nicht, da habe ich die Klausuren in der Fachoberschule und in der Bildungsbehörde die Evaluation des Surfkurses ... bla bla ... Modellversuch ... bla ... meine wissenschaftliche Begleitung und Auswertung. Alles zum Nulltarif ... Wenn solche innovativen Kurse gewünscht ... nicht nur zulasten Einzelner ...«

»Da hast du sicher recht.« Maria verschluckte sich fast an diesen Worten, aber auch Geschmeidigkeit und schnelle Wendungen zeichneten eine Kriegerin aus. »Wir werden dich beim Schulleiter unterstützen, ein Gespräch zwischen uns ist dennoch dringend nötig. Sag mir einen Termin.« Zurück zum Angriff, nicht locker lassen. Füße in den Boden stemmen, soufflierte die Kriegerin.

»Unsinn, die Schüler sind schon informiert.« Kaiser atmete hörbar flach. Zweiter Punkt für Maria. »Ich behalte mir sowieso das Recht vor … Entscheidung … selbst … Verantwortung …«

»Sven, ich möchte einen Termin mit dir. Nenne mir einen!« Die Kriegerin hob anerkennend einen Daumen.

»Das ist Blödsinn …«

»Soll ich einen vorschlagen?«

»Am Dienstag habe ich die Bauzeichner bis halb eins, dann muss ich wieder in die Behörde. Sagen wir, halb eins bis maximal Viertel vor eins.«

»Gut, Sven, Dienstag, um halb eins und dann werden wir sehen, ob wir so schnell fertig sind.« Hier vermied Maria ihre Unterstützerin anzusehen. Sie wusste, dass sie unzufrieden mit ihr war.

»Ich habe auf gar keinen Fall länger Zeit.« Kaiser machte einen weiteren Punkt gut.

»Alles klar, tschüss Sven.«

Höchstens unentschieden.

Die Kriegerin kraulte der Bärin, die sie stets begleitete und die zwischenzeitlich drohend gegrollt hatte, tröstend den Hals und beide zogen sich enttäuscht zurück. Maria knallte den Hörer auf.

»Was war das denn?« Eine Kollegin sah von ihren Arbeiten auf.

»So ein Mist, dienstags habe ich früh Schluss. Nun muss ich für Kaiser länger bleiben. Ausgerechnet.«

Die Wahlen waren immer ein Chaos, weil ausgerechnet Chlorallergiker zum Schwimmen wollten und alle Nachfolgenden plötzlich eine Chlorallergie entwickelten und deshalb auf keinen Fall zum Schwimmen konnten … und man beim Fußball ganz ohne Meniskus schlecht, im Kanukurs ohne Freischwimmerzeugnis noch schlechter aufgehoben war. Unzumutbar war für den einen der Gymnastik- und Tanzkurs und für den anderen der Fitnesskurs. Blieb eben der Surfkurs, der wegen der einen Woche auf Norderney attraktiv war, zumindest bei denen, die Kaiser nicht kannten. Und als letzte Rettung Volleyball …

Zu dieser Besprechung war Kaiser dann zwanzig Minuten zu spät gekommen. Er hatte geschwafelt, dass er wichtigere Dinge zu tun habe, und war nicht bereit gewesen, Argumente zu hören. Schließlich hatte ihn die Abteilungsleiterin angewiesen, eine neue Teilnehmerliste zu schreiben. Ein Sieg hätte sich anders angefühlt, aber immerhin war es ein erbeutetes Pünktchen gewesen.

Maria räumte ihre Tasse und die Thermoskanne weg. Dabei fiel ihr Greta ein. Was war da los? Greta musste erfahren, was passiert war und dass diese Kriminalfrau sie sprechen wollte. Maria griff zum Telefon, zögerte aber. Es wäre besser, gleich zu ihr zu fahren. Hoffentlich war sie zu Hause.

Nach dreimaligem Sturmklingeln gab Maria auf. Als sie auf dem Rad den Wilmannsberg im Zentrum Vegesacks hinunterrollte, kamen ihr in einem feuerroten Mercedes-Cabrio Frau Grothus und ihr muffeliger Kollege entgegen. Ein kurzes Nicken, Grothus hatte Maria erkannt.

Komisch, dass weder Greta noch ihr Mann oder die zwei Söhne zu Hause waren. Ob die Polizeileute wohl warten oder direkt wieder wegfahren würden? Maria wollte nun doch einen Zettel hinterlassen, damit Greta sich meldete.

Pawlow zögerte, als sie umkehrte. Zu Hause lockten sein wohlverdientes Fressen und ein Nachmittagsnickerchen. Aber als erfahrener Meister der Lebenskunst lief er doch voraus, zurück zum Haus der Familie de Boer.

Der Fliederbusch vor Gretas Arbeitszimmer wagte schon Blütenknospen, obwohl die Blätter erst frisch entfaltet glänzten. Wenn es noch einmal Frost gäbe, würden diese Knospen nie aufblühen.

Pawlow war schon da. Er legte die Pfoten auf den niedrigen Fenstersims neben der Haustür und wedelte erfreut. Er hatte Greta gefunden.

»Ich dachte, die Polizei hätte geklingelt und eben gerade hatte es ja auch gestimmt, ich habe sie weggehen sehen«, haspelte Greta herunter, als sie Maria hereinließ. »Die kommen bestimmt wieder. Was soll ich denn bloß tun?« Endlich atmete sie ein. »Matthias wird bald wiederkommen, ich habe ihn gebeten, meine Krankmeldung in die Schule zu bringen und die Jungs … Wie spät ist es überhaupt? Die Jungs sind gleich nach der Schule zum Training, müssten sie nicht schon da sein? Ich –«

Greta stockte und brach dann in Tränen aus. Maria legte ihr einen Arm um die Schulter und schob sie ins Wohnzimmer.

»Ich weiß nicht, was mit mir los ist. Seit Mehrbold angerufen hat, bin ich völlig fertig.«

Jetzt musste Maria ihre Fragen loswerden: »Wann hat er angerufen? Was hat er gesagt? Warum warst du nicht in der Schule? Versteckst du dich vor der Polizei? Warum hast du dich nicht bei mir gemeldet?!«

Sie saßen nebeneinander, sahen sich an und prusteten los. »Das würde ich wirklich eine misslungene Kommunikation nennen!«, sagte Greta, die in jedem Deutschkurs Kommunikationsmodelle vorstellte. Dann war der kurze, leicht hysterische Ausbruch von Heiterkeit wieder vorbei.

Eine halbe Stunde später hatten sie das Gestrüpp der Fragen entwirrt, aber nur wenige klare Antworten gefunden.

Mehrbold hatte etwa eine Stunde zuvor angerufen und betont, dass er von dem Streit mit Kaiser erzählen *musste*. Und dass die Kommissarin dringend mit Greta sprechen wollte.

Maria konnte Gretas überdrehte Verfassung nicht nachvollziehen. Wut auf den Schulleiter, ja. Erstaunen, Entsetzen über den Tod des Kollegen, auch verständlich. Aber warum so aufgelöst? Gretas Magen-Darm-Grippe war jedenfalls keine glaubhafte Erklärung. Maria witterte grundsätzlich bei jeder Entschuldigung eine Ausrede. Eine berufliche Deformation. Zudem war sie von klein auf geschult, Lügen zu erkennen. Wie oft hatte ihre Mutter behauptet, der Dienstplan sei umgestellt worden, deshalb habe sie frei. Wenn die Krankenhausverwaltung anrief, hatte Maria routiniert gelogen, verstauchte Knöchel, verdorbene Mägen und Migränen erfunden, um ihre Mutter zu schützen.

Sie war mit Lügen, Halbwahrheiten, Ausflüchten und Rechtfertigungen aufgewachsen, bis über die Grenze des Erträglichen hinaus. Manchmal war die einzige Wahrheit der Schmerz gewesen, den sie sich zugefügt hatte. Blutstropfen, die aus feinen Schnittlinien ihren Arm hinabliefen. Messer, Gabel, Schere, Licht waren ihre Helfer. Und ihr inneres Team, das sie seitdem begleitete. Später kamen ganz real Pawlow, Kater Charles Darwin, die Hühner und Lisa mit ihrem Felix dazu. Manche davon waren geblieben, andere hatten sie wieder verlassen.

5. Rückfall und Nummer drei

Kaisers Tod schien nach einer Woche schon weit weg zu sein. Die Kollegen vermuteten, dass seine Frau Hinweise gegeben oder die Polizei den Fall aufgeklärt hatte. Möglicherweise war es ein Unfall oder vielleicht ein Überfall gewesen?

Maria stand vor dem Fahrradunterstand der Schule. Sie suchte ihr Schlüsselbund und zuckte zusammen, als jemand sie am Ärmel fasste.

»Frau Brehm, ich muss Sie dringend sprechen.«

Tobias Rüter stand vor ihr, ein Schüler aus dem Abi-Jahrgang. Im letzten Jahr hatte Maria einige Gespräche mit ihm gehabt: Es gab häusliche Schwierigkeiten und auch Schulprobleme. Nach einigem Hin und Her war Tobias in eine eigene Wohnung gezogen. Seitdem hatte Maria wenig Kontakt zu ihm, offenbar kam er zurecht.

»Ist es eilig? Ich bin auf dem Weg nach Hause, können wir einen Termin für morgen, besser noch übermorgen, ausmachen?«

»Nein, bitte, geht es jetzt? Ich weiß nicht weiter. Können wir bei Ihnen zu Hause sprechen? Ich möchte nicht in die Schule.«

»Zu Hause bei mir?« *Denk endlich an Nummer zwei*, raunte die Kriegerin ihr mürrisch zu. *Sei unfreundlich!* »Also das geht wirklich nicht …«

Tobias war bei Marias Worten blass geworden. Es ging ihm offensichtlich sehr schlecht und wahrscheinlich hatte er niemanden sonst …

Keinen Rückfall jetzt! Die Kriegerin zischte in Marias Ohr. Die zuckte entschuldigend mit den Schultern. Ein Schülergespräch bei ihr zu Hause war etwas Unerwartetes – also immerhin ein Häkchen bei Nummer drei auf ihrer geheimen Liste.

»Okay, aber nur kurz. Du weißt, wo ich wohne?«

»Das weiße Haus, die alte Feuerwache in Sankt Magnus.«

Fehlende Distanz zu Schülern war ein ewiges Thema bei Vertrauenslehrerinnen.

»Richtig. Ich fahre mit dem Fahrrad, und du?«

»Mein Auto steht da hinten.« Tobias wies auf das Ende des großen Schulparkplatzes. Halb von einem Busch verborgen, stand dort ein dunkler Wagen. Seltsam, dachte Maria, es sind doch hier vorn Plätze frei.

»Also gut, ich brauche eine halbe Stunde, wartest du vorm Haus?«

Auf dem Heimweg entlang der Lesum ließ Maria sich gern ablenken von den sprießenden Frühlingsboten. Auf den Wiesen blühte der Gundermann. Der botanische Name wollte ihr nicht einfallen. Sie wusste noch, dass er ein Lippenblütler ist. Botanik war nicht ihre Stärke. Unter einer Hecke sah sie Duftveilchen, *Viola odorata*. Diese lateinische Bezeichnung war leicht. Und natürlich ihre liebsten Wegbegleiterinnen: Buschwindröschen, *Anemone nemorosa*, Hahnenfußgewächse, also giftig. Sie strahlten so aus der gerade grün werdenden Krautschicht heraus, dass sie am liebsten ein Foto nach dem anderen gemacht hätte. Aber wer wollte die schon sehen?

Pawlow lief vergnügt den Deich rauf und runter auf der Suche nach einer Spur, sei es Kaninchen, Maus oder Hund. Das Jagen hatte sie ihm mühsam, aber ziemlich erfolgreich abgewöhnt. Na ja, er verzichtete ihr zuliebe darauf. Stöbern musste aber sein und Mäuse waren erlaubt.

Linkerhand sah Maria rot-weiße Bänder auf dem Steg des Segelvereins flattern. Auch davor war ein Bereich abgesperrt.

Wahrscheinlich sollte die Steganlage wieder vergrößert werden. Maria trat fester in die Pedalen. In den letzten Jahren hatten sich die Segelvereine an der Lesum rasant ausgebreitet. Die dicken gelb-schwarzen Poller am Uferweg bildeten eine fast ununterbrochene Linie. Zur Hochsaison im Sommer gab es kaum ein Uferstück, das nicht von schwimmenden Wochenendhäuschen okkupiert war. Kein Tier konnte vom Land ins Wasser und umgekehrt, ohne dicht an diesen Wohlstandsschüsseln vorbei zu müssen. Einzig die stoischen Stockenten profitierten von dem Getümmel und vermehrten sich, gemästet von Essensresten, zum Schaden anderer Tierarten.

Gesegelt wurde mit diesen Umweltsünden so gut wie nie. Die Lesum ist tidenabhängig, man kann nicht nach Lust und Laune los, sondern muss sich nach der Strömung richten. Sechs Stunden Richtung Bremerhaven und Nordsee, dann sechs Stunden flussaufwärts, wo sich die Lesum in Hamme und Wümme teilt. Beide Nebenflüsse sind flache, moorige Gewässer, die zum Segeln mit diesen Booten nicht geeignet sind. Wenn man also in Richtung Nordsee loskommt, was gefühlt immer zu früh morgens oder zu spät am Nachmittag der Fall ist, erwarten den Segelnden vierzig Kilometer Seeschifffahrtsstraße, zum großen Teil von metallenen Spundwänden begrenzt und mit Industrieanlagen besiedelt. Nur schlafgestörte Technik- und Brachen-Romantiker halten diese Grabensegelei länger als eine Saison durch. Das wusste Maria trotz ihrer Liebe für das Wechselspiel der Gezeiten aus eigener Erfahrung. Die meisten bleiben gemütlich mit Filterkaffee und Streuselkuchen an Ort und Stelle und sitzen abends mit Gleichgesinnten bei Currybrat mit Bier und Schnaps in der Bootshauskneipe.

Maria bog in den Admiral-Brommy-Weg ein. Gleich an der ersten Rechtskurve passierte sie das Grundstück, auf dem zu jeder Tageszeit Tyson lauerte. Der riesige Hovawart hatte es sich zur Aufgabe gemacht, nicht nur sein Grundstück, sondern den gesamten Weg zu bewachen. Kein Problem für Maria, die sich an die plötzlichen Bellattacken gewöhnt hatte. Und erst recht kein Problem für Pawlow, der ohne das kleinste Ohrenzucken oder Nasekräuseln exakt so dicht am Maschendraht weiterlief, dass Tysons Zähne nur Zentimeter neben ihm aufeinander krachten. An diesem Tag kam es aber anders: Nach fünfundzwanzig Metern wilder Drohgebärden am Zaun war die Grundstückspforte zum ersten Mal geöffnet. Vollkommen unerwartet für alle drei Beteiligten stand Tyson in ihrer Bahn. Maria sprang vom Rad. Tyson schien überfordert. Er fletsche die Zähne, sein Fell sträubte sich, gleichzeitig duckte er sich leicht weg und sein Schwanz suchte ein sicheres Plätzchen zwischen seinen Beinen. Pawlow stand völlig reglos da. Er fixierte Tyson nicht, sah auch nicht an ihm vorbei, eher durch ihn hindurch. Seine Rute war erhoben, aber kein Härchen richtete sich auf. Maria erinnerte sich an ihren Aikido-Meister im Sportstudium. Er konnte absolute Konzentration in Verbindung mit totaler Gelassenheit und Aktionsbereitschaft ausstrahlen, ein Gegner überdachte da schon im Vorfeld seinen Angriff. Er hatte damals erzählt, dass er eine Weile in einem Wolfcenter in Kanada gelebt und gearbeitet hatte und diese Haltung typisch für Wölfe sei. Sie signalisiert: *Ich will eigentlich nichts von dir, aber ich bin bereit.* Wie oft hatte sie sich schon gewünscht, so eine klare Haltung zu haben. Aber sie hatte nur den schwarzen Gürtel in Mehrdeutigkeit und Zweifel.

Dann traf Tyson eine Entscheidung: Er stürzte auf das Grundstück zurück und kläffte von dort aus weiter. Vielleicht ein kleines bisschen verhaltener.

Zehn Minuten später kamen sie zu Hause an. Tobias saß in seinem Auto. Musik dröhnte durch die geschlossenen Scheiben. Als Maria ans Fenster klopfte, zuckte er zusammen. In seinem Blick flackerte Panik auf. Oder täuschte sie sich? Wahrscheinlich hatte sie sich zu lange nicht mehr als Retterin gefühlt und die Entzugserscheinungen wirkten auf sie wie ein Gefühlsvergrößerungsglas.

6. In der ersten Reihe

Tobias Rüter, neunzehn Jahre, groß, schlank, sportlich, segelte, surfte, spielte Basketball. Grüne Augen und straßenköterblond, die Haarspitzen Surfer-klischeehaft platinblond gefärbt. Ein Typ mit der blassen Attraktivität einer stonewashed Jeans. Und mit Narben auf der Seele wie die Cut-outs darin. Maria hatte ihn nicht im Unterricht, wusste aber wegen der gemeinsamen Gespräche im letzten Jahr, dass er ein mittelmäßiger Schüler war. Manchmal wirkte er durch seine weichen Gesichtszüge noch sehr jung. Und manchmal hatte er dann wieder versucht, durch eine ungelenke Arroganz den Macho herauszukehren. Und dann wieder hatte er sie mit zynischen, resignierten Bemerkungen überrascht. Sie war seinen Problemen nie wirklich auf den Grund gekommen. Sie konnte ihm wie auch den anderen Schülern nur anbieten zu reden, manchmal eine Vermittlung auf Ämtern organisieren oder Beistand innerhalb der Schule geben. Das ersetzte keine Therapie, wie viele Schüler sie bräuchten – Tendenz steigend. Kürzlich hatte ein Mitarbeiter im Amt für soziale Dienste am Telefon geätzt: »Wir müssen uns schon mit genügend Kroppzeug und Schmarotzern rumschlagen, müssen sich jetzt die Lehrer auch noch einmischen?«

Über die Eltern von Tobias wusste sie nur, dass die Mutter im Pflegedienst eines Altenheims arbeitete und der Vater Prokurist in einer Getränkefirma war. Eine jüngere, behinderte Schwester gehörte ebenfalls zur Familie.

Als er im letzten Jahr zu ihr gekommen war, hatte es sich zunächst um einen Konflikt mit Sven Kaiser gedreht. Doch noch bevor Maria mit Kaiser hatte sprechen können, waren die Probleme angeblich gelöst worden. Sie hakte nicht nach, hatte zu der Zeit genug eigene Probleme. *Mal wieder typisch: Hemd näher als Hose*, lästerte der Kritiker.

Kurz darauf bat Tobias dann Maria, zwischen seinen Eltern und ihm zu vermitteln. Er wolle ausziehen, sein Vater erlaube es aber nicht. Streng sei der Vater. Zu streng. Er wolle alles kontrollieren. Seinen Umgang, seine Freunde. Nur die Schule zähle, er solle schließlich später nicht in der zweiten, sondern in der ersten Reihe stehen. Maria vermutete, dass der Vater auch mit Schreien oder Schlägen seine Stellung behauptete. Ihr verdammter Röntgenblick für Wunden unter glatten Oberflächen triggerte ihr Helfersyndrom und machte ihr eigenes Leben nicht leichter.

Maria hatte also ein Gespräch mit dem Vater geführt. »Flausen«, fand er, hätte Tobias im Kopf. Er sei nur hier, weil seine Frau sich Sorgen mache, sie sei gesundheitlich angeschlagen und verkrafte »das alles« nicht. Sie hätte viel Arbeit, die Tochter sei sehr pflegebedürftig. »Tobias war immer der Liebling meiner Frau. Verwöhnt hat sie ihn, von Anfang an. Verweichlicht.« Aber nun sei der Junge bald achtzehn und dann könne er sowieso machen, was er wolle. Über die finanzielle Unterstützung würde er mal in Ruhe mit Tobias reden. Es sei gut, wenn er die Schule beenden und dann studieren würde. »Dann steht ihm vieles offen, in der ersten Reihe.«

Bald danach teilte Tobias Maria mit, es sei alles geregelt mit seinem Umzug. Nein, kein Gesprächsbedarf mehr. Ja, er werde sein Abi machen. Sie ließ zu, dass sie ihn aus dem Blick verlor. Natürlich begegnete er ihr in der Schule, aber das war's auch.

Bis zu diesem Mittag am Fahrradschuppen und jetzt vor ihrem Haus.

»Tee?« In ihrer Küche hatte Maria zuerst Pawlow und Darwin gefüttert.

Tobias war abgelenkt durch den Zettel an ihrem Kühlschrank. In großen grünen Buchstaben stand da:

MEIERS LEBENSLISTE:
1. TRINK ALKOHOL!
2. SEI UNFREUNDLICH!
3. TU DAS UNERWARTETE!
4. LACHE MIT ANDEREN ÜBER DICH SELBST!
5. HALT. DICH. RAUS.

»Nein, ja, ich meine, nur wenn Sie sowieso einen machen.«

»Tee muss sein, immer«, antwortete sie, um seine Aufmerksamkeit von dem Zettel wegzulenken.

»Was ist denn das?«, fragte Tobias trotzdem und wies zum Kühlschrank.

»Nur ein Zitat.« Eine Lüge, egal. Sie hatte nur wenigen Menschen von ihrer Kindheit und Jugend erzählt, und die Bedeutung der fünf Punkte der Liste kannte nur Lisa.

»Also, was ist los, Tobias?«

»Es ist wegen Herrn Kaiser, die Polizei sucht mich. Ich ... ich kann nicht in meine Wohnung. Das Abi kann ich auch vergessen!« Tobias hatte beim Reden nach ihrem Einkaufszettel gegriffen, faltete ihn und rollte ihn um seinen Finger.

»Immer der Reihe nach: Warum sucht die Polizei dich?«

»Sie glauben, ich hätte ihn ... Jemand muss mich gesehen haben. Sie waren bei meinen Eltern und wollten wissen, wo ich bin, und wo ich Montagfrüh war.«

»Moment, Tobias: Die glauben, dass du etwas mit dem Tod von Herrn Kaiser zu tun hast?«

»Ich war dort. Ich war Montagfrüh mit ihm verabredet beim Segelverein. Sein Auto stand da, aber er kam nicht. Ich hab gewartet, jemand muss mich gesehen haben und jetzt denken die –«

Tobias brach ab, er warf sich im Stuhl zurück und ließ den Kopf hängen.

»Warum warst du denn so früh morgens mit Herrn Kaiser verabredet?«

»Ich hatte ihn um ein Treffen gebeten. Hatte Angst, dass er mir das Abi versaut. In Politik und Sport kann er mir leicht eins reinwürgen.« Tobias zögerte, er wippte mit dem rechten Bein. Maria hätte ihm am liebsten die Hand aufs Knie gelegt, diese Zappelei machte sie nervös. »Ich wollte mich entschuldigen. Er hat damals gesagt, dass es mir noch leidtun würde, dass ich mich bei Ihnen über ihn beschwert habe.«

Scheißkerl!, dachte Maria. *Das war doch wohl das Letzte!* Und dabei ignorierte sie den weinerlichen Vorwurf des braven Mädchens: *Wie kannst du so über einen Toten sprechen!*

Tobias sah Maria über seinen Becher hinweg an. Den Einkaufszettel hatte er zu winzigen Schnipseln zerbröselt. Katzenfutter, Hundefutter, Müsli, Klopapier. Kein Nussmus, kein Kakao, keine Zitronenbonbons – keine Leckereien mehr für Felix. Sie kam sich plötzlich so hohl und verloren vor wie nach Lisas hartem Schlussstrich und promptem Auszug. Ihr Leben bestand seitdem nur noch aus Pflicht, keine Kür mehr. *Ach, und Pawlow, Darwin und die Hühner zählen plötzlich nicht mehr? Immer, wie's grad passt?* Da hatte der innere Kritiker sie voll erwischt.

Tobias schob die Schnipsel hin und her. Er wartete offenbar auf eine Reaktion. In das eisige Loch ihrer Sehnsucht und ihres Selbstmitleids strömte heiße Wut ein auf diesen … diesen … sie blieb bei: Scheißkerl von Kollegen. Tief durchatmen!

»Also, du wolltest beim Segelverein mit ihm reden und er kam nicht.«

»Sein Auto stand da, ich dachte, er ist im Bootshaus und lässt mich absichtlich warten. Nach einer halben Stunde hab ich kurz da reingelinst, wollte nicht, dass mich einer sieht. Es war alles zu, dann bin ich weg.«

»Und warum sagst du das nicht der Polizei?«

»Ich hab Schiss. Schließlich war ich wirklich da, ich hatte auch Grund ihn zu ermorden. Die werden mir nicht glauben.«

»Wenn jeder Schüler, der Angst vor den Abiturprüfungen hat, zum Mörder würde, dann wäre die Schule demnächst ein Friedhof.« Maria stand auf und ging zum Fenster. Die Hühner, die in der trockenen Erde scharrten, beruhigten sie. »Geh zur Polizei und sag, wie es war. Sie werden Verständnis haben. Kaiser ist doch außerdem erst später gefunden worden, bestimmt hat ihn noch jemand gesehen.«

»Nein, sie werden mich verhaften! Das Auto ... die Schlüssel, sie steckten und ich ... ich war so wütend, dass er mich so behandelt. Ich bin in sein Auto gestiegen und weggefahren. Hab einfach Gas gegeben – weg.«

»Du hast das Auto geklaut?!« Vor Überraschung hatte Maria lauter gesprochen. Pawlow, der nebenan gedöst hatte, kam in die Küche und sah misstrauisch zu Tobias. Maria kraulte ihm besänftigend den Hals. »Hast du es noch?«

»Ja, ich hab es bei einem Kumpel abgestellt, in der Garage. Ich war so in Panik, als ich von Kaisers Tod gehört hab, dass ich alles abgewischt hab. Fingerabdrücke, meine ich. Wenn das Auto jetzt so bei mir gefunden wird ... Die glauben mir nie, dass ich unschuldig bin!«

»Woher weißt du denn überhaupt, dass sie dich noch suchen? Vielleicht hat sich längst herausgestellt, dass es ein Unfall war. Oder sie haben den Mörder gefunden. Der Gärtner war's vielleicht? Auf den werden sie längst gekommen sein.«

Ein müder Scherz, der Tobias nicht das kleinste Lächeln entlockte.

»Ich dachte, vielleicht könnten Sie das Auto irgendwo verstecken?« Und als er Marias ungläubigen Blick sah, fügte er schnell hinzu: »Sicher finden die den Mörder bald und dann spielt das Auto eh keine Rolle mehr. Aber es kann doch nicht bei meinem Kumpel stehen bleiben. Wenn die das finden, ziehe ich den auch noch mit rein.«

Halt. Dich. Raus!, schrie ihr inneres Teams ausnahmsweise unisono.

Andererseits, dachte sie, *endlich hatte sie mal die Chance, eine echte Hilfe zu sein, und einen jungen Mann, der sich in schwieriger Lage noch Gedanken um seine Freunde machte, musste sie doch unterstützen.* Das war der richtige Knopf bei Maria, und bevor ihre Vernunft einlenken konnte, sagte sie: »Ich kann es auf gar keinen Fall irgendwo verstecken. Höchstens stelle ich es an einer Straße ab, sodass es gefunden wird, und dann wird man sehen, was die Polizei draus macht.«

Tobias sah zu erleichtert aus, um einen Rückzieher zu machen.

7. Die Maus in der Badewanne

Endlich dunkel. Tobias war auf dem Sofa eingeschlafen. Maria hatte zwei Stunden so getan, als würde sie arbeiten und war schließlich mit Pawlow joggen gegangen, um einen klaren Kopf zu bekommen. Vergeblich. Klar war nur, dass sie sich auf etwas total Bescheuertes eingelassen hatte. Als sie zurückkam, schlief Tobias noch immer. Zu seinen Füßen hatte sich Darwin eingerollt.

»Na bitte. Also ist es richtig, Tobias zu helfen«, redete Maria sich zu. Darwin war wählerisch. Das Bild der beiden friedlich Schlummernden rührte Maria. *Sentimentale Pute*, schalt sie sich. Manchmal holte sie die Illusion von Zusammengehörigkeit ein, obwohl sie es besser wissen sollte.

Um neun Uhr abends fuhren sie in Tobias' Auto zur Garage des Freundes. Maria wechselte in Kaisers Porsche. Im Dunkeln stocherte sie herum, bis sie die Zündung fand. Sie trug Handschuhe und kam sich zugleich lächerlich und hochkriminell vor.

Der Wagen rollte langsam schnurrend aus der Garage. Die Straße war menschenleer. Sie fuhr übervorsichtig durch das alte Vulkanquartier zum Parkplatz des Schwimmbads. Hier fühlte sie sich zu Hause. Sie war als *Vulkanesenkind* mit der Werft aufgewachsen. Ihre Siedlung bestand aus kleinen Häusern, die die Bremen-Norder Traditionswerft für ihrer Mitarbeiter gebaut hatte. Alle Nachbarn arbeiteten ebenfalls auf der Werft. Als

Fahrer, Schweißer, im Kiosk oder wie ihr Vater im Einkauf. Es war normal gewesen, dass die Kinder auf dem Gelände spielten, wenn die Erwachsenen nach Feierabend noch ein Bier am Kiosk tranken oder einfach nur noch was zu bereden hatten. In der *Vulkanesenfamilie* half man sich gegenseitig und jeder fühlte sich für das Wohlergehen der Werft mitverantwortlich. Von der Schieflage hatten sie erst spät etwas mitbekommen. Für Maria war eine scheinbar heile Welt zusammengebrochen, als die Pleite offensichtlich wurde. Jetzt, fast zwanzig Jahre später, machte sie der Anblick der verwahrlosten Häuser und der brachliegenden Flächen noch immer traurig.

Der Parkplatz des Schwimmbads lag still da. Die Autos, die jetzt noch hier standen, gehörten vermutlich den Anwohnern. Sie hoffte, dass der Porsche erst nach ein paar Tagen als verlassen erkannt würde. Möglichst, wenn die Sache schon abgeschlossen wäre und es keinen mehr interessierte, wie er hier gelandet war.

Den Schlüssel ließ sie stecken. Wenn jemand den Wagen klaute, umso besser …

Bevor sie ausstieg, sah sie sich um. Wies etwas auf sie hin? Hatte Tobias etwas übersehen? Neben dem Schaltknüppel klemmte ein Zündholzbriefchen. Sie steckte es ein. Unter dem Beifahrersitz entdeckte sie eine Uhr. Nicht irgendeine Uhr. Gretas Uhr! Unverwechselbar. Ihr Mann hatte sie anfertigen lassen. Anstelle eines Zifferblattes gab es ein Bild von den Söhnen, als sie klein gewesen waren. Wie war diese Uhr in Kaisers Auto geraten? Am Gehäuse war das Armband kaputt. Hatte es ihr jemand vom Arm gerissen? Maria schob die Uhr in ihre Jackentasche.

Ihr fiel ein, wie aufgewühlt Greta gewesen war, als Kaisers Tod bekannt wurde. Die unglaubwürdige Magen-Darm-Geschichte und das Verstecken vor der Polizei … Marias Alarmglocken begannen zu schrillen.

Sie ging zu Fuß von Vegesack nach Hause – ohne Pawlow sehr ungewohnt. Die Straßen waren menschenleer. Der Vegesacker verbrachte den Abend zu Hause. Außer den bekannten Kneipengängern natürlich, die sich in den Lokalen am Hafen aufhielten. Einige saßen seit den späten Sechzigern immer auf denselben Hockern im Fährhaus und verbesserten den Kapitalismus durch Genuss von Alkohol in fein austarierten Mengen. Abends wirkten sie ausreichend betrunken, um noch als gesellschaftskritische Revoluzzer durchzugehen, morgens konnten sie dennoch pünktlich in den Behördenbüros und Klassenzimmern oder den Sitzungsräumen in der Bürgerschaft erscheinen.

Beim Polizeirevier rechnete sie damit, dass die Beamten herausstürzen und sie verhaften würden. Sie beschleunigte ihre Schritte und ihr Hals rutschte tiefer zwischen die Schultern. Erst auf Höhe der Bibliothek entspannte sie sich etwas. Als auch ihr prüfender Blick nach hinten Entwarnung gab, atmete sie auf.

Ohne ihren Hund nahm sie den kürzeren Weg durch Grohn, vorbei an der *Düne*, der Großwohnanlage, die als Bremens größter sozialer Brennpunkt galt. Gebaut in den Siebzigerjahren verkam das als Leuchtturm moderner Stadtplanung verkündete sechzehngeschossige Quartier schnell zu einem Problem. Eine zu starke Verdichtung bei unzureichender Infrastruktur, hoher Mieterfluktuation und ständigem Sanierungsstau machte das Zusammenleben von fast zweitausend Menschen aus vermutlich einhundert Nationen zu einem Dauerstresstest. Selbst Ratten, für die das Leben in großen Gruppen absolut artgerecht ist, werden durch zu enge Lebensräume und ständige Änderungen in der Gruppenzusammensetzung aggressiv. Menschen kommen viel schneller an die Grenzen des Erträglichen. Drogen, Kriminalität, Clan-Streits sind die Folgen. Maria schaute an den abweisenden Fassaden hoch. Käfighaltung – und die Schuld wird dann den Bewohnern allein zugeschoben.

Das letzte Stück des Weges bis in ihre St. Magnuser Idylle joggte sie. Auf der Höhe der Jacobs University sah sie von Weitem ihre Freundin Monja mit Dackel Ludwig. *Verflixt, wie soll ich erklären, dass ich eine Abendjoggingrunde ohne Sport-*

kleidung und ohne Pawlow mache? In den drei Jahren, die sie sich nun kannten, hatte Monja Maria noch nie ohne Pawlow joggen sehen. Sie würde Fragen stellen. Maria wendete abrupt und lief zurück zu dem schmalen Weg, der neben den Fußballfeldern hinter den Häusern entlang führte.

Wieder stand Tobias' dunkelblauer Wagen vor ihrem Haus, wieder dröhnte die Musik, aber diesmal hatte er sie kommen sehen. Er stieg aus, als Maria am Auto war.

Maria hatte ihren Hausschlüssel in der Hand. »Tobias, geh zur Polizei, erzähl von der Verabredung und komm zum Unterricht. Sonst machst du dich nur verdächtig.« Sie ging über die Straße. Er folgte ihr.

Maria wollte ins Haus, ihre Tiere um sich haben und erst mal nicht mehr an die ganze Geschichte denken. Auf dem Heimweg waren ihr die absurdesten Verbindungen zwischen Greta und Kaiser durch den Kopf gegangen und alle endeten damit, dass Greta ihn ermordet oder im Streit einen tödlichen Unfall verursacht hatte. Sie wollte nicht glauben, dass Greta sie belogen hatte, und musste herausfinden, wie er gestorben war. Aber jetzt gerade war sie unfähig, Greta zu sprechen, mit all diesen Bildern im Kopf.

Tobias stand vor ihr.

»Ich kann nicht zu mir, da warten die bestimmt auf mich, das halt ich nicht aus, wenn die mich jetzt ausfragen!«

»Dann fahr zu deinen Eltern, bleib erst mal bei denen und geh morgen zu Frau Grothus – ich glaube, so heißt die Kripobeamtin. Sie macht einen professionellen Eindruck. Sie wird dir sagen, was zu tun ist.« Maria wollte an Tobias vorbei. Er griff nach ihrem Arm und hielt sie fest.

»Mein Vater schleift mich zur Polizei, der wartet nur darauf, dass ich mir was zuschulden kommen lasse!« Tobias riss die Augen auf wie ein in die Ecke gedrängtes Tier. Wie die Maus, die Darwin ihr mal als Geschenk in die Badewanne gebracht hatte.

»Er hasst mich!«, sagte Tobias und es klang so bodenlos traurig, dass Marias Helfersyndrom und ihr Wunsch nach professioneller Distanz zusammenprallten.

»Ich hatte den Eindruck, dass er daran interessiert ist, dass du deinen Weg machst, und dich auch unterstützt«, brachte sie so sachlich wie möglich heraus.

»Ich kann Ihnen das jetzt nicht erklären, er würde mir auf keinen Fall helfen.« Tobias sah sie an.

Jetzt bloß nicht vor dem Dackelblick einknicken, mahnte der Kritiker. Maria presste den Hausschlüssel in ihre Handflächen.

»Kann ich hierbleiben, nur heute Nacht? Morgen wissen die vielleicht schon was oder ich gehe hin oder – ich weiß nicht, vielleicht haue ich einfach ab.«

»Das geht wirklich nicht ...«

»Bitte«, fiel Tobias ihr ins Wort, »ich weiß nicht weiter. Helfen Sie mir. Morgen bin ich weg. So oder so.«

Eine unbekömmliche Mischung aus Bitte, Drohung, Angst und Panik, fand Maria. Sie sollte ihn wegschicken. Aber sie hatte zu lange gezögert. Sie zeigte ihm Felix' altes Zimmer und schlurfte eine letzte Hunderunde in der Hoffnung, dass sie Monja mit Ludwig nicht noch einmal begegnen würde. Nur einmal runter an die Lesum – das musste für heute reichen.

Als sie zurückkam, wollte sie dem Tag wenigstens noch einen Erfolg abringen, deshalb schenkte sie sich zwei Fingerbreit Rotwein ein, die sie wie eine bittere Medizin schluckte. Nummer eins abgehakt, das zählte so viel wie Nummer zwei bis fünf zusammen. Von Tobias war nichts zu sehen und zu hören. Im Vorbeigehen sagte sie leise: »Slaap lecker«, wie sie es immer bei Felix gemacht hatte. An der Tür klebte noch der bunte Clown, der das große F im einarmigen Handstand in die Höhe hielt.

Als sie im Bett war, konnte sie nicht einschlafen. Gretas Uhr ging ihr nicht aus dem Kopf. Sie reimte *Uhr* auf *de Boer* und *stur, Quadratur, pur* und ...

8. Klonschaf Dolly
und die Menschenwürde

Tobias war weg. Irgendwann musste Maria eingeschlafen sein. Sie hatte nicht gehört, wie er gegangen war, ebenso wenig sein Auto.

Maria warf einen Blick in Felix' Zimmer. Allmählich sollte sie es wohl Gästezimmer nennen?

Ach was, es bleibt Felix' Zimmer. Er wird mich doch bestimmt mal besuchen? Lisa kann nicht ewig sauer auf mich sein, und ein bisschen ist Felix auch mein Kind. Maria erschrak. Sie hatte sich in der Zeit mit Lisa verboten, so zu denken, obwohl sie sich viel um Felix gekümmert hatte. Lisa war bei ihr eingezogen, als Felix drei Monate alt gewesen war. Sie hatte sich von dem Vater getrennt, gerade als sie ihr Jurastudium wieder aufnehmen wollte.

Lisa und Maria kannten sich flüchtig über gemeinsame Freunde, und als sie auf einer Party über Lisas Situation sprachen, war Maria mindestens ebenso erstaunt wie Lisa, als sie ihr ein gelegentliches Babysitting anbot. Bisher waren Babys ihr im besten Fall egal, meistens lästig. Bei Felix war das anders, er hatte etwas in ihr in Bewegung gebracht. Oder Lisa? Nein, sie genoss die Zeiten mit Felix. Er war ein ruhiges Kind. Sie konnte ihn auf dem Schoss haben und dabei Arbeiten korrigieren. Ihn im Tragetuch auf den Hundegängen dabeihaben. An der Lesum entlangradeln, und er hing zufrieden in seiner Rückenkiepe. Sie waren ein gutes Team. Als es dann überraschend zwischen Lisa und Maria funkte, war es nur logisch, dass Lisa mit Felix in die alte Feuerwache zog.

Der Einzug sollte ein Neuanfang sein.

Alles neu, alles anders: eine Liebesbeziehung mit einer Frau, ein Neugeborenes, fast eine Familie …

Aber sie hatte es verbockt. Natürlich hatte sie es verbockt.

Unter der zusammengeknüllten Decke lag etwas.

Nordsee-Lounge, Norderney. Eine Quittung.

Norderney war ihr doch kürzlich erst begegnet. Aber wo? Die Streichhölzer! Ein Griff in ihre Jackentasche, da war das Streichholzbriefchen aus Kaisers Auto. Obwohl sie nie geraucht hatte und nie damit anfangen würde, nahm sie Streichhölzer gerne von überall mit. Sie hatte den Drang, jederzeit Feuer geben zu können. Eine seltsame Marotte, aber es gab schlimmere.

Nordsee-Lounge – Der In-Point auf Norderney stand auf dem Briefchen. Hatte Tobias die Quittung aus Kaisers Auto mitgenommen? Und die Streichhölzer liegen lassen? Er wollte doch nur seine Spuren beseitigen, da hätte er beides im Auto lassen können. Oder gehörte die Quittung ihm und er war – Maria sah auf das Datum – Anfang letzter Woche auf Norderney gewesen?

Wo war Kaiser Ostern gewesen? Maria wusste, dass er surfen wollte. Und die Kursfahrt, die nun nicht stattfinden würde, sollte auch auf die Insel gehen. Wie hatte er es genannt? *Ein schwieriges, hochanspruchsvolles Revier!* Also genau das Richtige für ihn, erst recht zu Ostern, mit stärkeren Winden, höheren Wellen, kälterem Wasser und weniger Konkurrenten, die ihm die Show stehlen konnten. Das wäre doch wohl herauszufinden?

Ohne Frühstück fuhr sie los. Unterwegs auf dem Rad überlegte sie, was im Biokurs dran war. Wenn andere *Schwellenpädagogik* machten, hieß das bei ihr *Pedalenplanung*. Klappte meist gut.

In der Schule hielt sie dann eine Stunde über das Dollyverfahren beim Klonen ab. Im Jahr 1997 gelang es bei Klonschaf Dolly, Zellkerne aus erwachsenen, differenzierten Zellen zu verwenden. Es wurden Euterzellen entnommen, deren Zellkerne so manipuliert wurden, dass sie sich wie embryonale Kerne verhielten. Allerdings konnten weniger als ein Prozent der erzeugten Eizellen ausgetragen werden und zur Geburt eines lebenden Jungtieres führen. Möglicherweise altern die so geschaffenen Tiere schneller als *normal* gezeugte.

Wie erwartet gab es eine hitzige Diskussion über die ethischen Aspekte dieser Technik.

Abschließend bekamen die Schüler Material zur Bioethik mit den Schwerpunkten Menschenwürde, Identität und psychosoziale Auswirkungen. Sie sollten sich informieren und sich für ein Thema entscheiden. Nächste Woche: Gruppenarbeit.

In der zweiten Pause kam Katrin Schuster, die Leiterin der gymnasialen Abteilung, zu Maria. Sie erzählte, dass Kaiser über Ostern mit der Surfschule auf Norderney Einzelheiten besprechen und die Materialien aussuchen wollte. Nun musste alles abgesagt und umorganisiert werden.

»Kannst du das bitte regeln?«

Er hatte tatsächlich die Liste der Teilnehmer nicht geändert. Wut kam in Maria auf, aber die hatte keinen Adressaten mehr ... Maria sah, dass ausschließlich Schüler, keine einzige Schülerin, auf dieser Liste standen. War Kaisers Benachteiligung von Mädchen wirklich so weit gegangen?

Diese Schüler mussten auf andere Kurse verteilt werden, weil kein Kollege zusätzliche Stunden leisten konnte und sowieso keine Sporthallenzeiten frei waren. Sie hatten längst alle Möglichkeiten ausgeschöpft. Das hieß, in die schon übervollen Kurse kamen noch drei oder vier Schüler mehr. Eigentlich unzumutbar. Aber von der Behörde so gewollt. Der sogenannte Stauchungsfaktor betrug zehn Prozent. In der Konsequenz gab es grundsätzlich zehn Prozent weniger Lehrerstunden an jeder Bremer Schule, als der nachgewiesene Bedarf war. Und Krankheiten, Fortbildungen oder Schwangerschaften kamen aus Sicht der Behörde sowieso nicht vor. Maria hätte bei diesen Gedanken am liebsten ins Pult gebissen. Nützte aber nichts, das wusste sie nach vielen Gewerkschaftsaktionen, Streiks und abgekauten Tischkanten.

In ihrer Freistunde, bei der ersten Tasse Tee des Tages, beschloss sie: Sie würde am Wochenende nach Norderney fahren. Vordergründig um den Inhaber der Surfschule über die Absage des Kurses zu informieren, gegebenenfalls auch zu besänftigen. Und hauptsächlich, um herauszufinden, was Kaiser und eventuell Tobias dort gemacht hatten. Hoffentlich würde sie etwas erfahren, das ihre Befürchtungen in Bezug auf Greta beseitigte. Am besten wäre, auf ein Motiv und einen Mörder zu stoßen. Natürlich schüttelte ihr Kritiker den Kopf über Marias Größenwahn, aber sie schaute einfach weg. Sie hatte Greta nichts von der Uhr erzählt, hatte sie auch nicht besucht, nur ein kurzes, dienstliches Gespräch mit ihr geführt. Die vertrauensvolle Offenheit, die zwischen ihnen geherrscht hatte, war verschwunden. Maria konnte das kaum aushalten, sie hatte nicht genügend Freundinnen für den Luxus, eine zu verlieren.

Die Kopien für den nächsten Tag waren schnell gemacht: Ein Kopierer war frei und funktionierte sogar. Nach zwei Stunden Sport konnte sie um zehn nach zwei die Schule verlassen. An Tagen wie heute verfluchte sie ihr Ökogewissen: Schön wäre es jetzt, bequem im Auto von Ampel zu Ampel zu zuckeln, Musik zu hören und sich auszuruhen. Stattdessen: Westwind, Nieselregen, müde Beine und zu Hause warteten ein dreckiger Hühnerstall und ein Berg Abwasch.

9. Kaiserin I

Tobias ließ auch Freitagvormittag nichts von sich hören. Als Maria bei seinen Eltern anrief, fertigte der Vater sie schroff ab.

Maria ärgerte sich, dass sie nie nach Handynummern fragte. Jetzt wäre das hilfreich.

In der Mittagspause kam ihr die Idee, bei Frau Kaiser nachzufragen, was sie über die Surfplanung wusste. Vielleicht erfuhr Maria auf diese Art sogar etwas über den Stand der Ermittlungen.

Sie suchte die Nummer aus der Kollegenliste heraus und wählte.

»Kaiser«, meldete sich eine Frauenstimme leise.

»Hallo, Frau Kaiser, hier ist Maria Brehm, eine Kollegin Ihres Mannes. Ich möchte Sie fragen – nein, natürlich erst mal mein herzliches Beileid. Ich bin noch ganz durcheinander.«

»Was wollen Sie von mir?« Eine abweisende, harte Stimme, die klar zu verstehen gab, dass Marias Befindlichkeit nicht interessierte.

»Entschuldigen Sie die Störung, aber ich muss den Surfkurs Ihres Mannes absagen und brauche dafür seine Unterlagen.«

»Ich glaube nicht, dass er Unterlagen zu Hause hatte. Sicher ist alles in der Schule.«

»Leider nein«, log Maria. Es hatte niemand gesucht, die Polizei hatte seinen kleinen Arbeitsplatz angesehen, aber, soweit sie wusste, nichts mitgenommen. »Hier ist nichts. Vielleicht können

Sie mir mit Adressen oder Telefonnummern weiterhelfen. Ich kann in zehn Minuten da sein und dann geht es schnell.«

»Ich bin zu Hause, aber –«

»Dann bis gleich, Frau Kaiser.« Maria kam sich hinterhältig und rücksichtslos vor, aber sie musste etwas tun, um ihr Gedankenkarussell anzuhalten. Außerdem war das eine Unfreundlichkeit und erfüllte Nummer zwei ihrer Lebensliste. Ein Häkchen für heute.

Die Straße An Raschens Werft, in der Kaisers wohnten, machte einen unscheinbaren Eindruck, die Lage des Hauses war jedoch eine der besten im feinen Stadtteil St. Magnus. Als Maria mit dem Rad an den Häusern entlangfuhr, wurde ihr klar, dass ein solches Anwesen nicht von einem Lehrergehalt und auch nicht vom Einkommen einer Ärztin zu bezahlen war. Vermutlich gehörten Kaisers der sogenannten Erbengeneration an. Das setzte Maria mit heilen Familien und sorgenfreier Kindheit gleich. Da halfen auch die Begegnungen mit körperlich oder psychisch versehrten Jugendlichen aus sogenannten guten Verhältnissen nicht über ihre Fehlsichtigkeit hinweg.

Eine Kiesauffahrt führte zur Haustür. Seitlich gab es eine Garage mit Platz für mindestens drei Autos. Pawlow wollte über den weitläufigen Rasen stromern, aber Maria ließ ihn am Rad warten.

Auf das Klingeln hin wurde sofort die Tür geöffnet. Eine schmale Frau in einem hellblauen Jogginganzug sah Maria fragend an. Sie verkörperte exakt das, was Maria unter *Tochter aus gutem Hause* verstand: Eine Haltung, die etwas Vornehmes, Unantastbares ausstrahlte, unabhängig von Kleidung und Umgebung. Die Frau war blass, auf eine echt wirkende Art sehr blond, was auf Natur oder einen teuren Friseur hinwies, ihre Lippen schmal und die Mundwinkel leicht abfallend. Auf beiden Seiten tief eingegrabene Linien zeigten: Da war mehr als eine Woche Trauer.

»Frau Kaiser?« Maria hatte sie nie zuvor gesehen, war sich

aber sicher, dass sie es war. Es kam keine Antwort. Der Blick war ausdruckslos. »Ich bin Maria Brehm, wir haben telefoniert.« Noch immer keine Reaktion. »Es tut mir leid, dass ich Sie überfalle, aber es ist wirklich dringend und wird schnell gehen – darf ich hereinkommen?«

Kaisers Frau trat steif einen Schritt zurück und deutete mit einer Handbewegung, die eher unwillig als einladend war, auf einen großen, direkt an die Diele anschließenden Wohnraum. Eine Fensterfront bot einen umwerfenden Blick auf die Lesum und das gegenüberliegende Werderland. Für eine solche Aussicht hätte Maria lebenslang auf Urlaubsreisen verzichtet.

»Nehmen Sie Platz.« Frau Kaiser sprach verzögert und ließ sich schwer in das Polster fallen.

Beruhigungsmittel, dachte Maria. »Was für ein großartiger Ausblick!«, sagte sie.

»Was wollen Sie wissen?«

Small Talk war offensichtlich nicht angesagt, also kam Maria zu ihrem Vorwand: »Ihr Mann wollte einen Surfkurs auf Norderney machen, das wissen Sie sicher. Diesen Kurs müssen wir absagen, weil niemand einspringen kann. Wir haben aber keine Unterlagen, außer die Teilnehmerliste. Wissen Sie, mit welcher Surfschule Ihr Mann kooperiert hat? Haben Sie eine Adresse oder Telefonnummer?«

»Es gibt auf Norderney nur zwei Surfschulen. Beide sind im Internet.«

»Ah, das wusste ich nicht.« Verflixt, Maria schämte sich für ihr fadenscheiniges Vorgehen. »Haben Sie mit Ihrem Mann darüber gesprochen, wie weit die Vorbereitungen sind? Sie waren doch über Ostern beide auf der Insel?« Sie versuchte ihre Unsicherheit zu überspielen.

»Wir waren beide da, haben uns aber wenig gesehen, weil ich die meiste Zeit auf meinem Boot verbracht habe. Ich kann Ihnen da wirklich nicht helfen.« Frau Kaiser machte schwerfällig Anstalten, wieder aufzustehen.

»Sie sind nicht mit Ihrem Mann gemeinsam nach Bremen zurückgefahren?«, setzte Maria nach.

»Nein, ich hatte ein paar Tage länger Urlaub. Für ihn ging die Schule wieder los – wäre wieder losgegangen.« Zum ersten Mal sah sie Maria direkt an, als sei ihr erst jetzt klar geworden, dass jemand da war. Zögernd fügte sie hinzu: »Ich hatte Geburtstag.«

»Oh, und den wollten Sie feiern?«

»Nein, im Gegenteil, ich wollte jeder Feierei aus dem Weg gehen und ruhige Tage auf der Insel verbringen.«

»Gibt es eigentlich Neues von der Polizei? War es ein Unfall?«

»Nein, nichts. Allerdings ist der Wagen von Sven gefunden worden. Am Fritz-Piaskowski-Bad.«

»Am Schwimmbad?! Wie kommt er da hin?« In Marias Ohren klang ihre Stimme viel zu laut. Frau Kaiser schien nicht zu merken, wie froh sie über diese Information war.

»Ich weiß es nicht, vielleicht ist mein Mann mit diesem Schüler, mit dem er verabredet war, dort hingefahren? Ich habe mir gleich gedacht, dass mit diesem Jungen was nicht stimmt.«

»Wie meinen Sie das?« Maria lehnte sich weit vor. Frau Kaiser wich ein Stück zurück.

»Dieser Tobias hatte Streit mit Sven. Er kam vor ein paar Wochen hierher. Wir mögen es nicht, wenn Schüler …« Sie atmete tief aus. »Also, er kam unangemeldet. Sven ist mit ihm in sein Arbeitszimmer gegangen. Nach einer Weile wurde es laut. Ich war in der Küche, direkt daneben.«

»Konnten Sie hören, worum es ging?«

»Nein, ich denke, dass es um schulische Probleme ging, worum sonst? Plötzlich brüllte dieser Schüler: Dann mach ich dich fertig! Etwas fiel polternd um, und dann rannte der Bursche an mir vorbei aus dem Haus.«

»Und ihr Mann?«

»Mein Mann stellte den Schreibtischstuhl wieder auf und schloss seine Tür.« Frau Kaisers Gesichtsausdruck verhärtete sich. »Weshalb sind Sie wirklich da? Ist es Neugierde? Sensationslust? Oder fühlen Sie sich berufen, mich zu trösten?«

»Nein. Ich … Ich wollte nur … Bitte entschuldigen Sie. Ich gehe jetzt wohl besser.«

In der Diele hing ein großes Foto, auf dem eine Segeljacht und ein Mädchen mit einem riesigen Fisch zu sehen waren.

»Sind Sie das? Das ist ja ein ungewöhnlich großer Dornhai!« *Squalus acanthias*, verkniff Maria sich, aber der lateinische Name ploppte sofort in ihr auf.

»Sie kennen sich mit Fischen aus? Angeln Sie?« Frau Kaiser war abrupt vor dem Foto stehen geblieben und starrte darauf. »Ich war zwölf Jahre alt und durfte das erste Mal mit zum Hochseeangeln.«

Maria bekam noch eine Nachspielzeit. »Und das ist das Boot, von dem Sie sprachen?«

»Das ist die Olympia. Mein Vater segelt nicht mehr und er hat sie mir übergeben. Seitdem verbringe ich meine Urlaube auf dem Boot.«

»Angeln Sie noch?«

»Nein, nach diesem Tag nie wieder. Mein Vater hatte den Fisch eingefroren. Ich musste ihn nach und nach allein aufessen. Nur so lerne der Mensch, was es bedeutet, ein Tier zu töten, hat er gesagt. Ich habe wochenlang jeden Tag Dornhai gegessen und rühre bis heute keinen Fisch mehr an.«

Sie drehte sich um, ging zur Tür und hielt sie auf. Maria bekam keine weitere Chance mehr.

»Vielen Dank, Frau Kaiser. Auf Wiedersehen.«

Frau Kaiser nickte knapp und schloss die Tür unmittelbar hinter Maria.

10. Der dünne Firnis der Normalität

Er schließt die Haustür auf. Der Flur ist dunkel. Kein Geräusch im Haus. Er knallt die Tür hinter sich ins Schloss, die Milchglasscheiben klirren im Kitt.

Es bleibt still in den anderen Räumen.

Er ist sich sicher, dass sein Vater da ist. Der Audi steht in der Einfahrt und sein Vater ist niemals ohne Auto unterwegs. Es ist seine Ritterrüstung gegen die Welt. Und auch seine Schwester muss um diese Zeit da sein, der Unterricht für die Inklusionsschüler endet mittags.

Er geht die Treppe hinauf und klopft an die erste Tür. Stille. Ein kurzer Blick ins Schlafzimmer seiner Mutter bestätigt seine Annahme: Sie liegt im Bett, die Decke über dem Kopf. Darunter zeichnet sich ihr Körper ab. Zur Wand gedreht, die Beine angezogen, eine kleine, flache Erhebung, ein Kind, könnte man denken. Er geht nicht zu ihr. Was würde er dann tun? Die Decke von ihrem Gesicht ziehen, sie auf die Stirn küssen und ihr zuflüstern, dass er sie lieb hätte? Oder die Decke fester auf ihr Gesicht drücken, bis sie sich nicht mehr regte? Woher soll er wissen, wozu er heute fähig wäre?

Während er leise die Tür schließt, kommt sein Vater aus dem gegenüberliegenden Zimmer. Dem Zimmer seiner Schwester. Mit einer fahrigen Geste streicht er sich über die wirren Haare.

»Ach, bist du schon da?« Mehr eine Feststellung als eine Frage. Sein Vater sieht an ihm vorbei.

»*Ist was mit Lidia?*« Er spürt, dass etwas ist, was nicht sein sollte.

»*Wieso? Was meinst du?*« Sein Vater will die Treppe hinuntergehen, aber er stellt sich ihm in den Weg.

»*Du weißt, was ich meine. Was wolltest du bei ihr?*«

»*Du fragst mich, was ich bei meiner Tochter will? Pass auf, Junge, sieh du mal lieber zu, dass aus dir was wird. Als ich in deinem Alter war –*«

»*Lass mich mit dem Scheiß in Ruhe! Als du in meinem Alter warst, warst du Karlarsch bei Kistner. Hast dich dreißig Jahre lang hochgebuckelt.*«

Er will Lidias Tür öffnen, doch sein Vater schiebt seine Hand weg.

»*Werd mal nicht frech. Ich hab genug von deiner Großkotzigkeit. Hast nix und bist nix und spuckst große Töne. Hast den Rasen immer noch nicht gemäht, also ein bisschen dalli.*«

Noch immer ist aus Lidias Zimmer kein Mucks zu hören. Oft lief sie ihm entgegen, wenn er nach Hause kam. Zumindest juchzte sie aus ihrem Zimmer vor Freude. Sie konnte es kaum erwarten, dass er hochkam und ihr neuestes Bild ansah oder eine ihrer fantasievollen Landschaften aus Papier, Pappe, Stoffen, Schachteln, Töpfen, Knöpfen und Fundstücken von ihrem Weg aus der Schule nach Hause.

Aber in den letzten Wochen war sie stiller geworden, die Landschaften karger und die Bilder dunkler. Und sein Vater war häufiger mittags nach Hause gekommen. Um nach der Mutter zu sehen, angeblich.

Er schiebt seinen Vater beiseite, er ist längst genauso groß wie dieser und durch den vielen Sport um einiges muskulöser. Er muss keine Angst mehr haben vor Wutausbrüchen, vor Gürteln und Kleiderbügeln, Flaschen und Fäusten. Diese plötzliche Erkenntnis, das sieht er glasklar, wird ihm immer in Erinnerung bleiben. Wie sein erster Sprung vom Zehner.

»Lass sie, sie schläft.« Ich muss meine Strategie ändern, ihn beruhigen. Da ist ein Funkeln in Tobias' Augen. Es ist nicht nur seine Wut, da ist auch der wilde Wunsch, dass ich ihn angreife, damit er zurückschlagen kann. Mein kleiner Sohn, der sich immer geduckt hat ... Hat sich meine Härte und Kälte doch gelohnt. Er wird doch noch ein richtiger Mann werden und kein verweichlichtes Opfer. »Sie hatte Bauchschmerzen, ich habe sie früher aus der Schule abgeholt. Eigentlich sollte Mama – aber, na ja, du weißt schon ... Ich habe ihr einen Tee gemacht und ihr etwas vorgelesen. Jetzt schläft sie, lass sie schlafen.«

Das hört sich so gut an, er wünscht sich, dass es stimmen würde, dass es genau so wirklich war. Er zögert, sieht, wie sich die Kiefermuskeln des Vaters entspannen. Sieht, dass sein Vater denkt, er hätte gewonnen.
   Bestimmt drückt er die Klinke von Lidias Tür herunter.

11. Fast Vatertag

Der Zug fuhr ab. Mit Maria und, wie sie fand, zu vielen anderen Ausflüglern. Der einzige freie Platz war am Gang neben würfelspielenden Männern. Vielleicht ein Kegelverein, mutmaßte sie ins Blaue, ebenfalls auf dem Weg nach Norderney. Pawlow verzog sich unter die Sitzbank. Maria beneidete ihn. Sie ahnte, dass zwei anstrengende Stunden vor ihr lagen, platzierte demonstrativ ihr Buch auf dem Schoß, wendete sich ab und sah aus dem Fenster der gegenüberliegenden Seite.

Am Bahndamm. Gelbblühender Ginster (*Genista*) und grüne Wiesen, weiter Blick.

Bahnhof Delmenhorst. Kastanienkerzen (*Aesculus hippocastanum*), meistens weiß, manchmal rot. Flammen im Blättergrün.

»Guckt ma', die hatten auch die Idee, die Vatertagstour um einen Monat vorzuverlegen.« Einer der Männer zeigte auf einsteigende Gruppen mit vollen Umhängetaschen und Bierkisten.

»Klar, Himmelfahrt ist ja alles schon voll und viel zu teuer. Weiß jeder.«

Maria seufzte. Nein, sie hatte das nicht gewusst.

Ein Schrottplatz, Einfamilienhäuser *im Landhausstil* – auf dreihundertfünfzig Quadratmeter Grundstück. Statusschrott.

Sekt für die Kegler.

Mischwald, flimmerndes Licht: hellgrün, dunkelgrün, flaschengrün, froschgrün, gelbgrün, blaugrün, graugrün, lindgrün, maigrün, moosgrün, meergrün, pistazie, kiwi, schilf …

Cola- und Bierdosen knallten lautstark in die Metallmüllbehälter.

»Prost, auf eine gelungene Vor-Vatertags-Norderneytour, meine Herren!«, grölte ein besonders durstiger Kegler.

Maria atmete tief ein und sehr langsam aus.

»Hier, nimm mal Wodka dazu.« Schlucken, Schmatzen, Flaschenklirren. »Woll'n Sie auch?«

Maria hatte mit diesem Augenblick gerechnet und sich die Antwort nach kilometerlangem Grübeln zurechtgelegt: »Nein.«

Kein Danke. Keine Erklärung. Erst recht keine Entschuldigung. Erst mal Spucke weg bei den Herren.

Draußen Gruppen von radelnden Männern mit Sechserpacks auf dem Gepäckträger und großen Bluetoothboxen. Stummfilm.

»Letztes Jahr auf Teneriffa … Meine Frau hatte immer mit ihren Haaren und den Kindern zu tun, aber ich: Happy Hour! Immer zwei Getränke, ein Preis. Bacardi, Wodka mit Feige. Bis morgens um fünf.« Grinsen. Alle wussten, dass die Pointe noch kam. »Mussten mich ins Zimmer tragen. Die Frau den Oberkörper, jedes Kind ein Bein. Aber am Abend ging's wieder und dann: Happyyy Hour!«

»All-inclusive, das isses doch!«

»Na, nun trinken Se doch mal einen mit.«

So schnell der zweite Versuch. Maria war überrascht.

»Nein. Ich möchte wirklich nicht.« Etwas zu freundlich, aber ganz okay. Ob sie irgendwann so weit sein würde, dass sie einen Schluck mittrank? Sich womöglich über die Erzählungen und Witze amüsieren – und keine geheime Liste mehr abarbeiten müsste? Wäre das die große Freiheit?

Bad Zwischenahn. Neuer Bahnhof, alte, schöne Häuser, *Bad* eben. Danach: Baumschule, Wiese, schwarzbunte Kühe. Daneben urwüchsige Galloway-Rinder. Bestimmt Bio.

»Als meine Tochter geboren wurde, da hab ich sechs Fläschchen Kümmerling … im Klo vom Kreißsaal!«

Viele volle Männerblasen zogen an ihr vorüber. Erst waren sie nur zu hören, dann zu sehen. Meistens kein Gewinn. Einzeln. Etwas unsicher in Gang und Blick. Durch den Gang waberte Kneipenluft: Alkohol, Schweiß, Deo.

Nein, das war nicht die Freiheit, die Maria suchte. Ihre Freiheit hatte etwas mit Genuss und freier Entscheidung zu tun. Nicht mit Gruppenzwang, Betäubung oder die Suche nach einem verloren gegangenen Sinn, die im Laufe der Jahre immer weiter in den Hintergrund gerät. Flucht in die Sucht kannte Maria zur Genüge. Die hatte sie bei ihrer Mutter bis zum völligen Zusammenbruch verfolgen können. Schritt für Schritt, und sie war in ihrer Komplizenschaft mit der Mutter fast mit zugrunde gegangen.

Sie griff unter den Sitz, um Pawlow zu kraulen. Ein wohliger Grunzer als Antwort. Ihm war völlig egal, was diese Fremden mit sich anstellten.

»Ssollen wir wetten? Fflasch Wodka!« Die Zungen wurden ungelenker.

»Mönsch Mädel, nu hab dich nich' so!« Die Anmachen erst recht.

Weggehen würde nichts bringen, der Zug schien voll zu sein mit reisenden Sechserträgern.

Dies ist eine Desensibilisierungsübung, Maria, sagte sie sich. *Arachnophobiker müssen das auch machen. Kostet beim Therapeuten einhundertzwanzig Euro in der Stunde und dauert Monate oder Jahre.*

»Hier, trink aus. Sind gleich da. Lass'n wir stehn, die leer'n …«

Endlich. Maria schlug den Krimi zu, in dem sie die eine Seite mindestens zehnmal gelesen und doch keine Ahnung hatte, worum es ging.

»Mensch, hier müss'n wir doch! Hannes, los nu mach! Hannes, Hannes? Nee, Mann, guck, der schläft. He he, wach auf!«

»Mannomann, Hannes. Mach doch mal mit!«

»Is' ganz wech der Kerl!«

»Mönsch, den kriegen wir nie –«

»Hier, Mole, müssen raus, lass den halt. Hähä, wird schön gucken, wenn er in Brem' wieder aufwacht!«

»Wir schreibm ihm ne Karte.«

Norddeich-Mole, Bahnsteig. Strahlender Sonnenschein, weißes Schiff am Anleger in Sicht, Norderney zu ahnen im Schönwetterdunst, Menschen, Menschen, Geschiebe, viel Gepäck, viele Kegler, kein Hannes.

Maria setzte sich aufs Oberdeck des Schiffes, das sie nach Norderney bringen sollte, ließ sich vom Nordseewind die Seele durchblasen und gratulierte sich zu der überstandenen Härteprobe. Musste ja keiner wissen, dass sie dem Schaffner gesagt hatte, in welchem Wagen Hannes von seinen Vaterfreuden träumte.

12. Das bordeauxfarbene Poloshirt

Bei der Ankunft im Hotel am Damenpfad rief der Strand so laut nach Maria und Pawlow, dass sie sofort wieder unterwegs waren.

Die Sonne stand schon tief im Westen und sie gingen ihr nach.

»Das fühlt sich richtig wie Urlaub an«, erzählte Maria ihrem Hund, der sie verständig und vielleicht auch ein wenig mitleidig ansah. Urlaub – das war für ihn jeden Tag, jede Minute oder auch nie, ganz wie man es sehen wollte. Leben war für Pawlow immer genau dieser eine Augenblick.

Konzentriert schnoberte er durch die angetrockneten Algen.

Nach etwa einer halben Stunde wurde Maria hungrig. Sie wollte gerade umdrehen, da sah sie ein paar Hundert Meter weiter vorn, oben auf dem Dünenrand, Lichter, die vielleicht zu einem Restaurant gehörten.

Aus der Nähe erkannte sie, dass es mehrere Geschäfte und ein Lokal gab. Vor dem dunkler werdenden Abendhimmel strahlten die Lampen einladend. Sowohl draußen wie auch drinnen war viel Betrieb.

Auf der großen Veranda waren alle Plätze belegt. Das war Maria recht, der Hunger ließ sie frieren und sie wollte nach drinnen. Am Eingang fiel ihr Blick auf das Schild: Nordsee-Lounge. Im selben Gebäude: eine Surfschule. Sehr interessant. Hier war sie also genau richtig. Neugierig sah sie sich um.

Auch in dem weitläufigen Raum waren alle Tische besetzt und nur vereinzelt Stühle frei. Ein bunt gemischtes Publikum:

junge Leute, mittelalte, wenige ganz alte. Die Musik wäre auch kaum nach deren Geschmack. Maria suchte einen Platz, von dem aus sie eine gute Sicht in den Raum und auf die Nordsee hatte und Pawlow nicht im Weg lag.

»Ist hier noch frei?«

Der Mann blickte kurz von seiner Zeitschrift auf. Er nickte.

»Stört Sie der Hund? Er kann sich sehr klein machen.«

»Is' okay.«

Was soll's, dachte Maria, *ich bin ja nicht zum Plaudern gekommen. Wer weiß, was auf dessen Lebensliste stand?* Nicht mehr als zehn Worte am Tag, *vielleicht?*

Hund und Frau quetschten sich in die Ecke. Maria sah sich die Speisekarte an: Variationen von Frühstück, Suppen, Frikadellen und Würstchen. Bierbegleitende Speisen nannte man das wohl.

Maria bestellte eine Tomatensuppe mit Knoblauchbrot. Riskant, weil sie Tomatensuppe liebte und Tütensuppen verabscheute, aber der fleischlastige Rest war ganz und gar nicht nach ihrem Geschmack, und Frühstück war vermutlich durch?

Die Wartezeit vertrieb sie sich mit dem spektakulären Sonnenuntergang und mit interessierten Blicken auf die Gäste.

Am Nachbartisch saß ein junger Surfer in einem ärmellosen Neoprenanzug, ganz dem Klischee entsprechend mit zwei Goldkettchen um den Hals und blondierten Haaren im Out-of-bed-Style, der sie an Tobias Rüter erinnerte. Neben ihm ein mindestens fünfzigjähriger Mann, der mit seinen etwas zu engen Jeans, einem bordeauxfarbenen Poloshirt, weißen Turnschuhen und gegelten Haaren aussah wie sein auf jung gemachter Vater.

Weiter hinten gab es einen großen runden Tisch, an dem junge Männer mit und ohne Surfkleidung vor Bierflaschen lautstark über Wind und Wellen fachsimpelten. Keiner der Neoprenträger war nass. Sie kamen also nicht vom Surfen, sondern saßen hier in ihrer Kluft herum wie Models auf einer Freizeitmesse. Wahrscheinlich hatten sie es nicht erwarten können, die neueste Surfkleidungskollektion vorzuführen. Surfen um diese Jahreszeit war kräftezehrend und vor allem kalt, wahrscheinlich eher etwas für Extremsportler.

Draußen im Dämmerlicht schleppten diese Draufgänger ihre Bretter in den Container der Surfschule und verschwanden im Untergeschoss des Restaurants, wo Maria Umkleiden und Duschen vermutete.

Die Tomatensuppe wurde gebracht und Pawlow murrte leise. Sogar bei ihm gab es eine kritische Distanz. Spätestens bei einem Kellnerfuß auf seinem Schwanz. Maria beugte sich hinab, um ihm zu signalisieren, dass sie alles im Griff hatte, da fiel ihr Blick unter den Nachbartisch: Das bordeauxfarbene Poloshirt hatte seine Hand auf dem Oberschenkel des blonden Goldkettchens und strich auf und ab. Eigentlich mehr auf als ab. Der Junge schob seine Hand grinsend zurück. Also wohl eher nicht Vater und Sohn, sondern ein Paar?

An einem anderen Tisch fielen Maria zwei Frauen auf, die leise tuschelten und laut kicherten. Die hatten sicher schon mehr als eine Weinschorle intus.

Wie auch immer. Die Tomatensuppe schmeckte hervorragend, sie war zweifellos frisch zubereitet und gut gewürzt. Das halbe Toastbrot, ohne einen Hauch von Knoblauch, wirkte dagegen wie ein welkes Salatblatt in der Brusttasche eines Smokings. Maria ließ es liegen. Drei Jahre Zusammenleben mit einer begnadeten Biobäckerin waren nicht spurlos an ihr vorbeigegangen.

Die heiße Suppe machte sie träge und müde, es war eine ereignisreiche Woche gewesen mit wenig Schlaf. Sie entschied aufzubrechen, obwohl der Ausblick zum Verweilen verlockte: Am Horizont hatten sich einige Wolken zu einem Gebirge zusammengeballt, orange-rot-violett umrandet vom letzten Sonnenlicht. Sie hatte mal eine Ausstellung mit Wolkenstudien von William Turner gesehen. Diese Aussicht hätte ihm gefallen.

Sie wies Pawlow an zu bleiben und ging zu den Toiletten, um den Rückweg ohne Abstecher in die Dünen zu schaffen.

Als sie aus der Klokabine kam, stand eine der zwei Frauen wartend davor. Sie sah Maria neugierig an und sagte: »Aufregend, oder?!«

»Wie bitte?«

»Na, Sie sind doch bestimmt auch hier, um sich diese süßen Typen anzugucken. Das war ein Tipp unserer Bridgeschwestern.«

»Was meinen Sie?«

»Die können doch nicht alle schwul sein. So eine Verschwendung, finden Sie nicht? Wir haben ja nichts gegen Schwule, aber mal ehrlich, mit diesen alten Männern ... Ein bisschen unappetitlich ist das schon, nicht wahr?«

Für einen Moment war Maria wie vor den Kopf gestoßen. »Das ist doch hier kein Zoo! Sie können doch nicht ...« Sie brach ab und warf der Frau einen wütenden Blick zu. »Aber sie haben natürlich recht: Statt schwuler Männer ist die Gesellschaft von sensationsgeilen, intoleranten alten Schachteln wie Ihnen natürlich viel angenehmer. Einen schönen Abend noch.«

War das nötig?, meldete sich gleich das brave Mädchen. Aber Maria wusste zu gut, dass solche Vorurteile pures Gift waren.

An der Theke bezahlte sie die Suppe.

»Sagen Sie, ist der Inhaber der Surfschule da?«

»Worum geht's denn?«

»Ich komme aus Bremen, ein Kollege von mir wollte hier mit einer Schülergruppe surfen und –«

»Nein, keine Ahnung, der Chef ist auch nicht da. Vielleicht morgen Mittag.« Er drehte sich weg und polierte die trockenen Gläser noch einmal.

»Gehört ihm auch das Restaurant?«

»Fragen Sie ihn selbst.«

Abgewimmelt. Der vorhin noch ganz freundliche Typ drückte ihr ein Streichholzbriefchen in die Hand und wies auf die Telefonnummer.

Vielleicht hatte er recht, besser, wenn sie morgen anriefe und einen Termin verabredete. Als Maria mit Pawlow Richtung Ausgang ging, warfen die beiden Frauen ihr wütende Blicke zu. Ihre stark geschminkten Augen erinnerten Maria an tropische Krabbenaugengrundeln, die mit raubfischartigen Fake-Augen auf den Rückenflossen ihre Feinde abschrecken, während sie den Meeresboden nach Fressbarem durchwühlen.

Schon halb aus der Tür griff plötzlich eine Hand nach ihrem Arm.

»Frau Brehm? Was machen Sie denn hier?!«

»Lukas?! Und du?«

»Ich arbeite hier seit dem Abi letztes Jahr. Im Sommer habe ich das Geld fürs Studium zusammen.«

»Na, da drück ich dir die Daumen. Was genau soll's denn werden?«

»Medienakademie Hamburg …«

»Tisch acht will zahlen!« Der Tresenmuffel schickte Lukas, der offensichtlich seinen Dienst gerade erst beginnen wollte und noch nicht einmal die obligatorische rote Schürze umhatte, mit einer zackigen Kopfbewegung weg.

»Bist du morgen hier? Ich komme noch mal, um mit dem Inhaber zu sprechen.«

»Ich weiß nicht, ich muss jetzt … Tschüss also.«

13. Slipper haben keine Schnürsenkel

Die Szene auf dem Klo ging Maria auf dem Weg zurück ins Hotel nicht aus dem Kopf. Wieder und wieder überlegte sie, wie sie schneller, schlagfertiger auf die Dummheit dieser Frauen hätte reagieren können.

Aber die Wurzel ihres Ärgers lag tiefer, das wusste sie.

Was, wenn sie sich früher schon dazu gestellt hätte? Wenn sie sich früher nicht genau vor diesem armseligen Getuschel und Gekicher so gefürchtet hätte? Maria hatte es ja nicht mal geschafft, die eigenen Vorurteile zu besiegen, die eigenen Gefühle klar zu benennen. Vielleicht wäre Lisa sonst nicht gegangen. Es war eben nicht nur die Dummheit der anderen, sondern ihre eigene.

Gut, dass noch ein ganzes Stück ruhiger Strand vor ihr lag. Schritt für Schritt würden die Zusammenhänge hoffentlich klarer werden. Jedenfalls die, die mit Kaisers Tod zu tun hatten.

Bewegung war oft ihre Rettung gewesen. Gehen. Laufen. Radfahren. Atmen. Und Pawlow. Immer wieder der Hund. Ihm beim Leben zusehen. Wenn Pawlow lief, war alles an ihm richtig. Einfach. Effektiv. Elegant. Jeder einzelne Muskel machte seine Arbeit, alle spielten perfekt zusammen. Sie war hingerissen von der Kraft, der Ausdauer und der Leichtigkeit. Er stand sich nie selbst im Weg mit Zweifeln und Selbstkritik. Sie schaffte ein Lächeln.

Sterne standen am nachtblauen Himmel. Der Mond würde erst später aufgehen. Die Lampen des Ortes streuten ein bisschen Licht über die Dünen.

Pawlow streunte über den Strand, er schnüffelte mal direkt am Wasser, mal weit weg von Maria am Rand der Dünen.

Als sie sich nach ihm umsah, bemerkte sie zwei Männer, die ebenfalls in Richtung Ort gingen. Sie waren schneller als Maria, kamen näher, genau in ihrer Spur.

Maria rief nach Pawlow und bückte sich nach einem angeschwemmten Stock. Sie wollte die Männer vorübergehen lassen, während sie mit dem Hund spielte.

Pawlow rannte erfreut hinter dem fliegenden Holz her. Seine Ohren waren hoch aufgerichtet, nur die obersten Spitzen knickten im Gegenwind ein und wippten bei jedem Sprung. Im gleichen Takt schlackerte seine lange Zunge aus der aufgerissenen Schnauze. Schwarze Ohrzipfel, rote Zunge, weiße Zähne. *Schneewittchenhund*, dachte sie und das Lächeln kehrte zurück.

Blick nach hinten: Die Männer waren auch stehen geblieben. Einer band sich augenscheinlich die Schnürsenkel zu, der andere holte Zigaretten aus seiner Jackentasche.

Na gut, dachte Maria, *dann eben anders*.

Diesmal warf sie den Stock weit voraus und marschierte zügig los. Noch war es fast ein Kilometer bis zu den ersten Häusern. Außer ihr und den beiden Typen war niemand am Strand zu sehen.

Wieder holten sie auf.

Sie überlegte, ob sie rennen sollte, schalt sich aber gleich selbst eine Angsthäsin.

Die merken gar nicht, dass sie mir auf den Pelz rücken, sagte sie sich.

Die Männer gingen schweigend hinter ihr und waren inzwischen bis auf fünf Meter heran.

Fünf Meter auf einem Strand von acht Kilometern Länge und hundert Metern Breite, abends um neun, im Dunkeln – das unterschritt Marias Territorialgrenzen. Jetzt wünschte sie sich, dass Pawlow ein Hund mit ausgeprägterem Schutzinstinkt wäre. Oder zumindest optisch bedrohlicher.

Also spreizte sie ihr Gefieder, blieb abrupt stehen, drehte sich den Männern entgegen und fixierte sie.

»Folgen Sie mir nur zufällig oder kann ich Ihnen irgendwie helfen?«

»Helfen? Oh ja, dit könn' Se.« Der Lange berlinerte deutlich. Maria sah sich die beiden genau an. An einem anderen Ort zu einer anderen Zeit hätte sie dieses Paar sicher amüsant gefunden, weil sie genauso aussahen, wie man sich gemeinhin ein Schlägertypenduo ausmalte: der eine glatzköpfig, klein, dabei muskelbepackt und kraftstrotzend, der andere mit kinnlangen, strähnigen Haaren, schlaksig, dümmlicher Gesichtsausdruck mit einem gemeinen Grinsen. Maria konnte sich ihn gut mit einem Messer herumfuchtelnd vorstellen. Beide trugen schwarze Lederjacken und schwarze Jeans. Ein Blick weiter nach unten offenbarte Maria, dass sie Slipper trugen, einer in hellbraun, der andere in weiß. *Slipper haben keine Schnürsenkel*, dachte sie und schluckte.

Sie griff nach Pawlows Halsband und zog ihn näher zu sich, als müsste sie eine gefährliche Bestie unter Kontrolle behalten. Diese Masche wendete sie selten an, aber wenn, dann hatte es meistens gewirkt. Pawlow ließ das Stöckchen fallen. Er merkte, dass dies kein Spiel mehr war.

»Wollen Sie denn gar nicht wissen, wie Sie uns helfen können?«, fragte der Kleine. Reinstes Hochdeutsch. Ein russischer Akzent hätte das Klischeefass zum Überlaufen gebracht. Der Lange bückte sich und hob den Stock auf. Pawlow sah ihm zu. Hier stimmte sogar für einen Zenmeister eindeutig etwas nicht. Sein Nackenfell sträubte sich.

Maria suchte nach einer Antwort, die abweisend war, ohne die Männer zu provozieren. Ihr fiel nichts ein. Beschwichtigung war sonst eine ihrer Stärken – oder Schwächen, je nachdem.

»Na, denn sagn wir et dir, Kleene: Du solltest hier verschwinden, so schnell wie möglich!« Der Große ließ den unterarmdicken Stock in seine linke Hand klatschen wie einen Baseballschläger. *Wusch*. Seine Augen verengten sich. *Wusch*. Seine Mundwinkel wanderten in Richtung Ohren. *Wusch*. Pawlow ließ ihn nicht aus den Augen.

»Wieso? Das ist doch ein öffentlicher Strand hier!« Maria hatte geantwortet, bevor ihr pädagogisches Über-Ich das Wort *Deeskalation* senden konnte.

»Öffntlicher Strand is jut. Aber so wat von.« Der Lange amüsierte sich, worüber eigentlich? »Siehste hier wat von öffntlich? Hier sind nur wir drei Hübschen, wa.«

»Hör gut zu, wenn du nicht willst, dass dir oder deinem kleinen Liebling etwas Unangenehmes zustößt, dann nimmst du morgen früh die erste Fähre und lässt dich hier nicht mehr blicken.« Der Kurze war deutlicher.

Maria blieb jede Erwiderung im Halse stecken. Vor Empörung zitternd stand sie da, während die Finstermänner – sie hätte sie zu gern Pat und Patachon genannt, aber irgendwie war Humor gerade deplatziert – sie stehen ließen und davonschlenderten. Der Lange warf den Stock weit in die schwarze Nordsee hinaus. Maria hielt Pawlow fest und blieb stehen. Erst als die beiden Silhouetten vor den dunklen Mauern der ersten Hotels verschwanden, setze sie sich wieder in Bewegung. Jetzt war der Sand gegen sie. Er war tiefer und feuchter, klebte unter den Schuhen oder gab unter ihr nach. Jeder Schritt war mühsam. Pawlow musste bei Fuß laufen.

Im Dunkeln klang jede flatternde Plastiktüte bedrohlich. Der schwarze Wassersaum versteckte vielleicht etwas – oder jemanden?

Maria ging nicht in ihr Hotel. Der Gedanke, sie könnte beobachtet werden, hatte sich festgehakt. Wem war sie hier in der kurzen Zeit auf die Füße getreten? Oder war das einfach das Hobby der beiden Kerle: Angst verbreiten? So, wie andere Angeln gehen, mit Modelleisenbahn spielen oder Porzellanschildkröten sammeln?

Sie ging in die Deichbar, ein Bistro am Ortsanfang oben auf

der Deichkrone. Schön gelegen und gut besucht. Laute Gespräche und laute Musik übertönten die Stimmen in ihrem Kopf.

Ein Becher grüner Tee und ein Platz an einem Tisch voller lachender, *Mensch-ärgere-dich-nicht*-spielender Gäste brachten Maria wieder etwas zur Ruhe.

Sie konnte sich nur vorstellen, dass sie irrtümlich mit den beiden Krabbenaugengrundeln in einen Topf geworfen worden war und dass die Männer sich vor solchen lästigen Besucherinnen schützen wollten. Das war verständlich, wenn auch rabiat.

14. Schafpelz

Er versteht es nicht. Er versteht es einfach nicht. Dabei ist es ganz leicht.

Lidia und ich, das ist etwas Besonderes. Sie ist so weich, so sanft, sie braucht so viel Liebe und Zärtlichkeit. Karina hat nichts mehr zu geben. Lidia nicht und mir nicht. Da ist es doch richtig, dass wir uns gegenseitig schenken, was wir brauchen: Liebe, Zärtlichkeit. Ich weiß, dass sie das auch will. Wir schaden doch keinem. Ich nehme niemandem etwas weg, im Gegenteil, ich gebe Lidia all meine Wärme, meine Sehnsucht. Sie weiß, dass ich sie liebe und brauche. Das ist doch gut für sie: gebraucht zu werden, geliebt, gewollt.

Manchmal kann ich es gar nicht erwarten, nach Hause zu kommen, zu ihr. Dann fahre ich schon in der Mittagspause hin und bin da, wenn sie aus der Schule kommt. Dann haben wir eine Stunde Zeit nur für uns und wir baden zusammen. Das mag sie. Ich weiß das, auch wenn sie in letzter Zeit manchmal weint. Das liegt nur daran, dass sie so viele falsche Sachen hört. Und an Tobias' Fragen. Der bringt sie ganz durcheinander.

Er versteht uns nicht.

15. Sehr toter Fisch und Himmel über Norderney

Am Samstag wachte Maria mit schmerzendem Nacken und durchdringendem Stechen unter dem rechten Schulterblatt auf. Ihre Warnlampen bei Migränegefahr. In der Nacht war sie bei jedem kleinen Geräusch hochgefahren und ihre Gedanken waren nicht zur Ruhe gekommen. Hatten die beiden Männer sie wirklich verwechselt? Und war es Zufall, dass ausgerechnet Lukas in der Nordsee-Lounge arbeitete? Und warum wollte der Barmann nicht, dass er mit ihr redete? Und die wichtigste aller Fragen: Hatte all das etwas mit Kaiser und seinem Tod zu tun?

Mit Glück halfen ihre Hausmittel gegen den Schmerz: Bewegen und Trinken. Vorzugsweise Tee, aber jetzt musste ein großes Glas Leitungswasser reichen. Tee wäre erst zum Frühstück dran, nach dem Laufen, aber dann reichlich.

Ihr Anti-Kopfschmerz-Lauf führte sie nach Westen in Richtung Hafen. Der Strand war hier schmaler und von mehr Buhnen durchzogen. Pawlow trödelte herum, er fand eine tote Möwe sehr interessant. *Mantelmöwe, larus marinus*, tippte Maria wegen der eher grauen Beine. Vielleicht aber auch eine große Heringsmöwe? Maria rief Pawlow heran. Sie redete sich ein, dass sie sehen müsse, wenn er einen Haufen in den Sand setzte. Tatsächlich wusste sie, dass sie ihn aus Sorge nicht aus den Augen lassen wollte.

Die Wellen zogen weiße Linien übers Wasser und am Strand entlang, während Maria barfuß durch den kalten, vom Wasser gehärteten Sand lief. Barfuß, das war Kindheit, Ostsee, fast Glück ... Dieser Strandabschnitt war voller Muscheln. Jetzt bloß nicht schneiden, dann wäre die Migränetherapie gescheitert. Sie zählte ihre Atmung: vier Schritte ein, fünf aus – achtung, Muscheln – vier Schritte ein – eins, zwei, drei, vier, fünf aus – nach Pawlow sehen – Muscheln – Atem – Hund ... Allmählich ließ die Anspannung im Nacken nach, das Messer unter ihrem Schulterblatt zog sich ein kleines Stück zurück.

Kurz vorm Hafen drehte sie um. Der starke Westwind kam nun von vorn, sie kämpfte kraftvoll mit gesenktem Kopf und zusammengekniffenen Augen dagegen an, damit ihr nicht allzu viel Sand in die Augen wehte.

Muscheln – einatmen – Wind – Muscheln – ausatmen – Muscheln – einatmen – wo war Pawlow?! Maria lief ein Stück zurück und entdeckte den Rüden, der sich vergnügt in etwas wälzte.

»Oh nein!! Pawlow, aus! Komm sofort hierher!!« Nur ungern ließ Pawlow den sehr toten, lecker duftenden Fisch, der zu unkenntlichem Matsch mit Gräten geworden war, am Hochwassersaum zurück.

Marias Magen zog sich ruckartig zusammen, als ihr der Verwesungsgestank in die Nase kam. So konnte sie unmöglich mit ihm ins Hotel zurück.

»Los, such einen Stock. Such!«, forderte sie ihn auf. Pawlow war begeistert: erst das Fischdeo und jetzt ein Spielchen. Toller Tagesbeginn! Er fand einen Ast, den Maria weit in die Brandung hinaus warf. Pawlow stürzte sich ohne zu zögern in die Wellen, sprang über die ersten zwei Schaumkämme, dann musste er schwimmen. Die dritte Welle brach über ihm, er kam dahinter zum Vorschein, schüttelte sich das Wasser aus den Ohren, grinste und strebte weiter auf das Holz zu. Zurück nutzte er geschickt die Wellen, er schwamm schräg vom Wellenberg zu Tale und ließ sich tragen.

Dieses Spiel wiederholten beide, bis das Meerwasser den Fischduft herausmassiert hatte und nichts als salziger Hund zu riechen war. Pawlow schüttelte sich und schon waren nur noch die Fellspitzen feucht. Maria fragte sich schon lange, wann die Bioniker die fantastischen Trockeneigenschaften von Huskyfell entdecken und für Bekleidung imitieren würden. Goretex oder Holofill könnten einpacken im Vergleich zu Huskytex oder Huskyfill.

Maria lief weiter. Die Bewegung, die Sonne, das Meer, der Sand und der frische Wind wirkten. Die Migräne hatte verloren. Ein Bilderbuchtag auf der Insel erwartete sie.

Jetzt kam ihr die Begegnung des Vorabends unwirklich vor. Es war sicher ein Missverständnis, das sich klären ließ. Sie beschloss, nach dem Frühstück einen Spaziergang zum Hafen zu machen. Dort war die andere Surfschule und sie würde vielleicht Informationen über Kaisers Kurse bekommen. Danach konnte sie den Chef der Surfschule bei der Nordsee-Lounge anrufen, falls das dann noch nötig wäre.

Sie duschte ausgiebig. Auch die Reste der Migräne und der Beklommenheit kreiselten mit dem Schaum in den Abfluss. Pawlow fraß. Dann ging sie zum Frühstück hinunter. Sie saß allein im Speiseraum. Die anderen Gäste bummelten wohl schon durch die Geschäfte oder radelten über die Insel. Auch Maria hielt es nicht mehr lange im Hotel. Nach der ersehnten Ladung Tee und einem Teller Rührei war sie bereit für mehr.

Die Segel- und Motorboote im Jachthafen strahlten im Sonnenlicht. Eine leichte Brise ließ sie tänzeln und die Falleinen am Mast klopften den Takt dazu. Sie staunte, wie voll es so früh im Jahr war. Die meisten hatten Heimathäfen auf dem Festland. Ob sie Dauerliegeplätze auf Norderney hatten oder Urlaub machten? Die Gäste kamen aus dem Ruhrgebiet, aus Holland, aus Bremen. Für einen Wochenendtörn war die Anreise zu weit. *Vielleicht ist dies der Anfang der demografischen Rentnerkatastrophe, die uns bevorsteht?*, dachte Maria. *Auch Zynismus will geübt sein*, entgegnete der Kritiker.

»Hier müsste auch die Jacht von Frau Kaiser liegen, oder?«, fragte sie Pawlow, der ihr freundlich hechelnd zustimmte.

Sie fand die Swan 38, die sie von dem Foto bei Frau Kaiser kannte. Die Segeljacht war sehr gepflegt. Das Stabdeck war von der Sonne hell ausgeblichen, die Holzaufbauten frisch abgezogen und lackiert, alle Beschläge glänzten, die Leinen waren ordentlich aufgeschossen.

»Wie schafft die Frau das, als Ärztin hat sie sicher nicht viel Zeit für Winterlagerarbeiten?« Auf solche Fragen hatte Pawlow keine Antworten. Er schnüffelte lieber am Steg herum.

»Das alles machen zu lassen ist teuer, vielleicht hilft der Vater ihr noch?« Maria stand nachdenklich vor dem Boot. Gern würde sie einen Blick hineinwerfen. Sie sah sich um. Es war niemand in der Nähe. Der Form halber klopfte sie an den Rumpf. Unwahrscheinlich, dass Frau Kaiser hier war. Sie hatte in Bremen vieles zu erledigen. Wie erwartet kam keine Antwort.

Bleib!, signalisierte sie Pawlow und stieg über den Bugkorb an Deck. Ihre Beine wussten sofort Bescheid. Erinnerungen an ihre Zeit im Uni-Segelklub wurden wach. Ein paar Jahre hatte sie intensiv gesegelt. Mit dem Ende des Studiums verloren sich die Kontakte und seit sie Pawlow hatte, war es ganz aus mit der Segelei.

Durch die Fenster konnte sie in die Kajüte sehen. Viel Holz, eine gut ausgestattete Pantry, ein Navigationstisch mit allen technischen Finessen, karierte Polster, ein paar Bücher in den offenen Schapps. Alles gediegen und teuer. Es gab auch an Deck alle möglichen Geräte zur Unterstützung: Einhandwinschen, Rollfock, Selbststeueranlage, Radar. Diese Jacht war dafür ausgelegt, dass eine Person sie gut allein händeln konnte.

Die Steckschotts waren mit einem Vorhängeschloss gesichert.

Maria zweifelte sowieso daran, dass sie sich getraut hätte, unter Deck zu gehen. Sie setzte sich in die Plicht. Auf der Steuerbordseite war eine Backskiste, ebenfalls mit Vorhängeschloss, das aber nicht zu war. Sie hob den Deckel an und fand einen weiteren, der durch zwei kräftige Riegel gehalten wurde. Sie ließ sie aufschnappen: »Eine Kühltruhe«, murmelte sie erstaunt.

»Richtig, und was haben Sie hier zu suchen?«

Maria fuhr hoch und stieß im Umdrehen mit dem Kopf gegen den heruntergezurrten Großbaum.

Maria funkelte den Fremden an, der unbemerkt an Bord gekommen war. »Wieso schleichen Sie sich so an?!«

»Das ist eher mein Text. Was machen Sie hier? Sind Sie enttäuscht, dass nicht so leicht was zu holen ist?«

»Sie denken doch wohl nicht ... Ich will nichts klauen. Ich ... bin mit der Eignerin verabredet. Frau Kaiser wollte heute Mittag hier sein.«

»Hm«, die Haltung des Mannes entspannte sich. Maria atmete auf, ihre Ausrede schien zu funktionieren.

»Das Dumme ist nur, dass Frau Kaiser nicht da ist. Das ganze Wochenende nicht.«

Mist, dachte Maria. Er schien Frau Kaiser besser zu kennen, als sie gehofft hatte.

»Tja, das war wohl ein Missverständnis oder sie hat es vergessen. Dann werd' ich mal gehen.«

»Sind Sie mir ihr befreundet?« Die Stimme bekam einen weicheren, freundlichen Klang.

»Nein, befreundet nicht.« Maria beschloss, dass hier die goldene Regel des geschickten Lügens anzuwenden war: Bleib so dicht wie möglich an der Wahrheit.

»Ich bin eine Kollegin ihres Mannes.«

Der Fremde sah Maria lange an. Sein Blick und seine Mimik waren völlig ausdruckslos. *Pokerface*, dachte sie.

»Sie wissen also, dass Herr Kaiser tot ist?«, fragte er.

»Ich bin hier, um einiges zu klären.«

»Und Sie haben erwartet, Frau Kaiser so bald nach seinem Tod auf der Insel anzutreffen?«

Maria betrachtete ihn eingehender, sie musste ihn einschätzen, um zu wissen, was sie erzählen konnte und wollte. Seebär, fiel ihr als zweites Klischee ein. Er hatte kurze, etwas angegraute Locken, einen dunkelblonden Vollbart, irgendwo zwischen Drei-Tage und Zwei-Wochen. Blaue Augen, nicht eiskalt wie bei der Kommissarin, sondern strahlend. *Himmel über Norderney*, dachte Maria und hörte, wie der Kritiker mit einem *Pfffäh* kommentierte. Lachfältchen zeichneten sich hell gegen eine in vielen Sommern dauerhaft gewordenen Bräune ab. Er war mindestens eins fünfundachtzig groß und machte in abgewetzten Jeans, einem hellblauen T-Shirt und weißen Turnschuhen eine gute Figur. Er konnte ebenso ein von der Seeluft früh gealterter Mittdreißigjähriger sein, wie ein durch Sport und gesundes Leben guterhaltener Fünfziger. Ihr gefiel, was sie sah. Er hatte die rasche, aber gründliche Musterung gelassen abgewartet und ihrem Blick mit einem ironischen Lächeln standgehalten.

»Wenn Sie mit Ihrer Begutachtung fertig sind, bekomme ich vielleicht eine Antwort?«

Einfühlsam und stur. Eine gefährliche und attraktive Mischung.

»Gehen wir im Hafenrestaurant etwas trinken, dann sagen Sie mir, wer Sie sind, und ich kann meinen lädierten Kopf mit einem kalten Lappen beruhigen«, schlug sie vor, um Zeit zu gewinnen.

»Lassen Sie mal sehen.« Er griff in ihren Nacken und zog ihren Kopf zu sich. Maria registrierte die Wirkung dieser Berührung: Ihr Sympathikus schüttete Adrenalin aus, die Haarbalgmuskeln zogen sich zusammen, die damit verbundenen Haarfollikeln richten sich auf. Ergebnis: Eine Piloerektion – Gänsehaut – kribbelte auf ihrem Rücken und ihren Armen. Ein Geflecht aus Empörung über diese Dreistigkeit, Freude über die Anteilnahme und einer Sehnsucht nach irgendetwas, das sie nicht benennen konnte – wollte.

»Da ist tatsächlich eine Beule. Kommen Sie, wir kühlen das Ding. Ist wahrscheinlich zu spät, aber schaden wird es auch nicht.«

Er ließ sie vorgehen, verriegelte für ihren Geschmack zu sorgfältig die Backskiste und folgte ihr auf den Steg.

Pawlow sprang auf, ging zu dem Mann und wedelte leicht mit dem Schwanz. Für Maria die nächste Überraschung, fast ein Schock. Ihr Hund war an anderen Menschen grundsätzlich nicht interessiert. Selbst zu Maria kam er selten, um sich streicheln zu lassen. Er war emotional autark und wahrscheinlich deshalb abgeklärt und ohne Aggression. Seine Zur-Kenntnisnahme dieses Menschen war eine Auszeichnung, die durch ein beiläufiges Hinter-den-Ohren-Kraulen erwidert wurde. Für Pawlow die angemessene Antwort. Wäre der Mann in ein begeistertes Was-für-ein-schöner-Hund-der-sieht-ja-aus-wie-ein-Wolf ausgebrochen, hätte Pawlow in Zukunft Abstand gehalten.

Sie waren am Hafenrestaurant angekommen, neben dem auch das Büro des Hafenmeisters lag.

»Gehen wir nach oben.« Er hielt ihr eine unscheinbare Tür neben dem verglasten Eingang zum Restaurant und dem Büro des Hafenmeisters auf. Maria folgte ihm durch einen Flur, eine schmale Treppe hinauf zu einer Stahltür. Auf einem Schild stand R. Voss.

»Sind Sie das? – Voss?«

»Damit ist also eine Ihrer Fragen beantwortet. Kommen Sie rein.«

Der Raum nahm fast die ganze Etage über Restaurant und Hafenmeisterbüro ein. Durch die verglaste Vorderfront sah man den Hafen, die Nordsee bis zum Festland und links das Watt. Die Einrichtung war sparsam. Eine Küchenzeile an der hinteren Wand, links ein abgewetztes, einladend aussehendes Sofa und zwei Sessel, dahinter ein hohes Regal mit Büchern, in der Mitte des Raumes vier unterschiedliche Stühle um einen Tisch. Ganz rechts ein Bett, durch ein halbhohes Regal abgetrennt. Der

Fußboden aus schmalem Stabparkett wirkte wie ein Bootsdeck. Warm, gemütlich, sympathisch.

Voss deutete zum Tisch: »Setzen Sie sich. Ich bin gleich wieder da.«

Zwei der Stühle waren mit Zeitungen und Papieren belegt. Maria drehte einen freien Stuhl dem Fenster zu. An einigen Stellen glitzerte das Wasser taubenblau im Sonnenlicht, an anderen war es schattendunkel, petrolfarben und sah unergründlich tief aus. Dazwischen gab es Streifen in karibiktürkis. Wenn sie hier leben würde, könnte sie vor Schauen wahrscheinlich nie arbeiten. Nie würde sie genug von diesem Anblick bekommen.

»Hier, das ist für Sie und das für Ihren Begleiter.« Voss gab ihr ein Handtuch, in das ein Kühlpack eingewickelt war, und stellte Pawlow eine Schüssel mit Wasser unter den Tisch.

»Er trinkt nur drau–« Maria hatte den Satz noch nicht beendet, da bewies das Schlabbern unterm Tisch das Gegenteil.

Missmutig nahm sie das Eis vom Kopf. »Das bringt eh nichts mehr. Aber vielen Dank für Ihre Mühe.« Ein Punkt für Unfreundlichkeit und gleich wieder ein halber Abzug.

Voss legte Handtuch und Inhalt wortlos in die Spüle und setzte sich. Maria drehte sich zu ihm, sodass sie sich wie Verhandlungspartner gegenüber saßen. Und das waren sie ja auch, irgendwie. Sie wollte herausfinden, ob Kaisers Tod etwas mit Norderney zu tun hatte, und er, was sie hier zu suchen hatte. Viel Taktieren in einer heiklen Situation.

»Robert Voss, Hafenmeister. Und Sie?«, begann er das Gespräch mit einem ironischen Lächeln und einer kleinen Verbeugung im Sitzen.

»Maria Brehm, Lehrerin«, konterte sie. Lächeln und Verbeugung ließ sie weg. Die Namensprobe bestand er. Keine Nachfrage *Bremen?* und auch kein *Haha, Frau Brehm aus Brem'*. Längst nicht mehr witzig.

Sie beschloss, mit offenen Karten zu spielen, fast jedenfalls. Einige Details gingen Voss nichts an.

Sie erzählte ihm von dem Grund ihrer Norderneyreise und wie ablehnend sie in der Nordsee-Lounge behandelt worden war. Die Drohung am Strand ließ sie weg, sie kam ihr wie ein Traum nach einer zu langen Kriminacht vor und sie wollte auf keinen Fall ängstlich oder aufschneiderisch wirken.

Ihre Frage, ob Sven Kaiser einen Unfall hatte oder ermordet wurde, deutete sie nur an. Voss sollte nicht denken, dass sie sich als Privatdetektivin betätigte. Sie stolperte über ihren Gedanken, denn schließlich tat sie genau das.

Sie gab zu, dass sie aus Neugier auf dem Boot von Frau Kaiser gelandet sei. Sie habe nicht erwartet, sie dort anzutreffen und sei nicht mit ihr verabredet gewesen.

Voss hatte aufmerksam zugehört. Maria fragte sich, was Voss sah, wenn er sie anschaute: eine mittelalte, mittelblonde, mittelgroße, mittelsympathische, sehr neugierige Frau? Oder sah er hinter ihrer Durchschnittsfassade die Person, die sie war? Die Frau, die alle zusammen ist: Das Mädchen, das es allen recht machen will. Die Kriegerin, die wütend nach Selbstbehauptung verlangt. Der Kritiker, der zwischen beiden steht, jedoch nie auf ihrer Seite. Die Frau, die nicht funktionieren oder sabotieren will, sondern ihren eigenen Weg gehen, auch wenn sie nicht weiß, welcher das ist …

»Und, was haben Sie jetzt vor?«, fragte Voss in ihre Gedanken hinein. *Tja, gute Frage*, waren sich alle Mitglieder des inneren Teams einig.

»Vielleicht können Sie mir helfen. Ich muss herausfinden, wo Kaiser den Surfkurs machen wollte. Hier soll es eine zweite Surfschule geben, aber ich bin nicht dazu gekommen, mich umzusehen.«

»Außer auf fremden Booten.«

Maria ignorierte den Vorwurf. »Kennen Sie die Surfschule hier auf der Südseite?«

»Ja, ziemlich gut sogar. Sie gehört mir.«

»Ich dachte, Sie sind Hafenmeister?«

»Stimmt, nebenher. So groß ist der Norderneyer Jachthafen nicht, dass er einen Vollzeitjob bietet. Anfangs hatte ich auch das Restaurant gepachtet. Das war nicht mehr zu schaffen, nachdem die Surfschule gut angelaufen war.«

»Hat Kaiser mit Ihnen zusammengearbeitet?«

Voss lachte. »Eher hätte er die Insel gewechselt! Für seine Ansprüche genügten hier weder das Revier noch das Material, noch die Kompetenz des Besitzers!« Ironie knirschte zwischen den Worten.

»Klingt nicht nach einer dicken Männerfreundschaft?«

Achselzucken, flüchtiges Kopfschütteln bei Voss.

»Sein Boot bewachen Sie trotzdem.«

»Das ist nicht sein Boot, es gehört Simone.« Seine Stimme war leise und fast tonlos geworden. Maria spürte eine rote Linie, wie so oft in ihrer Arbeit mit Schülern und Kollegen. Da gab es einen Moment, in dem sich entschied, ob das Gespräch oberflächlich dahinplätscherte oder eine Tiefe hinzukam, die nicht alltäglich war, ein Wagnis. Manchmal dauerte es Wochen, um an diese Linie zu kommen und manche Gespräche endeten immer wieder genau dort.

»Kennen Sie seine Frau gut?«

»Seit unserer Kindheit. Wir sind früher viel zusammen auf der Olympia gesegelt. Ich war so etwas wie der Schiffsjunge an Bord.«

Voss' Blick schweifte über den Hafen und flog über die Nordsee in die Vergangenheit.

Maria hielt inne. Sie spürte, dass sie ihm Zeit lassen musste. Ein Sog holte den Sprecher tief und tiefer in Zeiten zurück, über die nie oder selten gesprochen worden war. Immer wurde sie neidisch, wenn jemand seine Vergangenheit anrührte. Wieder bändigte nicht Maria sie mit Worten, sondern sie war wie üblich die Zuhörerin. Würde eines Tages jemand ihr gegenüber sitzen, zuhören und sich nicht rühren, weil der Moment so kostbar und zerbrechlich war?

»Simones Vater, Professor Winter, war Segler und Hochseeangler. Seine ganze Freizeit verbrachte er auf der Jacht. Es war sein größter Wunsch, seine Leidenschaft mit einem Sohn zu teilen, aber er hatte nur eine Tochter.« Maria sah die Anführungszeichen beim *nur* über der Tischplatte schweben. »Mein Vater hat für ihn gearbeitet, im Garten, im Haus, was so anfiel. Ich war manchmal dabei und es hat dem Alten gefallen, dass ich immer Fragen zum Segeln und Angeln hatte. Ich bastelte mir eine Stockangel und zeigte sie ihm. Er bot an, mich auf einen Törn mitzunehmen. Aus dem einen wurden viele. Ich war unfassbar stolz. Ich lernte von ihm Segeln, Fischen und verbrachte Wochenenden, sogar ganze Ferienwochen auf seinem Boot.«

Diese Schilderungen kamen flüssig, wie eingeübt. Sicher hatte Voss schon häufig seine Beziehung zu Professor Winter und seiner Tochter beschrieben. Vermutlich gingen Wahrheit und Legende hier Hand in Hand. Maria hielt sich mit Fragen zurück. Sie zog ihre Beine an und schlang die Arme um die Knie.

»Als Simone in die Schule kam, beschloss er, dass sie alt genug war, um uns zu begleiten. Das war mir nicht recht, ich war zwölf und wollte kein Kindermädchen sein. Simone war klein, zart, ängstlich, zu nichts zu gebrauchen, fand ich. Ich hatte wohl Angst, dass er sie als Prinzessin und mich als Knappe behandeln würde, aber es war ganz anders. Jede harte und schmutzige Arbeit teilte er ihr zu. Ich war anfangs schadenfroh, wenn sie sich damit abquälte, die große Fock dichtzuholen. Das war nicht nur anstrengend, sondern erforderte ein gutes Timing, das man einzig durch Erfahrung erreicht. Aber sie gab nicht auf. Sie hat nie etwas verweigert, wissen Sie, sie hat gekämpft, bis sie es geschafft hatte oder der Alte ihr die Arbeit mit den Worten *Bist eben nur ein Mädchen* aus der Hand genommen hatte. Nachts hörte ich sie manchmal schluchzen, sehr leise, in ihrer Koje im Vorschiff, wo sie allein schlafen musste.«

Maria war fast sicher, dass Voss Neuland betrat. Diesen Teil der Geschichte hatte er vielleicht noch nie erzählt. Warum er ausgerechnet ihr einen solchen Einblick schenken wollte oder warum sein Druck gerade jetzt so groß war, darüber wollte sie nicht nachdenken. Das konnte sie später tun.

»Ich fing an, ihr zu helfen. Möglichst unauffällig. Ich erklärte ihr die kleinen, wichtigen Tricks, wenn der Professor mal nicht an Bord war. Und wir vereinbarten Geheimzeichen, zum Beispiel, wann der beste Moment war, die Vorsegel dichtzuholen oder wie der Spinnaker gefiert wird, ohne ins Wasser zu fallen. Dennoch bekam er manchmal etwas mit und wurde jedes Mal wütend. Einmal schickte er sie bei sechs Windstärken und hohem Wellengang zum Segelwechsel aufs Vorschiff. Ich weiß nicht, ob es Absicht war, jedenfalls hielt er die Jacht nicht sauber im Wind. Bei den Wellen konnte sie sich kaum halten. Ich ging nach vorn. Ihr Vater rief mich zurück, aber ich tat so, als ob ich es nicht hörte und half ihr. Als wir beide durchnässt und erschöpft wieder ins Cockpit kamen, packte er mich am Arm: *Mach das nie wieder, hörst du?!* Am nächsten Wochenende fuhr er mit ihr allein. Simone entwickelte mit der Zeit großes Geschick, Manöver so auszuführen, dass sie mit wenig Körperkraft klappten. Mit zwölf Jahren konnte sie die Jacht bei mäßigen Windstärken allein händeln.« Voss schaute noch immer aus dem Fenster. Bevor Maria etwas sagen oder fragen konnte, fuhr er schon wieder fort: »Einmal sind wir in neun Tagen nach Schottland hoch und wieder zurück gesegelt. Es war eine Herausforderung. Winter war getrieben von krankhaftem Ehrgeiz. Am dritten Tag auf See hatte Simone von ihm die Hundewache zugeteilt bekommen, von Mitternacht bis vier Uhr morgens, wenn man am müdesten ist. Die Windverhältnisse waren zwar gut, aber es regnete und sie war erkältet. Als sie mich ablösen kam, redete ich ihr zu, sich wieder hinzulegen. Aber wie immer wollte sie ihrem Vater beweisen, dass sie es schaffte. Dass sie ebenso gut war wie ein Sohn. Ich brachte ihr einen Tee. Sie zitterte, vielleicht war sie nur erschöpft, vielleicht hatte sie aber auch Fieber. Ich setzte mich dazu und deckte uns mit einer Segelpersenning zu. Wir sprachen nicht.

Simone war nie gesprächig. In Gegenwart ihres Vaters stotterte sie manchmal. Eine Stunde vor Ende ihrer Wache kam er den Niedergang heraufgepoltert. Er sah uns an der Pinne sitzen, brüllte los und riss mich weg. Ich dachte, dass er mich über Bord werfen würde. Danach hat er mich nie wieder mitgenommen.«

Voss brach ab, er blickte sich im Raum um, schaute über den Hafen und das Wasser, als suche er den Weg zurück in die Gegenwart. Nach einer Weile sah er Maria an. Unsicherheit flackerte in seinen Augen.

Obwohl sie voller Fragen war, schwieg sie weiter. Sie wollte ihn nicht bedrängen und den ironisch-distanzierten Hafenmeister wieder wachrufen.

Vergeblich, er kam von selbst zum Vorschein: »Ende der Märchenstunde.« Voss fuhr sich mit beiden Händen über das Gesicht und schüttelte sich ein wenig. Maria sah Pawlow am Morgen nach dem Bad in der Nordsee vor sich. Die Ähnlichkeit der Bewegungen verblüffte sie. »Nun wissen Sie alles über meine Bekanntschaft mit Simone.«

»Aber seitdem sind Jahre vergangen. Sie sind hier, das Boot von Frau Kaiser ist hier – da war also nicht Schluss für immer?«

Klar, dass diese Frage mehr nach Neugier als nach Anteilnahme klang, aber manche Fragen müssen raus.

»Haben Sie Hunger?« Voss stieg nicht wieder auf das Thema ein.

»Äh, ja, eigentlich schon, das Frühstück im Hotel war nicht üppig.«

»Tomatensuppe?«

Schöner Zufall. Hoffentlich kein Reinfall.

»Wenn sie nicht aus der Tüte ist.«

Er schob die Papiere beiseite. Stellte eine Flasche Mineralwasser und Gläser auf den Tisch.

»Bedienen Sie sich, es geht schnell.«

Er hantierte in ihrem Rücken, sie schenkte sich Wasser ein und ließ wieder die Aussicht auf sich wirken.

Eine angenehme Ruhe breitete sich in ihr aus. Der letzte Rest von Kopfschmerz war verschwunden, trotz des Zusammenstoßes mit dem Großbaum. Oder wegen? Vielleicht sollte sie es zukünftig immer mit dieser Holzhammermethode versuchen?

Sie fühlte sich wohl. Sie wollte einfach nur hier sitzen, wie Hermann in Loriots Sketch *Feierabend*. Über das Wasser sehen. Nichts müssen. Zeit verstreichen lassen und den Geräuschen im Hintergrund lauschen: schneiden, klappern, rascheln. So könnte sich Zuhause anhören …

Schnell stiegen Kochdünste in ihre Nase.

Voss brachte die befüllten Teller auf den Tisch: kleine Tomatenstücke mit Haut, wie sie es am liebsten mochte, in einer sämigen Suppe, goldbraune Zwiebeln, Knoblauch in feinen Scheiben und obenauf in Butter geröstete Brotstückchen und Sonnenblumenkerne.

»Noch leckerer als die Tomatensuppe, die ich gestern in der Nordsee-Lounge gegessen habe, wegen der Croûtons, aber fast die gleiche Machart! Sind Sie da auch noch Küchenchef?«

»Nein.« Er lachte. »Der Koch hat das Rezept von mir, er hat bei mir gearbeitet. »Es ist allerdings kein Geheimnis dabei. Die Zutaten werden nur klein geschnitten, angebraten, gewürzt, mit Gemüsebrühe aufgegossen und sehr kurz gekocht, püriert, fertig.«

Maria aß schweigend. Es gab immer einen Haken, wenn ein Mann über dreißig anziehend und anscheinend ungebunden war. Und falls tatsächlich mal nicht bei ihm, dann bei ihr. Für sie stand fest, dass sie fürs Alleinsein gemacht war. Die Zeit mit Lisa, für die sie kein passendes Wort gefunden hatte, war ein unverhofftes Geschenk gewesen. Eine Insel aus Nähe und Sicherheit im Alltäglichen. Schließlich war die Angst vor dem Verlust ihres mühsam erarbeiteten sozialen Umfelds zu groß geworden und sie hatte Lisa und Felix verloren. Freundschaften waren leichter, da beherrschte sie die Spielregeln meistens. Ein kleines, aber festes Freundesnetz wollte sie pflegen. Beziehungen waren anstrengend und verwirrten sie. Erst recht mit Männern. Immer fordernd. Erwartungen von anderen erfüllte sie genug in der Schule. Kümmerte sich um fast jeden Problemfall, der ihr über den Weg lief. Manchmal zu sehr, wenn es längst nur noch gut gemeint, aber nicht mehr wirklich gut war für den anderen. Sie hatte Übung im Übers-Ziel-Hinausschießen.

Sie brauchte Zeit nur für sich, ohne einen Menschen, der ständig von ihr gesehen werden wollte.

Deshalb machte sie einen Bogen um Männer, die mehr in ihr anrührten als nur Freundschaft, Lust oder intellektuelles Interesse.

Genaugenommen war das nicht schwer in den letzten Jahren, dachte Maria.

»So, wie wäre es, wenn Sie mir nun erzählen würden, was Sie hier auf Norderney wollen und auf dem Boot von Simone gesucht haben. Verschonen Sie mich mit dem Quatsch, dass Sie nur den Windsurfkurs absagen wollen. Die Erfindung des Telefons dürfte nicht an Ihnen vorbeigegangen sein, obwohl Sie einer der seltenen Menschen sind, bei denen es nicht minütlich klingelt, piept oder summt.«

Einen Moment lang wünschte sie sich, über die Nordsee-Lounge, die Drohung und ihre Frage, was der Kaisermord mit alledem zu tun hatte, zu sprechen. Aber dann siegte ihr gewohntes und wie sie fand sehr gesundes Misstrauen. Hatte Voss ihr überhaupt die Wahrheit erzählt? Oder sie nicht vielmehr manipuliert mit seiner Vergangenheitsprosa? Spielte er auf ihrer Klaviatur des Mangels: die weißen Tasten für ihre geheimen Wünsche und lächerlichen Hoffnungen, die schwarzen Tasten für ihre Ängste und nächtliche Panik.

»Sie wissen eigentlich schon alles: der Surfkurs, meine Neugier, das war's.« Sie stand auf. »Ich muss weiter, vielen Dank für die Suppe. Komm Pawlow.«

16. Heile Welt ist immer anderswo

Zurück im Hotel wurde Maria von dem blassen, klapperdürren Hotelier aufgehalten, dem seine Tätigkeit als Koch nicht anzusehen war. Er hätte als blutleeres Opfer in einem Vampirfilm getaugt.

»Frau Brehm, da hat jemand für Sie angerufen.«

»Für mich? Das kann nicht sein.« Wer wusste von ihrer Norderneyfahrt? Ihre Freundin Monja, die die Hühner und Darwin versorgte, ihr Freund und Kollege Karl und sonst? Niemand. Nicht einmal Greta. Erst recht nicht Greta.

»Cindy«, bei ihm klang es wie Zündie, »hat es aufgeschrieben: elf Uhr Deichbar, Lukas.«

Maria nahm den Zettel. Elf Uhr? Wann war sie aus dem Hotel gegangen? Das musste um zehn, höchstens halb elf gewesen sein.

»Wann ist der Anruf gekommen?«

Achselzucken.

»Ist Cindy noch da?«

»Die ist im *Klabautermann*.«

Wie die meisten Gastronomen auf Norderney hatte auch dieser mehrere Betriebe. Der *Klabautermann* war ein größeres Hotel in der dritten Reihe, weg von Salz und Meer, hin zu Shopping und mehr. Die Aushilfen wurden von einem Haus zum anderen geschickt, um keinen Leerlauf zuzulassen. Synergieeffekt. Mit einiger Hartnäckigkeit hatte Maria schließlich Cindy am

Telefon. Der Anruf wäre *irgendwann am Vormittag* gekommen. Cindy hatte es schnell aufgeschrieben, sie wurde in der Küche gebraucht. Der Anrufer hatte nicht gesagt, ob elf Uhr morgens oder nachts gemeint sein sollte.

»Die Stimme?«

»Nichts Besonderes, jedenfalls kein Akzent. Leise. Im Hintergrund Gerede und Musik.«

»Vielen Dank, Cindy.« Maria war beeindruckt von den Details, die die junge Frau wahrgenommen hatte. Sie konnte sich jetzt vorstellen, dass Lukas aus der Nordsee-Lounge angerufen hatte und nicht wollte, dass jemand ihn hörte.

Aber warum hatte er von dort telefoniert und war nicht rausgegangen? Ob es doch einer der Schlägertypen war, der herausfinden wollte, ob sie abgereist war?

In ihrem Zimmer sah sie das Streichholzbriefchen mit der Telefonnummer der Nordsee-Lounge auf der Ablage.

Obwohl sie keine Lust hatte und sich lieber ausruhen wollte, zwang Maria sich zu dem Anruf. Sie hatte im Gespräch mit Robert Voss zwar viel über Simone Kaiser erfahren, aber nichts über Sven. Vielleicht käme sie durch das Telefonat ein Stück weiter mit ihren Fragen. Sie könnte sogar Glück haben und Lukas wäre am Apparat.

»Nordsee-Lounge, mein Name ist Marius, was kann ich für Sie tun?« Soviel zu ihrer Glücksbegabung.

»Brehm, ich möchte den Inhaber der Surfschule sprechen.«

»Worum geht es denn?«

»Das würde ich gern mit ihm selbst klären, man sagte mir, dass er unter dieser Nummer zu erreichen sei.«

»Wie war noch mal Ihr Name?«

»Brehm.«

»Moment, ich frag mal nach.«

Nach minutenlangem *Er-gehört-zu-mir*-Gedudel und mehrmaligem Knacken wurde Maria ungeduldig. War ihr Anruf zwischen den Anschlüssen verloren gegangen? War das Absicht? Als sie gerade auflegen wollte, meldete sich ein Mann mit rauer Stimme.

»Ennen.«

»Brehm, guten Tag Herr Ennen. Sie sind der Inhaber der Surfschule am Weststrand?«

»Richtig.«

»Ah gut, ich rufe an, weil ein Kollege von mir, Herr Kaiser, bei Ihnen einen Surfkurs mit einer Schülergruppe geplant hat. Dieser Kurs kann nicht stattfinden, weil der Kollege tot ist.«

»So, ja, dann weiß ich Bescheid.«

Maria war perplex, eine so lapidare Reaktion hatte sie nicht erwartet. Sie musste sich schnell eine Fortsetzung einfallen lassen.

»Sind denn noch Formalien zu erledigen?«

»Nee, ich streich den Kurs und gut.«

»Kannten Sie Sven Kaiser persönlich? Er hat ja schon mehrere Kurse bei Ihnen durchgeführt, oder?«

»Ja, er kam häufiger.«

»Und? Was denken Sie über seinen Tod?« Etwas Geschickteres fiel ihr nicht ein.

»Denken? Was soll ich da denken? Jeder stirbt mal.«

Wie sollte sie bei einer so stoischen Haltung weiterkommen?

»Wissen Sie denn, wie er gestorben ist?«, wagte sie sich auf dünnes Eis.

»Nein.« Kürzer und endgültiger ging es nicht.

Trotzdem nicht lockerlassen, feuerte die Kriegerin sie an, *es gibt vielleicht nur diese eine Gelegenheit, etwas über die Verbindung Kaiser – Schüler – Nordsee-Lounge herauszufinden.*

»Sagen Sie, Herr Ennen, Sie sind doch auch der Besitzer der Nordsee-Lounge?« Und gleich schnell weiter, ein knappes *Ja* nützte Maria nichts: »Mir ist aufgefallen, dass einige unserer Schüler bei Ihnen arbeiten. Wie kommt das?«

»Was wollen Sie damit sagen? Die Jungs können doch arbeiten, wo sie wollen. Geht das die Schule was an? Im Übrigen sind alle, die bei mir arbeiten, volljährig. Was soll die Frage?«

Ennens Ton hatte sich von mürrischer Wortkargheit zu scharfem Angriff geändert. Maria spürte, dass sie auf dem richtigen, aber sehr ungemütlichen Weg war.

»Sven Kaiser wurde ermordet und es scheint mehr als eine Verbindung zu dieser Insel zu geben.« Wenn Ennen wirklich nicht wusste, dass Kaiser ermordet worden war, könnte ihn die Überraschung zum Reden bringen, hoffte Maria. Und wenn er es schon wusste, würde sie es möglicherweise heraushören.

»Frau Brehm, jetzt hören Sie mir mal genau zu: Ich kenne Kaiser von ein paar Surfkursen, einige der Schüler, die im Laufe der Jahre mit ihm hier waren, arbeiten für mich, und ansonsten habe ich weder mit ihm noch mit Ihrer Schule etwas zu tun. Und wenn Sie von Mord reden und von Verbindungen nach Norderney, dann wird ja sicher die Polizei darüber Bescheid wissen.« Pause, dann: »Ich rate Ihnen noch einmal dringend, Ihre Andeutungen zu unterlassen. Falls Sie darauf spekulieren, dass für Sie etwas dabei herausspringt: Vergessen Sie's. Ich lasse mich weder verleumden noch erpressen. Ich denke, damit sind Ihre Fragen beantwortet. Ich wünsche Ihnen noch einen angenehmen Aufenthalt auf unserer herrlichen Insel.« Und sehr leise: »Passen Sie gut auf sich und Ihren schönen Hund auf.«

Aufgelegt. Maria stand mit dem Hörer in der Hand da.

War sie mit ihrem Verdacht, dass es einen Zusammenhang zwischen dem Mord und zur Insel, zu ihm oder zu den Schülern gab, der Wahrheit näher gekommen, als erwartet?

Was hatte er gesagt? Dass er ihr *noch einmal* ganz dringend rät ... Also wusste er von ihrem Besuch in der Nordsee-Lounge. Schon ihr erstes Auftauchen musste ihn so aufgestört haben, dass er die Schläger geschickt hatte.

Sie blickte zu Pawlow, der entspannt unter dem kleinen Hotelschreibtisch lag. Er war ihre Familie. Pawlow begleitete sie ständig, Maria wachte immer auf, wenn er nachts raus musste, sich neben ihr Bett setzte und sie ansah. Er jaulte nicht – Bellen kam ohnehin nicht infrage –, er saß einfach nur da. Maria wachte dann auf und wusste, dass es schnell gehen musste mit dem Rauslassen. Es gab da etwas – fast eine Nabelschnur. Alles, was er tat, war angemessen. Ohne ihre Grübeleien, ohne ihre Ängste und Verdrehtheiten. Er war ihr Lehrmeister.

Und die benutzten ihn, um ihr zu drohen!

Sollte sie packen und fahren? Am Abend könnte sie schon mit Pawlow an der Lesum durch die Wiesen streifen, wo jeder jeden kannte und außer gelegentlichen Zickereien der Hundeleute untereinander alles friedlich war. Heile Welt – so kam es ihr jetzt vor.

Träum weiter, flüsterte der Kritiker. *Eine heile Welt, in der eine Leiche im Fluss treibt!*

Etwas blitzte bei diesen Worten auf. Etwas wollte ihr einfallen, aber es schlüpfte weg, sobald sie zupacken wollte.

Bestimmt tauchte der Gedanke wieder auf, wenn er wichtig war …

Sie würde heute Abend in der Deichbar auf Lukas warten und hoffentlich von ihm etwas erfahren, das ihr weiterhalf. Dann könnte sie morgen ganz früh abfahren.

Nach dieser Entscheidung merkte Maria ihre Müdigkeit. Die schattenhafte Bedrohung wegzudrängen, kostete Kraft. Das wusste sie besser, als ihr lieb war.

Sie legte sich in das schmale, weiche Hotelbett und schlief sofort ein.

Aus dem Innenhof waren leise Stimmen zu hören. Maria schreckte hoch, obwohl sie im dritten Stock wohnte. Einzelzimmer waren immer oben, hinten, klein … Was, wenn jetzt dennoch ein Gesicht an der Scheibe …? *Sieh hin!*, drängte die Kriegerin. Maria öffnete vorsichtig die Augen. Natürlich war da niemand. Verärgert über ihre Verunsicherung stand sie auf. Pawlow wedelte. Ein Spaziergang wäre willkommen.

»Schon nach fünf, Pawlow! Wir sind doch nicht auf der Insel, um im Zimmer zu hocken!«

17. Beziehungsprobleme und andere Belanglosigkeiten

Vom Hotel aus folgte Maria einer kleinen Straße zur Einkaufszone. Vor den Geschäften waren Körbe und Ständer herausgestellt worden. Die Urlauber schlenderten daran vorbei, stöberten, zeigten sich gegenseitig ihre Entdeckungen und kauften. Die meisten hatten Plastiktüten in der Hand. Ramsch neben Luxusartikeln. Beides machte die Menschen nicht glücklicher, sondern übertünchte nur kurz ihre Sehnsucht nach einem erfüllten Leben, davon war Maria überzeugt. Andererseits: Die Leute hielten die Läden in Gang, dadurch blieben die Arbeitsplätze. So funktionierte das System, solange es eben ging …

Sie folgte der Mittelstraße bis zum Kurplatz. Am Ende des Shoppingbereiches leuchteten die Rabatten mit Frühlingsblumen vor dem Kurhaus, das nostalgisch Conversationshaus hieß. Maria fand die Verbindung von neu und alt gelungen. Hier hatten die Denkmalschützer und die Architekten Hand in Hand gearbeitet. Die Hauptfassade dominierte den Platz mit strahlend weißen Bögen und einem Türmchen.

Ein Schild wies auf die Bibliothek, den Lesesaal und ein Café hin und darauf, dass das Casino erweitert wurde. Maria vermutete, dass die Spielbank ein wirksamerer Touristenmagnet war als der Lesesaal.

An der Konzertmuschel vorbei ging sie weiter in den Kurpark.

Hübsch angelegt mit Anklängen an Bürgerpark und Wallanlagen – für eine Insel erstaunlich großzügig. Zwischen den Bäumen versteckt lag der Busbahnhof, aber Maria wollte zu Fuß gehen und die Straßen außerhalb des Ortes erkunden. Sie lief durch Wohnstraßen, in denen der Tourismus noch keine Spuren hinterlassen hatte. Hier wohnten die Norderneyer, die es den Besuchern so *nett* wie möglich machten. Im Hotel hatte sie gehört, wie eine Rezeptionistin darüber klagte, dass sie noch immer keine Wohnung auf der Insel habe und täglich mit der Fähre zum Arbeiten kommen müsse. Zu viele Mietwohnungen wurden in Ferienwohnungen umgewandelt und ihr Einkommen reiche nicht, um sich eine Wohnung auf der Insel zu leisten. Jann-Berghausstraße, Südstraße, Südhoffstraße, Richthofenstraße … Maria hatte längst die Orientierung verloren. Das Pflastertreten, das Gedankenkarussell und Hunger machten sie müde. Auch Pawlow hatte die Schnauze voll von den Stadtgerüchen. Er trottete ergeben neben ihr her.

Als die beiden schließlich um Viertel nach acht abends in der Deichbar ankamen, war es voll. Alle Plätze an der großen Fensterfront waren besetzt. Auch die tiefen, bequemen Sofas waren von Menschen belegt, die nicht nach baldigem Aufbruch aussahen. Für die meisten Gäste war dieses Lokal so etwas wie ein Ferienzuhause: Sie lagen mehr auf den Sofas, als auf ihnen zu sitzen, sie lasen und strickten. Familien spielten Karten. Mütter stillten Babys. Väter fingen aufgedrehte Kinder ein. Ein fröhliches Durcheinander, das gemütlich und beruhigend wirkte. Maria setzte sich mit Pawlow an einen kleinen Tisch in der Mitte des Raumes.

Die Getränkekarte las sich wie ein Kaffeelexikon. Milchkaffee, French Press, Café Crème, Café au Lait, Cappuccino, Espresso, Macchiato, Flat White, Latte macchiato, Café frappé, Frappuccino und so weiter. Interessant, aber für ein Koffeinexperiment am Abend fühlte Maria sich zu alt.

Sie ließ Pawlow am Tisch. An der Theke wurden frische Salate mit allerlei Extras und zwei Tellergerichte angeboten.

»Einmal Nudeln mit Mozzarella, einen kleinen Salat und ein Wasser bitte.«

Mithilfe der Mikrowelle stand das Essen in Sekundenschnelle auf dem Tablett, Parmesan, Salz und eine Zeitschrift vervollständigen die Ausstattung und Maria setzte sich.

Der Blick über die Nordsee war eindrucksvoll. Die hinter einer Dunstschicht untergehende Sonne ließ dennoch die Wellen funkeln und der Wind fegte Gischt und Sand über den Strand. Die Fahrwassertonnen blinkten in ihrer Taktung. Maria fühlte sich ruhig und gelassen. Hier könnte sie stundenlang sitzen. Sie nahm sich fest vor, wieder nach Norderney zu fahren, wenn der Mord an Kaiser geklärt wäre.

Nach und nach leerte sich die Deichbar. Maria nutzte die Gelegenheit und wechselte auf ein Sofa. Sie versank satt in den Polstern, schloss die Augen und lauschte den Gesprächen der Leute um sie herum. Belanglosigkeiten und Beziehungsprobleme, Saunatipps und Scheidungskrieg, das ganz normale Leben …

»… schließen jetzt.«

Maria schlug die Augen auf. »Was?«

Die Tische waren sauber und leer, draußen die Decken eingesammelt. Sie war der letzte Gast. Die junge Frau sah Maria mitleidig an.

»Wie spät ist es denn?«

»Viertel nach zehn, um zehn schließen wir eigentlich.«

»Ja natürlich. Entschuldigung. Ich muss kurz eingeschlafen sein. Die Seeluft ist ungewohnt«, murmelte sie, während sie nach ihrer Tasche griff und aufstand. Pawlow hatte sich zur Kugel eingerollt, auch er war auf Nachtschlaf eingestellt.

»Komm, Pawlow, wir gehen. Also, vielen Dank für Ihre Geduld. Tschüss.«

Der Wind hatte weiter aufgefrischt und blies Maria ins Gesicht. Mist, nun musste sie draußen auf Lukas warten. Auf Lukas oder denjenigen, der sich als Lukas ausgegeben hatte.

Der Strand war menschenleer. Kein Hundespaziergänger, kein Jogger, niemand setzte sich dem kalten Wind aus. Die Wolken rasten am Mond vorbei, es sah aus, als ob er über den Himmel flöge. Helle und dunkle Flecken streiften über den Sand. Einzelheiten waren nicht zu erkennen.

Maria fror nach dem Schlaf im Warmen. Viel zu schlapp, um sich durch einen Lauf aufzuwärmen. Sie lehnte sich an die Mauer und schlang die Arme um sich. Pawlow sah zu ihr auf: Wenn schon nicht schlafen, dann einen schönen Gang machen?

»Nein, wir warten hier, vielleicht kommt Lukas früher.« Pawlow entfernte sich schnüffelnd. Er mäanderte zum Strand hinunter, immer wieder innehaltend, um Maria hinter ihrem Windschutz zu orten.

Bald lief Marias Nase und der Brummschädel vom Morgen meldete sich zurück. Sie sollte ins Bett gehen. Die Verabredung hatte vermutlich sowieso für den Vormittag gegolten.

Es müsste doch längst elf sein?

Wo war Pawlow? Maria sah sich um: kein Hund am Strand zu sehen. Sie wollte ihren Pfiff loslassen, da entdeckte sie eine Silhouette an der Wasserlinie. Lukas? Nein, Größe, Haltung, Bewegungen passten nicht. Außerdem strebte die Person auch an der Deichbar vorbei. Ein Mann. Als der Mond wieder kurz hinter einer Wolke hervorlugte, konnte sie ihn deutlich erkennen: Es war Robert Voss. Maria zog sich in den Schatten der Mauer zurück. Hoffentlich kam nicht gerade jetzt Pawlow über den Strand gelaufen. Sie wollte auf keinen Fall von Voss entdeckt werden und wieder seinen Fragen ausweichen müssen.

Wohin wollte er jetzt noch? Nach gemütlichem Abendspaziergang sah es nicht aus. Wenn er nicht bis zur Weißen Düne laufen wollte, blieb in der Richtung nur die Nordsee-Lounge.

Warum ging Voss so spät dorthin? Hatte er doch mehr mit

der Nordsee-Lounge oder Ennens Surfschule zu tun, als er behauptet hatte?

Konnte es sein, dass Kaiser, Voss und Ennen gemeinsame Geschäfte gemacht hatten und Kaiser dann irgendwie im Weg gewesen war?

Mal angenommen, bastelte Maria sich zurecht, Kaiser hätte mit seinen regelmäßigen Surfkursen für *Frischfleisch* gesorgt. Voss und Ennen hatten die Jungen als Surflehrer und Servicekräfte im Restaurant angeworben und ihnen dann die besseren Einnahmemöglichkeiten durch den Verkauf sexueller Dienstleistungen in der Nordsee-Lounge nahegelegt? Das passte zu dem Bild, das die jungen Männer dort gemacht hatten. Ein gutes Nebengeschäft für alle Beteiligten und, soweit sie wusste, nicht strafbar. Jedenfalls, wenn wirklich alle volljährig waren, wie Ennen behauptete, und wenn sie sich aus freien Stücken dazu entschlossen hatten.

Das würde auch Kaisers luxuriösen Lebensstandard erklären.

Kaiser könnte mehr Gewinnbeteiligung verlangt haben. Aber mit dem Mord hätten sie sich den Nachschub abgeschnitten. Oder hatten sie genug junge Männer, die für sie arbeiteten und brauchten Kaiser nicht mehr? Nein, die Schüler arbeiteten sicher nur kurz dort, sie wurden schnell zu alt für einen solchen *Job*. Die Kunden fanden vermutlich: je jünger, desto attraktiver. *Wie gut, dass du keine Klischees im Kopf hast*, ätzte ihr innerer Kritiker.

Voss hatte keinen Hehl aus seiner Abneigung gegen Kaiser gemacht. Es fiel ihr schwer, sich Voss als Zuhälter oder Partnerbörsenorganisator vorzustellen. Ennen kannte sie kaum. Im Telefongespräch hatte er jedenfalls sehr unsympathisch gewirkt, deshalb fiel es ihr leicht, ihm alles zuzutrauen. Aber Voss? Irgendwie passte das nicht.

Gerne wollte sie ihm einen Vertrauensvorsprung geben. So in etwa von hier bis zur Nordsee-Lounge.

Und wenn er dorthin ging, um sich zu erkundigen? Um ihr

zu helfen? Diese Version gefiel ihr besser, war aber unrealistisch. Wenn er etwas klären wollte, würde er anrufen oder früher gehen, nicht in der Nacht.

Apropos spät – jetzt musste Lukas aber wirklich kommen. Und Pawlow auch.

Sie pfiff. Voss würde es nicht mehr hören und selbst wenn, kannte er ihr Signal ja nicht.

Kein Hund. Zweiter Pfiff. Sie schaute den Strand entlang.

Die Drohungen fielen ihr ein. Und Voss am Strand. Von wegen Vertrauen, sie wusste doch genau, dass man niemandem trauen konnte. Keinem fast Fremden. Auch keinem Nächsten. Am wenigsten sich selbst.

Maria lief zum Strand, pfiff und rief. Wieso war sie so stur und ignorierte die Warnungen? Ihr Herz klopfte, sie blieb stehen. Ruhe bewahren. Seit dem ersten Pfeifen waren nur wenige Minuten vergangen. Wenn Pawlow in den Dünen war, konnte er noch nicht hier sein. Er ging nicht mit Fremden mit, nicht einmal mit Freunden, wenn sie es ihm nicht ausdrücklich sagte.

Langsam bewegte sie sich in Richtung Deichbar zurück. Immer wieder strich ihr Blick über den Strand. Kein Hund. Kein Lukas.

An der Mauer angekommen war aus dem Herzklopfen Rasen geworden, aus dem Frieren kalter Schweiß. Sie zwang sich dazu, an Situationen auf ihren vielen Reisen zu denken. Immer wieder mal war Pawlow weg gewesen. Nachts, wenn es ihm zu langweilig war, vor dem Zelt zu liegen. Beim Paddeln auf der Ardèche, wenn er am Flussufer mitlief. Manchmal waren steile Felswände und Stromschnellen ihm im Weg und er machte lange Umwege ins Hinterland, um an der nächsten Flussschleife wieder ans Ufer zu kommen. So viele Erlebnisse, so oft hatte sie sich vorgeworfen, seine Selbstständigkeit unterschätzt zu haben. Immer war er wiedergekommen. Sie wollte mehr vertrauen. In den Hund. In das Leben.

Sie hörte ein Kratzen und Schnaufen hinter sich. Pawlow!

»Wo hast du gesteckt?! Ich habe mir Sorgen gemacht!« Er sah sie an. Hechelte. Wedelte leicht mit dem Schwanz. War sich keiner Schuld bewusst. Warum auch?

18. Tadorna tadorna

Heute würde sie nicht grübeln und schnüffeln. Maria wollte den Ostteil der Insel erwandern, Vögel beobachten, sich einen schönen Sonntag machen und dann nach Hause fahren.

Am Montag würde sie Greta fragen, wie ihre Uhr in das Auto gekommen war, und wahrscheinlich hätte die Polizei den Fall bereits aufgeklärt. Sie würde lernen, dass es auch ohne sie weiterging. Retterin Maria wurde nicht gebraucht. So würde es sein. Bestimmt. Oder?

Auf einem klapprigen Hotelrad startete sie in Richtung Parkplatz Ostende über den Polderdeich an kleinen Vogelschutzseen entlang. In einer Beobachtungshütte machte sie Rast und entdeckte Brandgänse. *Tadorna tadorna*, ihre Lieblingsenten. Herrlich uneindeutig in der Zugehörigkeit (Ordnung: Gänsevögel, Familie: Entenvögel, Unterfamilie: Halbgänse). Halbgänse! Sie machen wundervoll verblüffende Dinge: Sie nisten in langen Erdhöhlen, brüten ihre Eier kollektiv aus und verteidigen sie solidarisch. Nix mit: *dumme Gänse*. Von diesen Vögeln konnten Menschen eine Menge lernen.

Nach einer halben Stunde stellte Maria das Rad auf dem Parkplatz am Naturschutzgebiet ab. Nur zwei weitere Räder waren an die Ständer angeschlossen, kein Auto parkte dort. *Wie schön*, dachte Maria, *die meisten Menschen haben sich von den grauen Wolken abschrecken lassen*. Gut für sie, menschenleere Weite – das war es, was sie jetzt brauchte.

Sie schulterte ihren Rucksack mit Fotoapparat, Regenjacke, Apfel und einer Thermoskanne.

Bald verlor sich der graswachsene Weg im Sand, und die Richtung zum Ostende wurde in großen Abständen durch rot-weiße Holzpoller angezeigt. Das Gehen wurde mühsam, während der Himmel sich weiter bewölkte.

Immer wieder kam sie an toten Kaninchen in den unterschiedlichsten Stadien der Verwesung vorbei. Einige fotografierte sie. In dem zunehmend gelbstichigen Licht strahlten sie eine morbide Ästhetik aus. Eine vage Erinnerung meldete sich. Hatte sie mit den Kaninchen zu tun? Maria bekam den Zipfel nicht zu fassen und schnell entglitt ihr auch das auslösende Gefühl.

Das Laufen und die Meeresluft taten gut. Pawlow trabte vergnügt hechel-lächelnd neben ihr her. Maria fühlte sich stark und unangreifbar. *Endorphine*, stellte der Kritiker nüchtern fest. *Quatsch, es geht mir gut,* konterte Meier.

Sieben Monate war es her, dass Felix oder Lisa *Meier* zu ihr gesagt hatten. Felix hatte Maria zunächst nicht aussprechen können und Meier draus gemacht. Dabei blieb es. Für die beiden war sie Meier Bremen und sie hatte das Gefühl, das sei ihr wahrer Name.

Maria hieß sie zwei Tanten zu Ehren. Ihre Eltern hatten es ihnen recht machen wollen, und Maria, das kleine Mariechen, war dafür da, anderen eine Freude zu sein. *Unser kleiner Sonnenschein* eben …

Aber *Meier*, das war nicht niedlich, nicht nett, das war bodenständig, handfest, normal und kein bisschen kompliziert. So wollte sie sein. Meier Bremen. Sie würde Lisa anrufen, wenn sie zu Hause war. Es musste einen Weg geben, sich wieder zu begegnen. Sie wollte Felix aufwachsen sehen, mit ihm herumalbern und lachen.

Maria erinnerte sich an eine Szene im Garten: Felix übte zu rennen. Auf seinen kurzen, dicken Beinchen war er erstaunlich schnell. Sein liebstes Spiel war Fangen. Sie lief hinter ihm her, er rannte kreischend vor Freude über den Rasen, sah sich nach ihr um, stolperte und fiel mit dem Gesicht in einen Maulwurfshügel. Sie rechnete mit Gebrüll, aber er rappelte sich auf und lachte sie aus erdverschmiertem Gesicht mit blitzenden Augen und Zähnen an: »Meier, fang mis!« Sie schnappte ihn und drückte den kleinen Kerl an sich. Er griff mit seinen schwarzen Händen in ihr Gesicht. Die Maulwurfserde vermischte sich mit ihren Tränen, Glückstränen, von denen sie gedacht hatte, dass sie sie niemals weinen würde. Als sie sich zum Wintergarten umgedreht hatte, war Lisa lächelnd hinter dem Fenster gestanden.

Ein fernes Grollen holte sie nach Norderney zurück. Eine bedrohlich düstere Wand erhob sich vom Horizont bis über die Insel. Die Ränder waren schwefelgelb und glühten giftig lila auf, wenn ein Blitz hinter der Wolkenfestung zuckte.

Der Rückweg gegen den Wind dauerte länger. Nach einer halben Stunde waren die ersten Gewitterböen mit heftigen Regenschauern herangezogen. In Minutenschnelle waren Pawlow und Maria durchnässt. Auf dem Rad beugte sie sich über den Lenker und mobilisierte ihre letzten Kräfte. Klitschnass? Egal. Ausgepowert? Gut so! Von Blitzen verfolgt? Aufregend! Trotz alledem und auch ohne die erhoffte Begegnung mit Seehunden und Robben hatte sich der Weg gelohnt, weil sie sich dazu entschieden hatte, Lisa anzurufen und sich sogar darauf freute.

Auf Höhe des Flughafens kam ihr der Gedanke, dass man auch von und nach Norderney fliegen konnte, jedenfalls bei besserem Wetter ...

Natürlich fand sie keinen Fensterplatz auf der Fähre mehr. Das Gewitter war genauso schnell vorbei gewesen, wie es gekommen war, und die Fährgäste genossen das zauberhafte Farbspiel der Sonne mit den letzten Schauertropfen. Der Regenbogen lockte sie scharenweise an die Fenster, viele Handys und wenige Fotoapparate wurden herausgeholt.

Maria setzte sich mit Pawlow mittschiffs zu einem Ehepaar, das gerade mit Piccolo und Bier anstieß. Sie freuten sich über Pawlow und dann musste Maria sich geduldig die Geschichten der vielen kleinen Lieblinge, die diese beiden schon hatten, anhören. Unfassbar, wie viele so sehr geliebte Hunde in ein einziges Eheleben passten.

Nachdem das Thema Hunde erschöpfend besprochen worden war – Maria hatte nicht mehr als *Hm*, *ja?* oder *Ach was* beigetragen – und ein weiteres Piccolöchen und Bierchen ausgetrunken waren, gaben sie sich als Segler zu erkennen. Der Mann dozierte über die Tide und wie sich das Fahrwasser in den letzten Jahren verändert habe.

Hundebesitzer und Segler können sehr anstrengend sein.

19. Meier soll kommen!

Maria nahm die Nachricht aus ihrem Fach.
Kommen Sie bitte um 13.00 Uhr ins Büro des Schulleiters. Grothus.

Was kann die Kommissarin wollen? Maria sah sich um, als könnte ihr jemand diese stille Frage beantworten. Das Lehrerzimmer war leer. *Ob es etwas Neues gibt? Habe ich der Polizei etwas zu sagen?*

Tobias hatte sich nicht gemeldet. Wo steckte er? Er würde ohne eine Wiederholung des Stoffes die Abiprüfungen nicht packen. Vielleicht hatte Tobias' Tutor etwas von ihm gehört. Sie schrieb einen Zettel und warf ihn in dessen Fach.

Gestern Abend hatte sie von zu Hause aus sofort Lisa angerufen, die inzwischen bei Oldenburg auf einem Demeterhof mit eigener Bäckerei wohnte. Lisa klang ruhig, gelassen, wie immer. Nur damals bei ihrem Streit um die Frage, ob sie eine Beziehung hatten und wollten, war sie laut und sehr deutlich geworden.

»Du bist feige und eierst rum!«, hatte sie geschrien. Lisa wäre bereit gewesen, mit Maria eine Liebesbeziehung zu führen, eine Familie zu sein mit ihr und Felix. Aber Maria schreckte vor den Konsequenzen zurück. Sie traute sich nicht zu, den Blicken standzuhalten, dem Geflüster und dem selbstgerechten Wohlwollen der Menschen, die sich neben ihnen für besonders normal halten würden.

»Verdammt, ich war jahrelang die Tochter der Säuferin! War deshalb immer die Außenseiterin. Ich will das nicht mehr!«, hatte sie trotzig gesagt. Als ob diese Vogelstraußstrategie funktionierte.

Lisa verstand das nicht, meinte, dass für sie die Situation doch auch neu sei. Nie hätte sie sich vorgestellt, eine Frau lieben, so lieben zu können. Sie hatte sich einfach nur in Maria verliebt, in einen Menschen, nicht in ein Geschlecht. Und sie wollte sich nicht dafür schämen. Sie forderte eine Entscheidung von Maria.

Nach fast drei Jahren Versteckspiel zog sie aus.

Maria fühlte sich im Stich gelassen. Es ging doch aufwärts mit ihr. Sie brauchte nur mehr Zeit. Zusammen hatten sie die geheime Liste geschrieben, konnten über die Alkoholkrankheit ihrer Mutter und Marias Co-Abhängigkeit reden und manchmal sogar lachen. Nur ein bisschen Zeit noch … Aber Lisa wollte nicht mehr warten und war mit Felix auf den Hof gezogen, hatte sich den Traum vom Leben und Arbeiten in einer Gemeinschaft auf dem Land erfüllt.

Am Telefon war Lisa zwar kurz angebunden, aber dann doch einverstanden, dass Maria sie und Felix bald dort besuchen würde. Felix lag schon im Bett, Lisa brachte ihm das Telefon. War er in den sieben Monaten um Jahre älter geworden? Er klang so verständig. Aber als sie von ihrem Besuch erzählte, war er wieder der vertraute kleine Junge, der wollte, dass sie jetzt – jetzt sofort! – käme und ihm vorlese, wie früher.

»Die kleine Raupe Nimmersatt! Mama kann die nicht so vorlesen wie du! Kommst du jetzt?«

Maria konnte das Buch auswendig: »Nachts, im Mondschein, lag auf einem Blatt ein kleines Ei. Und als an einem schönen Sonntagmorgen die Sonne aufging, hell und warm, da schlüpfte aus dem Ei – knack – eine kleine hungrige Raupe.«

»Sie machte sich auf den Weg, um Futter zu suchen«, setzte Felix fort. Auch er kannte jede Seite auswendig, bis hin zu: »Dann knabberte sie ein Loch in den Kokon, zwängte sich nach draußen und …«

»… war ein wunderschöner Schmetterling!«, beendeten sie die Geschichte im Duett.

»Du sollst kommen! Mama! Meier soll *jetzt* kommen!«

Von den Dachdeckern fehlte fast ein Drittel, sicher waren einige wirklich krank, andere litten vermutlich unter den Nachwirkungen eines harten Wochenendes. Manche wurden von ihren Betrieben unabkömmlich gemeldet, weil Schule aus Sicht bestimmter Chefs rausgeschmissene Zeit war. Vorzugsweise in den Betrieben, in denen die Auszubildenden nur das machten, was schnell und gewinnbringend auf den Baustellen gebraucht wurde. Anspruchsvollere Fertigkeiten lernten diese Azubis in der Schule – oder eben gar nicht.

Gemeinsam mit dem Referendar von nebenan konnten sie die Schüler zwischen Volleyball und Tischtennis wählen lassen.

Maria spielte mit beim Tischtennis, weil sich eine ungerade Zahl von Schülern dafür entschieden hatte. Beim Rundlauf war sie nicht so wichtig, aber es machte einfach Spaß. Einige sonst eher mürrische und abweisende Schüler kamen aus sich heraus, wenn sie der Lehrerin einen unerreichbaren Ball servieren konnten, und alle lachten über Marias Anstrengungen, wenn sie trotz ihrer ein Meter einundsechzig versuchte, einen Ball direkt am Netz zu erwischen. Maria machte gern den Clown, wenn es der Stimmungsaufhellung diente. Im Einzel oder Doppel ging es dann ehrgeiziger zu.

Wie wohl Felix mit siebzehn oder achtzehn sein würde? Und ob sie irgendwann mal selbst einen Sohn haben – *Jetzt reicht's aber*, stoppte der Kritiker ihre Gedanken, *mach lieber einen vernünftigen Aufschlag, statt rumzuspinnen.*

Noch nass von einer Expressdusche lief Maria in der Pause mit Pawlow durch den Grünzug. Ihr Gedankenkarussell drehte sich in Höchstgeschwindigkeit.

Ihre Unruhe wegen Gretas Uhr war in den letzten Tagen größer geworden, je mehr sie versucht hatte, nicht daran zu denken. Konnte es sein, dass Gretas Söhne Kontakt zu Ennen und seiner Nordsee-Lounge hatten? Die Söhne surften auch. Greta wäre fuchsteufelswild geworden, hätte Kaiser versucht, ihre Söhne mit solchen Jobs zu locken. Wäre sie wütend genug, um ihn zu erschlagen? Nein. Um ihn ins Wasser zu stoßen? – Denkbar. Wenn er dann auf einen Stein aufgeprallt wäre ...

Ein Unfall.

Und Tobias? Könnte er Kaiser erpresst haben mit dessen Rolle als Lieferant für das Schwulencafé? Wenn Kaiser sich das nicht länger gefallen lassen wollte? Ein Streit, ein Kampf – und platsch ... Oder umgekehrt? Kaiser erpresste Tobias mit den Noten, drängte ihn zur Prostitution und kassierte das Geld? Oder forderte selbst sexuelle Dienstleistungen? Tobias wollte nicht oder nicht mehr, es kam zum Streit und ...

Nichts davon erklärte Gretas Uhr. Trotzdem passte die Theorie, dass Kaiser sexuelles Interesse an den jungen Männern hatte, gut ins Bild. Irgendwie musste es angefangen haben. Kaiser könnte auf einer Surffahrt eine sexuelle Beziehung zu einem Schüler gehabt haben. Ennen hatte das mitbekommen und Kaiser gezwungen oder davon überzeugt, dass hier viel Geld zu holen wäre. Seit wann machte Kaiser die Reisen nach Norderney? Fünf, sechs Jahre. Davor war er auch mal nach Fehmarn oder Bad Bederkesa gefahren, dann immer nach Norderney.

Und Kaisers Frau? Wusste sie davon? Und Voss?

Zu viele Fragen für zwanzig Minuten Pause. Schnell brachte Maria Pawlow an seinen Platz.

Bio im zwölften Jahrgang. Die Gruppenarbeit am Freitag war lautstark und streithaft verlaufen. Nun kam der nächste Input: Grundlagen der klassischen Genetik und Humangenetik.

Auf der Grundlage der Chromosomentheorie der Vererbung lernen die Schülerinnen und Schüler die Weitergabe der Erbinformation bei Zellteilungsvorgängen und Erbgängen verstehen.

Sie begreifen Methoden der Erbforschung beim Menschen und können Aussagen über das Auftreten von Erbkrankheiten machen. Chromosomen als Träger der Erbinformation. Weitergabe der Erbinformation bei Mitose und Meiose. Mendelsche Regeln und ihre Erklärung durch die Chromosomentheorie der Vererbung. Soweit der Lehrplan. Klassische Genetik, ein Heimspiel für Maria. Die Feinheiten der Vererbungstheorien blieben außen vor, aber für die aktuellen ethischen Fragen bekamen die Schüler eine solide Grundlage, um sich – wenn sie wollten – eine Meinung zu bilden. Vielschichtige Problemlagen waren abzuwägen, wenn es zum Beispiel darum ging, eine Position zu Schwangerschaftsabbrüchen, künstlicher Befruchtung und zur Erzeugung gentechnisch veränderter Organismen zu finden. Richtig oder falsch waren da zu grobe Klötze.

Maria war gespannt auf die Präsentationen der Gruppenarbeitsergebnisse in den nächsten zwei Wochen.

In der Pause kamen wie fast jeden Montag Tim und David aus der Berufsvorbereitungsklasse zu ihr. Sie wollten einfach nur quatschen, Kekse essen, ihren Mitschülern aus dem Weg gehen.

»Und? Wie war die letzte Woche für euch?«, begann Maria.

Tim quetschte sich mühevoll in den Lehnstuhl. Seit zwei Jahren sprach er davon, abnehmen zu wollen, herausgekommen waren acht bis zehn Kilo mehr. Schutzmantel aus Speck.

Er langte in die Keksdose. »Super. Meli war Samstag bei mir. Wir hatten viel Spaß.« Sein Grinsen sollte der Fantasie Anschub geben.

»Ah, noch immer Meli. Schön.«

Tim kaute, zog den Zipper seiner Jacke auf und ab, nickte und lächelte. Endlich mal lief etwas gut in seinem Leben.

»Und du, David, was hast du gemacht?«

»Gezockt.« David war kein großer Redner. Es war schwer, hinter seine Fassade zu blicken. Er blieb bei Sticheleien seiner Mitschüler lange ruhig, um dann plötzlich auszurasten und wie eine Kampfmaschine auf einen in der Gruppe loszugehen. Er war zu einem Anti-Aggressionstraining verdonnert worden. Kürzlich hatte er Maria um einen Antrag auf Verlängerung gebeten. In diesem Kurs bekam die volle Aufmerksamkeit eines Trainers. Eine neue, offensichtlich gute Erfahrung für David.

»Meli hat bei mir übernachtet«, platzte Tim heraus, halb verschämt, halb angeberisch.

»Oh, da haben eure Eltern aber viel Vertrauen.«

»Melis Alten wollen eh nur ihre Ruhe. Und meine Mutter hat mir am Freitag eine Flasche Captain Morgan hingestellt und gesagt: Mach dir ein schönes Wochenende. Dann war sie weg.« Tim grinste, setzte pantomimisch die Flasche an und schüttete den imaginären Rum in sich hinein. Die großspurige Geste verlor an Wirkung, weil Tim dabei rot wurde.

»Und, wie fand Meli die Kombi?« Maria war sehr zufrieden mit ihrer eigenen Impulskontrolle. Obwohl sie sofort sich selbst als Kampfmaschine vor Augen hatte, die diese Mutter mit Fäusten an die elterliche Fürsorgepflicht erinnerte.

»Meli hat gesagt, wenn ich saufe, haut sie ab.«

Maria atmete tief ein. Hoffentlich klappte es noch eine Weile länger mit diesem Mädchen.

»Gestern ham wir den Captain gekillt und gezockt«, stellte David den Verbleib der Flasche klar.

Die Klingel beendete die Pause, bevor Maria doch noch die Beherrschung verlieren konnte.

Mit einem Becher Tee in der Hand betrat sie das Lehrerzimmer, wo Frau Grothus auf sie wartete.

»Hallo, Frau Brehm, gut, dass Sie Zeit haben. Meinen Kollegen Scholz kennen Sie ja. Wir können wieder in das Büro des Schulleiters. Kommen Sie bitte.« Grothus ging voraus, dann Maria und hinter ihr Scholz.

Ein eigentümliches Gefühl, wie abgeführt. Maria war erleichtert, dass keine Kollegen im Raum waren, die das sahen.

»Nehmen Sie Platz.« Grothus bewegte sich in dem Büro, als ob sie dort zu Hause wäre. Maria setzte sich an den Besprechungstisch. Sie registrierte, dass sie auf der vordersten Stuhlkante saß. Zurücklehnen, Ellbogen nach außen, Raum einnehmen, erinnerte sie sich an die Kommunikationstrainerin auf der letzten Fortbildung. Das signalisiert Sicherheit und Kompetenz. *Na, da unterschätze mal die Kommissarin nicht*, warnte der Kritiker.

Grothus klappte eine Aktenmappe auf und legte sie vor sich auf den Tisch. Maria konnte nur ein Blatt mit handgeschriebenen Notizen erkennen. Unleserlich, obwohl sie doch sehr geübt im Entziffern war.

»Frau Brehm, es hat sich einiges ergeben, über das ich mit Ihnen sprechen möchte.« Sie sah forschend zu Maria, die sich zwang, gleichmäßig weiter zu atmen und den Blick stumm zu erwidern. Pause. »Wir haben das Auto von Herrn Kaiser gefunden.« Pause. »Sind Sie schon mal mit ihm gefahren?«

»Mit Herrn Kaiser? Ja, ist aber lange her«, antwortete Maria vielleicht einen Tick zu rasch?

»Dieser Wagen ist neu, war das schon damit?«, mischte sich Scholz ein, der die ganze Zeit auf eine Schwachstelle von Maria zu lauern schien.

»Nein, also, ich weiß nicht, wenn das Auto neu ist, wahrscheinlich nicht.«

Die beiden Kommissare wechselten einen schnellen Blick, Grothus machte eine kurze Notiz und übernahm wieder die Befragung. »Wir haben das Fahrzeug untersuchen lassen, die meisten Flächen waren abgewischt, Lenkrad, Türgriffe … Einige Fingerabdrücke von Herrn Kaiser haben wir dennoch gefunden und andere, die noch nicht zugeordnet werden konnten.« Sie sah Maria an. »Und Hundehaare.« Sie legte den Kopf ein wenig schief. »Hatte ihr Kollege einen Hund?«

»Könnte sein, ich weiß es nicht.« Diese Antwort war zweifellos viel zu schnell gekommen. *Du bist so leicht zu durchschauen.* Der Kritiker schüttelte resigniert den Kopf.

»Die Haare stammen von einem Hund der nordischen Rassen, hellbraun, eher blond.« Pause. »Sie haben doch einen Husky?«

»Ja, aber wie sollen die Haare meines Hundes –«

»Frau Brehm, wir werden natürlich einen Vergleich machen.« Strenge Musterung aus Eisaugen. »Wie wahrscheinlich ist es, dass zufällig zwei blonde Huskys im Spiel sind? Es gibt übrigens erstaunlicherweise auch Hinweise, dass dieser Hund ein F2-Wolfsmischling ist. Noch sehen wir keine Veranlassung zu einer genaueren Genanalyse. Ist teuer und langwierig. Wenn wir das vermeiden könnten ...«

»Blond, sagten Sie?«

»Ja. Blondes Fell mit schwarzen Spitzen. Das schränkt die Möglichkeiten stark ein. Oder was meinen Sie?«

Maria strengte sich an, einen neutralen Gesichtsausdruck zu zeigen und gleichzeitig einen Ausweg zu finden.

»Aah«, rechte Hand auf den Mund, ein verblüfftes Nicken, »ich glaube, ich weiß, wie das passiert sein könnte. Manchmal, wenn ich knapp dran bin, nehme ich Pawlow mit in die Umkleide der Sporthalle. Wir haben eine gemeinsame Lehrerumkleide. Herr Kaiser hat sich mal sehr aufgeregt, weil Pawlow angeblich auf seinen Sachen gelegen hätte.«

Niemals hätte Maria Pawlow mit in die Umkleide gebracht, wenn sie mit Kaiser gemeinsam dort war. Er hätte sich sofort bei der Schulleitung beschwert. Aber das konnte die Kommissarin ja nicht wissen.

»Hm, ist Ihr Hund heute mit?« Grothus betonte *Hund* sehr unangenehm. Ob sie wusste, dass die Haltung von Wolfsmischlingen zwar erlaubt war, aber einige Gerichte schon Urteile gefällt haben, nach denen sie eingezäunt gehalten werden müssen? Dünnes Eis.

Maria nickte.

»Dann wird Herr Scholz Sie begleiten und ein paar Haare zum Abgleich mitnehmen.«

»Wissen Sie denn schon mehr?«

Maria wollte sich trotz ihrer Sorge die Gelegenheit nicht entgehen lassen, etwas zu erfahren.

»Herr Kaiser hat am Sonntagmorgen sein Apartment auf Norderney verlassen, ist mit seinem Wagen nach Bremen gefahren. Gegen elf Uhr wurde er auf dem Heimweg geblitzt, danach wurde er nicht mehr gesehen. Aber er war am Montagfrüh am Segelverein Lesum-Burg verabredet und sein Auto stand dort laut Zeugenaussage spätestens um sechs Uhr.«

»Und die Verabredung? Hat die stattgefunden?«

»Das wissen wir noch nicht, derjenige – übrigens ein Schüler dieser Schule – ist nicht auffindbar.«

»Heißt das ... Denken Sie denn, dass dieser Schüler ihn umgebracht hat?« Vorsichtshalber tat Maria so, als suchte sie ein Taschentuch in ihrer Jacke und schnäuzte sich ihre trockene Nase, als sie eins fand.

»Wir suchen ihn als einen wichtigen Zeugen«, griff der merklich genervte Scholz wieder ein. »Wissen Sie vielleicht ausnahmsweise etwas darüber?«

»Ich? Ich weiß ja noch nicht einmal, wer es ist.«

»Und? Wollen Sie es wissen?«

»Äh, ja, also ja. Ich dachte, das dürfen Sie nicht sagen.«

»Tobias Rüter. Sein Vater erzählte uns, dass Sie sich sehr besorgt nach ihm erkundigt haben.« Die Stimme von Scholz war jetzt einen Hauch zu freundlich, fand Maria.

»Tobias, ja, ich ... er war am Dienstag kurz bei mir. Er deutete an, dass er nicht zur Prüfungsvorbereitung kommen wolle. Deshalb habe ich mich bei dem Vater erkundigt.«

»Gut.« Grothus klappte die Mappe zu und stand auf. »Frau Brehm, Herr Scholz geht jetzt mit Ihnen zu Ihrem Hund. Wenn Ihnen noch etwas einfällt ... Ich bin sicher, wir sprechen uns in nächster Zeit häufiger. Und wenn Tobias Rüter sich bei Ihnen melden sollte, lassen Sie es uns natürlich wissen.«

Natürlich.

20. Mittagsnebel

So geht es nicht weiter. Ich kann kaum noch schlafen. Mein Leben gerät aus den Fugen.

Sogar Karina taucht neuerdings manchmal aus ihrem Tabletten-und-Depri-Nebel auf. Hat Tobias mit ihr geredet? Ihr den Floh ins Ohr gesetzt, dass ich mit Lidia sexuell ... Was haben die für schmutzige Fantasien? Nähe, streicheln, sich halten, was soll daran schlecht sein?

Zweimal war Karina mittags aufgestanden und hatte auf Lidia gewartet. Als ich nach Hause kam, saßen sie in der Küche und haben Chips gemampft. Als Mittagessen! Sie saßen beide nur stumpf da. Krrrps, schluck, krrrps krrrps ... Ekelhaft. Das soll besser für Lidia sein, als mit ihrem Vater zu schmusen und sich zu entspannen?

Ich hätte Tobias das Gymnasium verbieten sollen. Aber ich dachte, dass ein guter Schulabschluss es ihm leichter machen wird. Ich war stolz auf ihn. Der Erste in der Familie, der das Abitur machen würde. Aufstieg. Ansehen. Aber dann ist er mir weiter entglitten. Es war immer wichtiger, was die Lehrer gesagt haben. Ich hatte ja keine Ahnung von dem ganzen Zeug, was sie in der Schule lernten, Industrialisierung und so was. Als ob das zählt. Fleiß, Disziplin und Stehvermögen. Das sind die Tugenden, die man braucht im Berufsleben.

Ich weiß noch, wie wir das erste Mal auf einem Elternsprechtag waren. Wir haben fast eine Stunde auf dem Flur gewartet.

Tobias wurde immer zappeliger. Eine Mutter kam später mit ihrer Tochter. Beide haben uns gar nicht beachtet, obwohl das Mädel in Tobias' Klasse war. Hochnäsig. Als endlich die Tür geöffnet wurde und die vorherigen Eltern gingen, ist sie einfach reingestürmt, die Tochter im Schlepp. Wir konnten noch hören, wie sie sagte: Ich habe in einer Stunde Visite auf meiner Station. Auf mich warten drei Assistenzärzte und zwei Oberärzte. Was glauben Sie, was das kostet. Der Lehrer hat noch nicht einmal aus der Tür geguckt, um uns Bescheid zu sagen. Als wir drankamen, hieß es: Ich habe leider nur noch ein paar Minuten Zeit. Da bin ich nie mehr hingegangen.

In die erste Reihe kommt man auch ohne Abitur, das sieht man ja an mir. Der ganze Ärger jetzt liegt garantiert an der blöden Vertrauenslehrerin, die wiegelt ihn auf. Er hat angedeutet, dass sie die Schulbehörde einschalten will. Kindeswohlgefährdung! Wenn ich das höre, krieg ich das kalte Kotzen. Wofür hält die sich? Vielleicht war die sogar hier bei Karina und hat mich angeschwärzt?! Bestimmt war es so.

Die dumme Schlampe soll sich aus meiner Familie heraushalten.

Ich muss was unternehmen, die macht mir sonst mein Leben kaputt!

21. Ein und aus

Der Porsche rast auf die Kurve zu. Maria versucht vom Rücksitz aus ins Steuer zu greifen, aber da sitzt Pawlow hechelnd, er grinst breit. Maria wirft sich gegen die Seitenwand und schafft es so gerade noch, das Auto um die Kurve zu bringen. »Pawlow weg, ich muss ans Steuer!«, schreit sie. Der Hund reißt seine Schnauze noch weiter auf und lacht laut. Die Stimme kommt ihr bekannt vor. Maria sieht nach vorn. Mitten auf der Straße steht Tobias. Er hat ein Handy in der Hand. Tippt. Es klingelt bei ihr. Maria winkt verzweifelt: Weg da! Sie hat doch gar kein Handy, er kann nicht bei ihr anrufen. Es klingelt und klingelt ...

»Brehm«, mühsam hatte Maria sich aus dem Traum herausgequält und nach dem Telefon gegriffen.
»Frau Brehm, hier ist Lukas.«
Maria sah auf den Wecker: 05:30 Uhr.
»Lukas, um diese Zeit ...«
»Geht nicht anders, ich fliege gleich. Ich wollte Ihnen sagen, warum die Kaiser umgebracht haben.«
»Was? Warum? Wer *die*?«
»Sie wissen doch, dass Kaiser immer nach Norderney fährt mit den Surfern. Sie ham doch die Nordsee-Lounge gesehen. Kaiser hat manchen Schülern einen Job da vermittelt. Also erst zum Arbeiten in der Kneipe, das gab gut Trinkgeld ... aber manche haben dann halt auch ... mehr gemacht.«

Das Thema war ihm offensichtlich unangenehm.

Maria hakte nach: »Mehr?«

»Na, anschaffen halt! Vor allem Ausziehen und mmh ...«, wieder zögerte Lukas. Maria wartete, sie fühlte sich unwohl dabei, ihn zu bedrängen, aber sie musste es ausgesprochen hören. »Massagen – das heißt von Anfassen über Blowjobs bis was weiß ich ... so genau reden wir da nicht drüber. Manche von den Typen wollen auch einfach nur ausgehen oder labern, eigentlich sind die meisten voll ok. Und das Taschengeld können wir natürlich eh alle gebrauchen.«

»Heißt das ... du hast da auch mitgemacht?« Verflixt, das war ihr so rausgerutscht.

»Darum geht es doch gar nicht!!«

»Und was hatten Kaiser und Ennen davon?«

»Die haben mitkassiert. Die haben drauf geachtet, dass alles safe ist und diskret bleibt ... auch an der Schule, das wär sonst die Hölle gewesen! Kaiser hat umsonst in Ennens Apartment gewohnt – mehr weiß ich da nicht. Am meisten hat Ennen eingestrichen: Wenn wir eins von den Zimmern im Dachgeschoss nutzen, verlangt er hundert Euro pro Tag! Man kann aber auch was davon anschreiben oder in Service-Schichten abarbeiten. Außerdem war er immer ganz scharf drauf, persönliche Details von den Kunden zu kriegen. Wenn's nach dem ginge, hätten wir alle richtig ausgequetscht, damit er sie irgendwie erpressen kann ... Die meisten Alten haben aber eh rumgeprahlt.«

»Kennst du da wen?«

»Einer war wohl ein hohes Tier in Bremen. Der wollte Senator werden. Der hat Ennen angeblich wirklich ne Menge Kohle gezahlt. Den Namen weiß ich aber nicht, das war vor meiner Zeit. Ennen ist auf jeden Fall völlig skrupellos.«

Im Hintergrund hörte Maria Lautsprecherdurchsagen und das Geratter von Trolleys. »Du meinst, er hat Kaiser umgebracht?«

»Bestimmt nicht selbst. Aber der hat Leute, die durchsetzen, was er will.«

»Ich glaub', die kenn ich. Aber warum, Lukas?«

»Ennen wollte ständig mehr. Und mehr verdienen lässt sich mit jüngeren, mit richtigen Kids. Wir sind ja alle mindestens siebzehn, die meisten älter. Ennen wollte, dass Kaiser in die Sekundarstufe eins wechselt.«

Maria wurde schlecht. Sie wusste, dass es in jeder Klasse ein oder zwei Kinder gab, deren Eltern nicht so genau fragen würden, wenn sie in den Ferien auf eine Insel könnten. Und die Kinder selbst fanden sowieso meist, dass ihr Taschengeld zu knapp war. Aber das?

»Und Kaiser?« Maria hielt die Luft an.

»Der wollte nicht. Meinte, wir wissen, was wir tun und können selbst entscheiden. Aber die Kleinen nicht.«

Die Kleinen, das wären Zehn- bis Fünfzehnjährige gewesen. Einatmen.

Lukas sprach schnell weiter. »Ennen hat ihn richtig unter Druck gesetzt. Kaiser wollte aussteigen.«

Ausatmen.

»Mein Flug. Ich muss los. Sie wissen aber nichts von mir, ja?!«

»Warte, das ist doch noch nicht alles.«

»Kein Plan. Ich hab gehört, Kaiser wollte noch ein letztes Mal absahnen und den Spieß umdrehen: Ennen erpressen. Der sollte ihm das Apartment als Schweigegeld überschreiben. Dann war Kaiser plötzlich tot.«

»Lukas, du musst damit zur Polizei.«

»Auf keinen Fall! Das darf niemand wissen. Ich will nicht, dass irgendwer denkt … Sie haben ja keine Ahnung, wie das ist! Und Ennens Schläger haben mir auch schon aufgelauert. Deshalb konnte ich nicht zur Deichbar kommen.«

Maria zog die Luft scharf ein, als sei sie kilometerweit gesprintet.

»Ich hau ab. Wenn die mich noch mal erwischen, dann bin ich auch tot.«

»Aber dann hätten sie dich doch auf Norderney schon umbringen können.« Ausatmen, einatmen.

»Zu auffällig. Die würden mir irgendwo auflauern. Kaiser haben sie ja auch in Bremen umgebracht.«

»Du kannst doch nicht immer weglaufen, wo willst du …« Aus, ein.

»Das krieg ich hin. Wenn Gras über die Sache gewachsen ist, komme ich vielleicht wieder. Ich muss aufhören.«

»Deine Handynummer, damit ich dich –«

»Nein, ich bin raus. Wenn Sie mehr wissen wollen, fragen Sie mal Paddy, vielleicht ist der jetzt so weit.«

»Welcher Paddy?« Maria kramte in ihrer Namensschublade. Kein Paddy.

»Meißner. Und … seien Sie vorsichtig, Frau Brehm.«

22. Zweiundvierzig –
oder der Sinn des Seins

Warum war Maria nicht erleichtert?

Lukas war erst mal irgendwo in Sicherheit und Tobias spielte in diesem Szenario gar nicht mit.

Sie könnte Frau Grothus von Lukas' Verdacht erzählen. Die Polizei würde die Alibis von Ennen und seinen Schlägern überprüfen. Es ließ sich doch leicht herausfinden, ob einer von ihnen am Sonntagabend in Bremen gewesen war. Und dann wäre es beendet.

Aber es passten nicht alle Puzzleteile zusammen. Wie gehörte Greta in das Bild? Es musste doch eine Verbindung zu ihrer Uhr geben.

Wenn nun Kaiser auch Gretas Söhne anwerben wollte? Nein, so dumm konnte er nicht sein. Aber vielleicht hatte es sich unter den Jugendlichen herumgesprochen, dass es bei Kaiser schnelles Geld zu verdienen gab. Diskussionen über das angeblich zu knappe Taschengeld gab es auch bei de Boers.

Maria glaubte nicht, dass Lukas die Geschichte ganz durchschaut hatte. Er hatte sich aus Angst etwas zusammengereimt.

Meißner? Patrick Meißner. Einführungskurs Sport. Groß, sehr dünne Beine, schulterlange rote Haare. Flamingo hatte sie ihn für sich getauft. Guter Basketballer.

Darum würde sie sich später kümmern. Erst mal musste sie

wissen, was mit Greta war. Immer noch war sie verschlossen und wich Maria aus. Am Mittwoch hatte sie sich wieder krank gemeldet. Da stimmte etwas ganz und gar nicht.

Maria hatte genug. Es war Zeit für eine Aussprache unter Freundinnen, falls sie das noch waren.

Greta öffnete ihr die Tür, schlurfte ins Wohnzimmer und legte sich aufs Sofa, wo sie offensichtlich schon einige Zeit verbracht hatte. Zerknüllte Papiertaschentücher und eine Wärmflasche lagen auf dem Boden. Ein Tablettenblister neben einem halb vollen Wasserglas auf dem Tischchen. Kissen und Decken auf dem Sofa waren zerwühlt. Greta war blass mit roten Flecken am Hals. Es roch nach Krankheit oder Verzweiflung oder beidem.

»Mensch, du siehst richtig schlecht aus! Grippe?«

Greta schüttelte den Kopf. Ihre Augen waren rot und schimmerten feucht.

»Kann ich dir irgendwie helfen? Einen Tee kochen? Brauchst du was?«

Greta schluchzte, Tränen liefen ihre Wangen hinunter.

Maria setzte sich neben sie und nahm sie in den Arm.

»Heul dich erst mal aus. Und dann wirst du's wohl erzählen müssen – mir oder der Polizei, so kannst du doch nicht weitermachen.«

Greta schaute sie irritiert an.

»Polizei? Was hat die damit zu tun?«

»Na, deine Uhr in Kaisers Auto, du verheimlichst doch was!«

»Du denkst … wie … was … ich weiß gar nicht … Was hat denn meine Uhr mit Kaiser zu tun? Wovon redest du überhaupt?« Mit den Handrücken wischte sie die Tränen weg.

»Deine Uhr lag in Kaisers Porsche. Frag jetzt nicht, wieso ich sie dort gefunden habe. Das ist ein ganz anderes Kapitel. Und du weißt, dass die Kriminalpolizei dich wegen der Streitereien mit Kaiser sowieso auf dem Kieker hat. Deshalb habe ich sie behalten und –«

»Wie? Moment mal, meine Uhr in Kaisers Auto? Denkst du etwa, ich hätte ihn umgebracht?!«

»Ich weiß nicht, was ich denken soll. Du bist seit Kaisers Tod so anders. Du weichst mir ständig aus, bist dauernd angeblich krank, schleppst offensichtlich was mit dir herum.«

»Jetzt nicht mehr.« Gretas Tränen flossen wieder, sie riss ein frisches Taschentuch aus der Verpackung und schnäuzte kräftig hinein.

»Hä?«

»Ich schleppe seit heute Morgen nichts mehr mit mir herum, außer meinem schlechten Gewissen.« Sie rutschte tiefer ins Sofa und zog die Knie an.

»Also hast du …?«

»Nicht wegen Kaiser. Blödsinn.« Greta sah Maria an. Fragend? Bittend? Zweifelnd? Maria konnte es nicht entziffern. Fast hatte sie Angst vor dem, was jetzt käme. »Ich habe heute Morgen einen Abbruch machen lassen. Ich war schwanger.«

»Schwanger?! Aber du bist doch –«

»Zweiundvierzig, ich weiß. Ich dachte auch, dass das nicht mehr passiert. Wir wollten immer ein drittes Kind. Matthias hat sich eine Tochter gewünscht. Ich auch. Ich war das mittlere von drei Geschwistern und fand das toll. Aber es hat nicht geklappt.« Greta griff sich das nächste Papiertuch und räusperte sich. »Irgendwann war mir klar, dass das nicht mehr passt, so ein Nachzügler, als die Jungs etwa zehn und zwölf waren. Für mich jedenfalls war das Thema durch. Aber verhütet haben wir nicht, war ja offensichtlich nicht nötig.«

»Und jetzt ist es doch noch passiert.«

»Wechseljahre, dachte ich. In den Ferien dann, beim Skilaufen, war mir immer wieder mal übel. Das andere Essen, redete ich mir ein, aber ein Verdacht kam da schon. Und am letzten Tag in Österreich habe ich einen Test gemacht. Nur so, zur Sicherheit – und Bingo!«

»Und Matthias? Was hat der gesagt?«

Schweigen. Greta zupfte kleine Fetzchen vom Taschentuch ab.
»Du hast ihm nichts erzählt?!«
Nicken.
»Du hast allein entschieden, dass du abtreibst?«
Schluchzen. Schnäuzen. Augenwischen. Zupfen.
»Und nun?«
Schweigen. Zupfen. Reißen. Knüllen.
»Willst du es ihm denn –«
»Auf keinen Fall! Matthias hätte dieses Kind gewollt, ich bin mir sicher. Aber ich kann das nicht. Ich will das nicht.«
»Hmm …«
»Die Jungs sind fast erwachsen und es läuft gut, na ja, meistens. Jetzt noch einmal mit einem Säugling anfangen? Die Nächte, die Sorgen. Ich bin zweiundvierzig, ich könnte theoretisch schon Oma sein. Die Kraft habe ich nicht mehr.«
»Aber geht das nicht trotzdem auch Matthias was an?«
»Natürlich geht es ihn was an. Aber ich musste für mich entscheiden, das ist mir schwer genug gefallen, glaub mir. Er hätte es zu schwer gemacht. Außerdem musste es schnell gehen. Ich war in der elften Woche, als wir aus dem Urlaub kamen.«

Maria wusste nicht, was sie sagen sollte. Wie würde sie in einer solchen Situation reagieren? Das Thema Schwangerschaft hatte sie für sich bisher immer weggeschoben. Felix hatte dann eine Tür in ihr geöffnet zu einem Raum, von dem sie nicht gewusst hatte, dass es ihn gibt. Versteckt, hinten unten im Keller, mit wenig Licht. Nur schemenhaft waren ein paar Dinge zu erkennen: ein Bettchen, ein roter Ball, ein Mobile aus Federn und Muscheln. Es roch nach Honig und Mandelmehl – so hatte Felix am Hinterkopf und im Nacken gerochen –, aber auch nach Urin und Kacke. Und nach Milchreis mit Zucker und Zimt. Eine olfaktorische Mischung, die ihr einen Kloß im Hals bescherte, den sie energisch hinunterschluckte.

Maria rettete sich zurück in das de-Boersche-Wohnzimmer.
»Wo sind denn überhaupt Matthias und die Jungs? Ich meine,

die werden sich doch wundern, dass du heute nicht in der Schule warst?«

»Rückfall, Magen-Darm von letzter Woche, hab' ich gesagt. Matthias ist zu seiner Mutter, er muss da die Pflege organisieren, und die Jungs sind heute den ganzen Tag unterwegs.«

Nachdem Maria ihr doch noch einen Tee aufgedrängt hatte und Greta nun etwas ruhiger war, wollte sie los.

»Aber, was ist denn mit der Uhr?«, fragte Greta, als Maria schon im Flur stand. »Hast du sie dabei?«

»Nein, die liegt bei mir zu Hause.« Maria hatte ihre Frage über Gretas Neuigkeiten vergessen, »Wie ist sie in Kaisers Wagen gekommen, Greta?«

»Keine Ahnung, ich hab' sie irgendwann verloren. Wahrscheinlich in der Schule, vielleicht in der Sporthalle? Da könnte Kaiser sie gefunden und mitgenommen haben.«

»Also hattest du nicht noch mal Streit mit Kaiser? In seinem Wagen und er hat sie dir vom Arm gerissen?«

»Maria, wirklich! Ich hatte ganz andere Sorgen als den Schleimkopf, glaub mir!«

»Hm, da war wohl bei mir zu viel Fantasie im Spiel. Ich sollte weniger Krimis lesen. Ich konnte mir ja auch nicht vorstellen, dass du …«

Als sie nach Hause fuhr, war Maria unwohl, als hätte sie sich mit der fiktiven Magen-Darm-Erkrankung angesteckt. Ihr Appetit auf ein Abendbrot war vergangen.

Überzeugend war die Erklärung mit der Uhr nicht. Maria fühlte sich unangenehm an ihre eigene Lügengeschichte über die Hundehaare erinnert.

23. Kaiserin II

»Guten Tag, Frau Kaiser. Ich muss Sie unbedingt noch mal sprechen. Kann ich reinkommen?«

»Ich muss zum Dienst. Also nur ganz kurz.«

Simone Kaiser ging in das Wohnzimmer voraus, in dem sich einiges verändert hatte. Kisten mit Büchern und Bildern standen offen herum, der Esstisch war voller Papierkram.

»Worum geht es?«, fragte sie, ohne Maria zum Sitzen einzuladen.

»Die Polizei verdächtigt den Schüler, mit dem Ihr Mann am Montagfrüh verabredet war. Ich bin überzeugt, dass er es nicht war. Ich kenne ihn, er ist kein Mörder.«

»Kennen!«, höhnte Simone Kaiser. Die sonst so blasse Frau hatte rote Flecken im Gesicht. Die Souveränität der Tochter aus gutem Hause war verschwunden. »Wen kennen wir schon wirklich!? Was wissen Sie über diesen Tobias? Welche Seite hat er Ihnen gezeigt und welche nicht? Menschen kennen ja nicht einmal sich selbst, wie denn erst einen anderen!«

»Ja, sicher haben Sie recht, aber mein Gefühl sagt mir –«

Simone Kaiser unterbrach Maria: »Frau Grothus wollte von mir wissen, ob mein Mann ein Verhältnis mit Ihnen gehabt hat. – Hatten Sie?«

»Ich? Mit Ihrem Mann?!« Maria lachte wider Willen laut auf. »Entschuldigen Sie, Sie sind mit ihm verheiratet. Aber für mich wäre das unvorstellbar gewesen. Er war«, Maria zögerte,

»er war nicht mein Typ. Und ich auch ganz bestimmt nicht seiner.«

»Hmm, kann ich mir vorstellen.«

»Was haben Sie dazu gesagt? Wie kommen die auf so etwas?«

»Erstens: dass ich es nicht weiß. Zweitens: weiß ich nicht.«

Die beiden Frauen sahen einander an, dann sahen sie aus dem Fenster auf die Lesum.

An den Stegen vertäut bewegten sich die Boote im Strom leicht hin und her. Dahinter verlor sich der Blick in der Weite des Werderlandes. Das Schweigen hatte etwas Verbindendes.

»Darf ich Sie etwas fragen?«, tastete Maria sich wieder heran.

Simone Kaiser schwieg.

»Ich war am Wochenende auf Norderney, hab mit den Besitzern der Surfschulen gesprochen, mit Herrn Ennen und mit Herrn Voss. Sie kennen beide?«

»Fragen Sie mich, aber verkaufen Sie mich nicht für dumm.« Frau Kaiser sah weiter aus dem Fenster, sie hatte sich noch ein wenig mehr von Maria abgewendet. »Ich weiß, dass Sie da waren. Ich habe mich darüber geärgert, dass Ro Ihnen die alten Kindergeschichten erzählt hat. Die spielen hier keine Rolle. Sie müssen ihn sehr beeindruckt haben. Er war sentimental und zu gutgläubig, trotz vieler schlechter Erfahrungen.« Ein scharfer Blick, eine kurze Pause. »Also, was wollen Sie wirklich?«

Gern hätte Maria mehr über Robert Voss erfahren, aber zunächst war anderes wichtiger. »Ihr Mann nutzte ein Apartment auf Norderney, gehörte es ihm?«

»Nein, soweit ich weiß, hat er es von Herrn Ennen gemietet.« Der Themenwechsel überraschte Simone Kaiser, denn sie sah Maria irritiert an.

»Ist das nicht sehr teuer? Haben Sie auch dort gewohnt?«, setzte Maria schnell nach.

»Ich glaube, dass er es günstig bekommen hat, Genaues weiß ich nicht. Ich bin immer auf der Olympia.«

»Hätte ihr Mann nicht auch dort wohnen können?«

»Der Weg vom Hafen zur Surfschule, wo er sein Equipment hatte, war ihm zu weit. Außerdem mochte er das Schiff nicht, es war ihm zu eng.«

»Waren Sie glücklich miteinander?«

»Sie sind nicht verheiratet, stimmt's? Wir waren es fünfzehn Jahre. Ich war fünfundzwanzig, als wir uns kennenlernten. Sven war charmant, klug, konnte reden und gab mir das Gefühl, die Richtige zu sein. Er unterstützte mich bei meinen Prüfungen und bei meinem Vater. Ich war froh, einen starken und selbstsicheren Mann zu haben.«

»Er war doch nicht viel älter als Sie?«

»Fünf Jahre. Zwischen uns war das sehr viel. Er hatte es nie leicht, musste sich immer durchbeißen und hatte seine Ziele hoch gesteckt. Das hat ihn früh erwachsen, vielleicht auch hart werden lassen.«

»Und dann?«

»Er hat mich gedrängt, meinen Beruf ernst zu nehmen. Das wollte ich auch selbst. Wollte meinem Vater beweisen, dass ich eine gute Ärztin bin. Sven hat mir während der Facharztausbildung den Rücken freigehalten. Hat viel im Haus gemacht und war oft weg, damit ich in Ruhe arbeiten und lernen konnte. Wir haben uns wenig gesehen.« Simone Kaiser machte eine Pause, holte tief Luft, zuckte mit den Achseln. »Das Übliche eben. Beide arbeiten, entwickeln sich, leben sich auseinander, aber der Alltag ist ruhig und geregelt. Eine ganz normale Ehe.«

»Wollten Sie keine Kinder?«

»Ich muss jetzt los, in einer Dreiviertelstunde stehe ich im OP.« Die Stimme von Simone Kaiser war flach geworden und ein bisschen rau. Maria hatte das falsche Thema angesprochen – oder genau das richtige?

Im Flur sah sie, dass auch das Bild der Segeljacht mit der kleinen Simone und dem großen Dornhai in eine Kiste gewandert war.

Zwar hatte sie nichts über die Verbindungen von Kaiser zu Ennen erfahren, dennoch hatte sich dieser Besuch gelohnt.

Simone Kaiser wusste nichts von den Nebengeschäften ihres Mannes, da war Maria sich sicher. Und es war klar, dass Simone Kaiser Marias Besuch bei Voss nicht passte. Die Frau war beunruhigt darüber und wollte es nicht zeigen. Maria fragte sich wieder einmal, wie die beiden zueinander standen und ob Voss doch etwas mit Kaisers Tod zu tun hatte.

Die Polizei verdächtigte mit Sicherheit nach wie vor Tobias oder Greta. *Oder sogar mich selbst*, dachte Maria erschrocken, als sie an die letzte Befragung zurückdachte. Sie musste unbedingt herausfinden, wie und warum Kaiser gestorben war.

24. Mütter sind Arschlöcher

»Warum überholt der nicht endlich?!« Maria schaltete in den dritten Gang zurück und scherte leicht nach links aus. Der Trecker mit Anhänger fuhr weit rechts und die Straße war frei. Dennoch machte der Corsa mit Oldenburger Kennzeichen vor ihr keine Anstalten zu überholen.

Maria setzte den Blinker und gab Gas. Sie überholte den PKW plus Treckergespann zügig und schwenkte gerade nach rechts zurück, als es blitzte.

»Scheiße!«, schimpfte Maria. Sie hatte sich das Auto von Karl geliehen. Der würde feixen, wenn ihr Bon ankäme.

Sekunden später zischte der rote Corsa an ihr vorbei. Zwei junge Typen grinsten hämisch zu ihr rüber. Die beiden kannten sich offensichtlich mit den Blitzern hier aus.

Als sie kurz danach auf den Garagenhof in Norddeich rollte, staunte sie, wie schnell man am Fährhafen war. Die Zugfahrt von Bremen bis zur Mole schien ihr schon kurz, jedenfalls, wenn keine betrunkenen Väter die Uhr anhielten, aber nun hatte sie nur eine Stunde und zwanzig Minuten gebraucht. Sie hatte noch Zeit für einen Gang mit Pawlow und war danach so zeitig auf der Fähre, dass sie einen der begehrten Fensterplätze bekam.

Die Überfahrt war ruhig, das Wasser schon weit abgelaufen. Auf den Sandbänken lagen Seehunde (*Phoca vitulina vitulina*) und ein paar Kegelrobben (*Halichoerus grypus*). Schade, dass sie kein Fernglas dabeihatte, denn Maria glaubte auch junge Kegelrobben zu entdecken, die früher geboren werden als die Seehunde und jetzt schon das Gewicht eines ausgewachsenen Seehundes erreicht haben könnten. Aber sicher war sie nicht. Vielleicht waren es doch Seehunde mit einer etwas scheckigeren Färbung. In etwa zwei bis drei Wochen würden sich die trächtigen Seehundweibchen auf den geschützten Oststrand der Insel zurückziehen, um ihre Jungen fernab der Fahrrinne zu werfen. Manche bringen auch auf abgelegenen Sandbänken bei Niedrigwasser ihren Nachwuchs zur Welt und bei der nächsten Flut schwimmen sie schon mit der Mutter mit. Nach nur vier Wochen Säugezeit müssen sie selbstständig werden und sich das Fischen beibringen. Und in diesen wenigen Wochen werden sie oft noch von Touristen verfolgt, die Fotos machen wollen oder die sie in ihren Ruhezeiten stören, weil sie sie für verlassen halten. Immer wieder richtet falsch verstandene Tierliebe Schaden an. Nur die Heuler, die tatsächlich zu schwachen jungen Seehunde, werden von Mitarbeitern des Nationalparks Wattenmeer in eine Aufzuchtstation gebracht.

Die Frisia IV folgte der Fahrrinne jetzt weg von den Sandbänken und lief zügig in den Hafen ein. Maria setzte sich ihren Rucksack auf und ging mit Pawlow in Richtung Ausgang. Wie üblich standen hier schon viele ungeduldige Passagiere und schoben die vorne Wartenden nach und nach dichter an die Bordwände. Es kam schließlich auf jede Sekunde an. Kinder wurden angehalten, sich in kleinste Lücken zu quetschen, damit die Eltern einen Vorwand hatten, sich ebenfalls vorzudrängeln. Weil auch schwere Rollkoffer rücksichtslos hinterhergezogen wurden, brachten Pawlow und Maria ihre Pfoten und Füße lieber hinter den Gepäckregalen in Sicherheit.

Auch vor und erst recht in den Bussen herrschte das Recht des Stärkeren. Der alte Darwin würde seine Theorie in dieser Szene nicht wiedererkennen, er beschreibt nicht Konkurrenz, Gewalt und Verdrängung der körperlich Schwächeren als Überlebensprinzip, sondern den Grad der Anpassungsfähigkeit an eine sich verändernde Umwelt.

Schließlich bezog Maria ihr Hotelzimmer und freute sich auf einen Spaziergang, Salzluft in der Nase und Sand zwischen den Zehen.

Nach rechts zur Nordsee-Lounge? Nein, zuerst musste sie die Rolle von Robert Voss klären. Also nach links zum Hafen.

Etwas entfernt lief ein Mädchen von acht, neun Jahren am Strand entlang und sammelte etwas. Als Maria näher kam, erkannte sie ein Mosaik aus Steinen und Muscheln im feuchten Sand. Es zeigte eine Strandszene: Hellgraue Steine bildeten den Himmel, dunkelgraue das Wasser und weiße Muscheln stellten den Sand dar. Gerade fügte sie die neuen Fundstücke ein. Maria ging langsamer, um zu erkennen, was im Zentrum des Bildes war. Pawlow näherte sich vorsichtig dem Kunstwerk.

Maria blieb stehen.

Auf dem Sand wuchs eine Gestalt aus grünen, glatt geschliffenen Glasscherben, die über das Wasser bis in den Himmel reichte. Die Scherben waren nass und funkelten in der untergehenden Sonne. Rote Lichtblitze schossen aus dem grünen Glas, sodass die Figur zu tanzen schien.

»Das Bild ist wunderschön. Bist du die Tänzerin?«

Ohne aufzuschauen, sagte das Mädchen: »Meine Schwester.«

»Ist die auch hier?« Maria hatte niemanden in der Nähe gesehen.

»Die ist gestorben.«

»Oh, das tut mir leid. Warum ist sie auf dem Bild?«

»Damit die Flut sie wegspült.« Zum ersten Mal blickte das Kind auf. »Was ist das für ein Hund?«

»Ein Schlittenhund.« Wie fast immer wurde der Wolfgroßvater verschwiegen.

»Darf ich den streicheln?«

»Wenn er das will.«

»Wie heißt er?«

»Pawlow.«

»Paflof«, lockte sie leise.

Er kam näher. Sie ließ ihn an ihrer Hand schnuppern, kraulte freundlich murmelnd seinen Hals und den markanten weißen Streifen zwischen den Ohren.

Maria schaute zum Horizont, wo sich Wolken türmten und die Sonne verschluckten.

»Komischer Name.«

Pawlow hatte sich hingelegt und das Mädchen stand nun neben Maria.

»So hieß ein berühmter Hundeforscher.«

»Wie findet der, dass dein Hund so heißt?«

»Er ist schon lange tot.«

»Wie meine Schwester. Hast du Geschwister?«

»Einen Bruder«, antwortete Maria.

»Wen hat deine Mama lieber?«

»Ihn, glaube ich.«

»Mütter sind Arschlöcher.« Damit beendete das Mädchen das Gespräch. Sie wendete sich zum Wasser und beobachtete, wie die Wellen nach und nach höher aufliefen. Maria riss sich von dem Bild los, als die ersten kleinen weißen Muscheln überschwemmt wurden und der Sog des zurückströmenden Wassers sie mitriss.

An der nächsten Buhne blieb sie stehen und sah zu dem Kind zurück. Ihr war der Gedanke gekommen, dass dieses Mädchen vielleicht nicht nur die tote Schwester der Nordsee überlassen wollte. War sie so einsam und verzweifelt, dass sie ins Wasser gehen und sich in Gefahr bringen würde? Sie stand noch immer still, die Wellen umspülten ihre Füße, das Mosaik musste schon überflutet sein. Gerade als Maria zurückgehen wollte, drehte das Mädchen sich um und rannte auf den Ort zu. Von dort kam ein Mann ihr entgegen, er breitete die Arme weit aus, sie warf sich hinein und er wirbelte sie im Kreis herum.

Im Hafenmeisterbüro standen zwei Skipper im Gespräch mit Voss. Sie beugten sich über den Tidenkalender und fachsimpelten über die frühestmöglichen und spätestnötigen Auslaufzeiten, wenn sie zwischen den Inseln übers Watt segeln wollten. Wettervorhersagen, Sonnenauf- und -untergangszeiten waren zu beachten.

Voss hatte Maria gesehen, eine Augenbraue hochgezogen, ein Lächeln angedeutet und sich wieder den beiden Männern zugewendet.

Die Möglichkeiten von A nach B zu kommen und die Tiden dabei zu nutzen oder auszutricksen, waren vielfältig. Erfahrungen, Übertreibungen und Segellatein wurden präsentiert. Die wechselhaft verlaufenden Priele, die Spring- oder Nipptiden, Windstärke und -richtung, alles wollte durchdacht sein.

Maria sah über den Hafen und das Watt. Zum ersten Mal seit Jahren bekam sie wieder Lust zu segeln. Auch sie hatte abends gerechnet und gemessen, mit anderen gemutmaßt, wann die beste Zeit zum Starten war, wenn sie aus der Weser raus, zu den Inseln oder am Ende des Wochenendes in die Weser rein wollte. Manchmal klappte es nicht und das Boot lag für Stunden auf Schlick. Sie hatte diese Zwangspausen verflucht, aber ebenso geliebt. Plötzlich ausgebremst. Die Sonne ging auf oder unter. Das Boot hatte Schieflage, sodass auch nicht mehr gekocht werden konnte. Das Watt gluckerte und prickelte. Eine fesselnde Unterwasserwelt wurde sichtbar und verschwand Stunden später wieder.

Der Mensch konnte nur staunen, schauen, abwarten und sich klein fühlen.

»Und Sie, möchten Sie auch Ihre profunden Revierkenntnisse vorführen? Oder kann ich etwas für Sie tun?« Voss hatte die Segler abgewimmelt.

»Mich lockt die Hoffnung auf eine Tomatensuppe und Informationen hierher. Aber Sie sind wohl beschäftigt?« *Was für eine dämliche Einleitung* meckerte der Kritiker. *Ein Flirt mit Voss ist doch das Letzte, was jetzt dran ist.* Maria rechtfertigte sich im Stillen: *Ein bisschen Charme bringt ihn vielleicht zum Reden?* und ärgerte sich sofort. Hatte sie das nötig?

»Auf meine Kochkünste müssen Sie verzichten, aber wir können uns hier vor die Tür setzen. Aus dem Restaurant bringt man Ihnen gern etwas.«

»Gute Idee. Wovon halte ich Sie ab?«

»Wenn Kundschaft kommt, muss ich rein. Allmählich wird es voller.«

»Soll ich Ihnen etwas mitbestellen?«

Voss schüttelte den Kopf.

Beim Eintreten ins Restaurant drehte Maria sich um. Pawlow saß neben Voss und beide sahen ihr zufrieden nach.

Voss wusste Bescheid über den Verdacht, dass Maria und Kaiser ein Verhältnis hätten. Er fragte nicht, ob es stimmte. Er schien aber keinen Maulkorb von Simone Kaiser bekommen zu haben. Maria zweifelte sowieso daran, dass er der Typ für solche Verbote war.

»Wie war die Ehe der Kaisers?«

»Ich habe sie wenig zusammen gesehen.«

»War Frau Kaiser glücklich?«

»Am Anfang der Beziehung bestimmt. Ihr Vater mochte Kaiser nicht. Da hat sie sich in den Gedanken verstiegen, er sei der Richtige.«

»Sie fanden das nicht?«

»Kaiser war nicht ehrlich. Er manipulierte Simone. Er wollte sie heiraten und gleichzeitig seine Einzelgängergewohnheiten beibehalten.«

»Und ihr Geld?«

»Ja, Geld, Status, das Haus, der ganze großbürgerliche Kram hat ihn gereizt. Die Fassade. Und die Aussicht auf das Erbe.«

»Warum hatten sie keine Kinder? Passten die nicht in die Karrierepläne von Simone Kaiser?«

Bei dieser Unterstellung verengten sich Voss' Augen. Besser, sie haute ihre Vorurteile gegen Frau Kaiser nicht so heraus. Maria merkte, wie Spiegelneuronen ihre Arbeit aufnahmen: Sie mit ihrem tiefen Misstrauen und dem Wunsch nach Zugehörigkeit und Gesehenwerden und Robert Voss, der ebenfalls zurückhaltend, fast argwöhnisch war, aber dahinter die gleiche Sehnsucht fühlte. Sie stellte sich vor, wie die Nervenzellen blitzten und ihre Gefühle auf Voss' Gefühle trafen und die Signale verstärkt zu ihr zurückkehrten. Empathie und Sympathie waren auch neurologisch erklärbar. In Voss erkannte sie ihre eigene Zerrissenheit wieder. Was würde jetzt siegen? Skepsis oder Sympathie?

Sie hatte noch mal Glück. Voss entschied sich für eine Antwort.

»Simone wollte Kinder, aufhören zu arbeiten und alles anders machen als ihre Eltern. Sie hat sich darauf gefreut, mit Kindern hier zu sein, ihnen das Segeln beizubringen und ihre Freude an der Natur weiterzugeben.« Er wies mit einer großen Geste über den Hafen, die Salzwiesen, das Watt, den Horizont. Seine eigene Verbundenheit mit der Insel und dem Meer lag mindestens so sehr darin wie Simone Kaisers. »Nach und nach wurde sie bedrückter. Weil Kaiser seine eigenen Wege gegangen ist, hauptsächlich aber wegen der ausbleibenden Schwangerschaft.«

»Und woran lag das?«

Voss zuckte mit den Schultern und sah nach unten. »Ich weiß es nicht. Es wird schon klappen, hat sie immer gemeint. Sie wollte keinen Zwang, keinen Druck auf das noch nicht einmal gezeugte Kind ausüben.« Pawlow legte sich mit einem tiefen Seufzer auf Voss' Füße. »Im letzten Winter hat sie dann erwähnt, dass sie einen Termin in einer Kinderwunschklinik hat. Die Zeit wurde knapp.«

»Wie alt ist sie eigentlich?«

»Gerade vierzig geworden.«

Also war Voss fünfundvierzig, rechnete Maria schnell nach, die sich an seine Angaben vom letzten Wochenende erinnerte. Wieso war ein nicht unattraktiver Mann im sogenannten besten Alter solo? War Simone Kaiser der Haken? Liebte er sie? Hatte er Kaiser umgebracht, um Simone für sich zu haben? Eifersucht, nach fünfzehn Jahren? Oder hatte er von Kaisers Machenschaften in der Nordsee-Lounge erfahren und wollte sie beschützen? Da wären klare Worte und eine Scheidung die einfachere Lösung gewesen. Der Gedanke, dass Voss am Geschäft mit den Jungs beteiligt war, missfiel Maria, aber er drängte sich wieder nach vorn. Hier kannte jeder jeden, es war kaum vorstellbar, dass er nichts von der Prostitution wusste. Was hätte ihn davon abhalten können, es Simone zu erzählen? Möglicherweise seine eigene Rolle dabei.

»Wissen Sie, dass in der Nordsee-Lounge viele Homosexuelle verkehren?« *Saublöde Formulierung*, ätzte der Kritiker.

»Das wissen fast alle hier. Haben Sie was gegen Schwule?«

»Quatsch, darum geht es nicht.«

»Sondern?«

»Sondern darum, dass einige meiner Schüler dort arbeiten und sich prostituieren. – Wussten Sie das auch?«

»Natürlich wusste ich nicht, dass es Ihre Schüler oder überhaupt Schüler sind. Sie kamen mir älter vor.«

»Und dass Kaiser diese Jobs vermittelt hat?«, hakte Maria weiter nach.

»Wie schon gesagt, Kaiser und ich waren keine Freunde. Er mied mich und ich legte auch keinen Wert auf seine Gesellschaft.«

»Und Herr Ennen?«

»Was ist mit dem?«

»Wie stehen Sie zu dem?«

»Liebe Frau Brehm, ich plaudere gern mit Ihnen, aber jetzt nimmt unser Gespräch Verhörcharakter an. Ich glaube, Sie verrennen sich da in etwas.«

»Nein, wieso –«

»Sie wollen den Grund für Kaisers Tod finden. Es gibt hier aber nichts. Er war ein Arsch, hat für Geld alles gemacht, hätte alles und jeden verkauft. Er wird sich Feinde gemacht haben oder jemanden spontan so wütend, dass der zugeschlagen hat. Was auch immer der Grund gewesen sein mochte, es hat in Bremen stattgefunden und dort sollten Sie – sollte die Polizei! – auch den Mörder oder Totschläger oder Unfallverursacher suchen!«

»Aber Sie –«

»Nein, ich gehe jetzt an meine Arbeit. Sie essen Ihren kalten Auflauf und wenn Sie mal Lust haben, mit mir über die Schönheit von Norderney, den neuen Roman von J. M. Coetzee oder Kochrezepte zu reden, dann rufen Sie mich gern an.«

Den Auflauf, von dem sie tatsächlich nur knapp die Hälfte gegessen hatte, gab sie Pawlow.

Auf dem Rückweg zum Hotel stritt sie mit ihrem inneren Team darüber, ob sie es vermasselt hatte. Die Abstimmung endete mit fünf zu null gegen sie. War ja klar. Ihre widerstreitenden Gefühle für und wider Voss schob sie weg. Was sollte sie in der verfahrenen Situation auch noch mit Gefühlschaos? Aber etwas von Coetzee wollte sie schon lange lesen …

25. Schrille Schreie bleiben aus

»Frau Brehm, Telefon für Sie! Frau Brehm, haben Sie gehört? Telefon!«

Klopfen und Rufen rissen sie aus dem Schlaf und weckten unerwünschte Erinnerungen: Ihre Mutter ist im Badezimmer gestürzt, kann nicht mehr aufstehen, hämmert gegen die Tür und ruft nach Maria. Die Tür geht nach innen auf und Maria schiebt den schweren Körper ihrer Mutter weg, drückt ihn zusammen. Mehr als einmal hat sie ihr dabei blaue Flecken und Quetschungen zugefügt. Dann befördert Maria ihre Mutter, die fast doppelt so viel wiegt wie sie, aus dem Bad heraus und ins Bett. Die ganze Zeit schimpft, stöhnt oder nörgelt die Mutter dabei mit ihr herum und eine ekelerregende Schnapsfahne nimmt Maria den Atem. Oder noch schlimmer: Sie entschuldigt sich, weint und spricht davon, dass sie besser nicht mehr am Leben sein sollte. Besser für ihre Kinder.

Marias Fingernägel krallten in ihren Unterarm. *Nicht dran denken, das ist Vergangenheit. Psychoschrott von gestern!*

»Einen Moment, ich komme sofort!«

Wieso sagte sie nicht, dass der Anrufer in einer Stunde noch mal ... Zu spät. Maria war aus dem Bett, in der Hose, ein Shirt über und schon stand sie auf der Treppe. Unten wartete Cindy hinter der Rezeption und zeigte auf den Hörer.

»Brehm.«

»Hör zu, Schnüfflerin, mach besser keinen Fehler! Bleib von

der Nordsee-Lounge weg. Verschwinde von der Insel! Wir haben dich und deinen Köter immer im Blick.«

»Was …?« Klick, aufgelegt. Die Stimme hatte verstellt und vernuschelt geklungen.

»Cindy, können Sie sehen, von wo der Anruf kam?«

»Tut mir leid, das ist ein uralter Apparat. – Wollen Sie jetzt frühstücken?«

»In zwanzig Minuten. Haben Sie einen Fährplan?«

Cindy rappelte den Fahrplan herunter, während sie Zettel lochte, in einen abgewetzten Ordner heftete und zwischendurch einen schnellen Schluck Kaffee nahm. Ihr Tag hatte sicher schon vor Stunden begonnen und endete nicht vor Mitternacht.

Der Gang mit Pawlow war kurz. Maria fühlte sich am noch leeren Strand unwohl und beobachtet.

Zurück im Zimmer warf sie ihre Sachen in die Reisetasche. Sollte sie das Frühstück ausfallen lassen und schon die Fähre um neun nehmen? Nein, bezahlt war bezahlt und Bedenkzeit war nie verkehrt.

Die erste Tasse Tee am Morgen brachte Marias Widerspruchsgeist auf Trab. Sie fütterte ihn mit Rührei, Brötchen, Käse …

Eine Abreise in Panik schien Maria zunehmend unsinnig zu sein. Sie war doch keine solche Bedrohung, dass man sie wie Kaiser ermorden würde. *Das ist nur Schaumschlägerei, weil ich mit meiner Fragerei nerve,* sprach sie sich Mut zu. *Ich lasse mir doch von Pat und Patachon keine Bange machen!* Schließlich war sie nur eine von Tausenden Touristen, die das warme Frühlingswetter auf der Insel genießen wollten. Beim letzten Mal hatte sie noch einen entspannten Tag verbracht, so würde sie es heute wieder machen.

Das Rad war ihr schon vertraut. Als Erstes fuhr sie durch den Hein-Looper-Weg zu der luxuriösen Apartmentanlage, in der Kaiser gewohnt hatte. Es gab sogar einen Portier – Hausmeister?

Concierge oder wie der unfreundlich blickende Mann hinter der Glasscheibe genannt wurde. Maria käme nicht unbemerkt an ihm vorbei in das fünfstöckige Gebäude, und sie wollte nicht riskieren, dass ihre Neugier an Ennen gemeldet würde. Also fuhr sie langsam weiter. Aus der Tiefgarage kam eine junge Frau in einem Cabrio. Sie gab dem Aufpasser einen Wink, der sofort den Schlagbaum öffnete. Maria musste absteigen, weil die Dame es sehr eilig hatte und Radfahrerinnen eben nur Radfahrerinnen waren. »Ziege«, schimpfte Maria hinter ihr her. Aufgrund ihrer sorgsam gestylten Korkenzieherlocken ordnete Maria sie den Schraubenziegen (*Capra falconeri*) zu. Die Ähnlichkeit war wirklich verblüffend.

Sie wählte den Weg, der nicht direkt am Jachthafen vorbeiführte. Auch Voss wollte sie nicht begegnen. Sein Einwand, dass der Mord in Bremen geschehen und deshalb der Mörder dort zu suchen sei, klang heute für sie wie eine Ausflucht. Ihr war klar, dass ihr Misstrauen gegen Voss zum Teil von ihrer Angst gespeist wurde. Sie fand ihn anziehend, also suchte sie nach Gründen für eine sichere Distanz. Aber auch ohne diesen Schutzreflex machte ihn seine Verbindung zu Simone Kaiser und sein mal offenes, mal verschlossenes Verhalten verdächtig. Maria wollte wissen, ob er die Möglichkeit gehabt hätte, Kaiser zu ermorden und ihn in die Lesum zu werfen. Konnte er – oder jemand anderes – nach Bremen geflogen sein, um dort Kaiser zu treffen?

Als sie mit dem Rad am Flughafen ankam, fragte sie im kleinen Büro direkt nach Flugzeiten von Norderney nach Bremen oder Oldenburg. Tatsächlich konnte man fast jederzeit von Norderney nach Bremen fliegen, allerdings nur nach vorheriger Anmeldung. Linienflüge waren im letzten Jahr eingestellt worden. An dem Sonntag, an dem Kaiser ermordet worden war, hatte es nach den Unterlagen der mehr an Kreuzworträtseln als an Kunden interessierten Mitarbeiterin keinen solchen Flug gegeben.

Voss konnte aber einfach mit der Fähre gefahren sein und mit dem Zug oder Auto weiter. Es waren sicher nur wenige Boote und Skipper im Jachthafen gewesen und die Surfschule machte erst nach den Osterferien auf. Also könnte er unbemerkt eine ganze Weile, vielleicht sogar einen vollen Tag weg gewesen sein.

Aber warum hätte er Kaiser umbringen sollen? Es müsste etwas vorgefallen sein mit ihm – oder zwischen Simone und Kaiser. Was konnte das sein? Wenn er von Kaisers Beteiligung an dem Geschäft in der Nordsee-Lounge erfahren hätte? Das hätte ihn nur in seiner Abneigung bestätigt. Angenommen, er hätte es Simone erzählt, wäre sie so wütend geworden, dass sie Robert zum Mord angestachelt hätte? War er jemand, der sich benutzen ließ? Nein.

Wäre der Verdacht oder die Gewissheit, Kaiser sei schwul, ein Grund, ihn zu ermorden? Definitiv nochmals nein.

Aber Ennen oder seine Helfer könnten nach Bremen gefahren sein. Wären sie vom Fährpersonal bemerkt worden? Vielleicht sollte sie sich Fotos besorgen und auf der Fähre fragen? Quatsch, keiner würde mehr wissen, wer wann auf der Fähre gewesen war. Außerdem gab es mehrere Fähren und viel Personal. Um alle zu fragen, bräuchte sie Tage, zu auffällig wäre es sowieso.

Diese Überlegungen hatten sie zwar der Lösung nicht näher gebracht, aber sie hatte einige Kilometer Dünenweg geschafft. Zeit für ein Päuschen in der wärmenden Sonne.

Maria legte sich in die Dünen und schloss die Augen. Eine Weile wollte sie an nichts denken. Schon gar nicht an Mord, Totschlag und Drohungen aller Art … Pawlow schmiss sich in ihrer Nähe unter eine Birke, die mit ihrem lichten Grün ein wenig Schatten warf.

Als Maria die Augen aufschlug, war Pawlow nicht mehr da. Sie hatte wirr geträumt, wusste keine Inhalte mehr, nur ein beklommenes Gefühl war geblieben. Sie wollte zurück ins Hotel. Die Radelei über diese verdammte Insel kam ihr trotzig und völlig sinnlos vor. Sie sehnte sich nach ihrem Haus, ihrem Garten und Darwin, der sich auf ihrem Schoß rekelte.

Sie pfiff. Wahrscheinlich war Pawlow der Spur eines Kaninchens gefolgt. Sie pfiff noch mal, wartete, sah sich nach allen Seiten um. Nichts. Kein Hecheln, kein Klimpern der Hundemarke. Nichts. Pfiff, Rufen. Stille.

Eine Lachmöwe (*Larus ridibundus*) landete auf der nächsten Düne. Maria konnte den schwarzbraunen Kopf mit den weißgeränderten Augen und die roten Füße genau sehen. Diese Möwenart war zunehmend auch in der Vegesacker Fußgängerzone zu beobachten. Gemeinsam mit den Tauben beseitigten sie die Pommesreste, Eistüten, das Bratwurst- und Brötchen-Geraffel auf dem Boden und ersetzten es durch allgegenwärtige Kothäufchen. Kein Vorteil ohne Nachteil und umgekehrt, würde Monja sagen, mit der sie in letzter Zeit viel geredet, gegessen, gelacht und geschwiegen hatte. Kein Nachteil ohne Vorteil: Greta ist ein Rätsel, aber Monja öffnet ihre Tür und ihre Ohren für sie.

Maria stieg hinauf, um einen besseren Überblick zu haben. Die Möwe schwang sich lautlos auf und segelte im leichten Wind über ihr. Nichts zu sehen. Völlig still. *Mach dich nicht schon wieder verrückt*, mahnte sie sich, *denk an den Abend bei der Deichbar*.

»Pawlow, hiiiiier!« Ihre sonst kräftige, sporthallentaugliche Stimme schien im Dünensand zu verrieseln. Zwischen dem noch spärlichen Bewuchs entdeckte sie einen Fasan, der sich ins Gras duckte.

Es war nicht nur still – es war zu still. Wenn ihr Hund in der Nähe herumstöbern würde, gäbe es Alarmrufe von Austernfischern und Kiebitzen, die hier irgendwo nisten. Aber die schrillen Schreie blieben aus.

Zwei, drei, vier Minuten schaffte Maria es, nicht an die Drohungen gegen Pawlow zu denken. Fast nicht. Sie ging zum Fahrrad zurück, trank einen Schluck Wasser. Jetzt stülpte die Angst sich wie ein Plastiksack über sie. Sie war eingeengt, atmete schwer und zwang sich, stehen zu bleiben. Hinter ihr raschelte es. Sie drehte sich um. Es war nur der Fasanenhahn, der durchs Gestrüpp davonschlich. Noch ein Schluck.

Hatte jemand ihren Hund weggelockt? Festgehalten? Mitgenommen? Ihm etwas angetan? Maria sah blitzende Messer und niedersausende Knüppel vor ihrem inneren Auge. *Wusch.*

Der Sack wurde enger, die Luft knapper.

Sie wollte pfeifen, aber ihre trockenen Lippen brachten nur ein tonloses Zischen zustande.

»Paaaawloooow, hiiiiiiiiiier!!!« Nicht viel lauter als vorher und nicht wirksamer. Ihre Rufe waren nicht geeignet, Pawlow zu erreichen. Sie waren nur verräterisch für eventuelle Lauscher. Maria drehte sich um sich selbst, sicher wurde sie beobachtet. Sie ging betont langsam ein Stück weiter und versuchte unauffällig in alle Richtungen zu spähen. Ihre Ohren wuchsen in die Länge und in die Breite, die Gehörschnecken bekamen einige Windungen mehr, um auch das kleinste Geräusch zu erlauschen. Sie wünschte sich, Pawlow zu hören, und sie fürchtete, die anderen zu hören, ihre Verfolger, den Langen und den Kurzen. Oder noch schlimmer: einen ganz Fremden. Oder am schlimmsten: Voss, dessen Verhalten ihr von Sekunde zu Sekunde verdächtiger vorkam. Voss, der ihr Freundlichkeit und Offenheit vorspielte, um sie auszuhorchen und zu kontrollieren. Voss, der deutlich gezeigt hatte, dass Simone Kaiser sehr wichtig für ihn war. Natürlich liebte er sie. Wie sollte es anders sein, bei der Geschichte? So konnte er ihrem Vater zeigen, dass er sich nicht mehr wie einen läppischen Bootsjungen behandeln ließ. Und das Geld der Familie war sicher auch für ihn nicht zu verachten.

Je länger Maria grübelte, desto sicherer war sie, dass Voss mit dem Mord an Kaiser zu tun hatte, auch seine Beteiligung an der Prostitutionssache war plötzlich glasklar. Sogar verständlich, dass er sich an älteren Männern bereicherte und die Ausbeutung von jüngeren ihm als Wiederholung seiner Situation gerecht vorkam.

Hosentaschenpsychologie, raunte der Kritiker. Egal, der Gedanke lenkte Maria eine Weile ab. Dann hielt sie es nicht mehr aus. Sie rief (leise) und pfiff (tonlos), ging zum Rad und fuhr langsam in Richtung Ort.

Nach einigen Metern, auf denen sie sich ständig umsah – ob nach dem Hund oder einem menschlichen Verfolger, hätte sie nicht sagen können –, kam von vorn Pawlow angerannt. Er sprang ungestüm am Rad hoch. Maria stieg ab. Pawlow umschwänzelte sie in übermäßiger Freude. Als sie sich zu ihm hinunterbeugte, leckte er sogar ihren Hals und ihre Ohren, was sie beide sonst ganz und gar unpassend fanden. Beim Streicheln stutzte Maria. Das Halsband war weg. Pawlow war selten angeleint, trug aber immer ein Halsband. So konnte niemand auf den Gedanken kommen, dass er herrenlos sein könnte.

Pawlow führte sich auf wie sonst nie. Hatte ihn jemand festgehalten? Hatte er sich dann aus dem Halsband herausgewunden? Oder war es nur an einem Zaun hängen geblieben? Das war schon mal passiert, als er jung gewesen war. Sie beschloss, an diese weniger beunruhigende Variante zu glauben, bis etwas anderes bewiesen wäre.

26. Eines gleichen Pathos fähig

Endlich einmal war sie so früh in der Deichbar, dass sie einen der Fensterplätze erwischte und den Blick über den Strand aus der ersten Reihe hatte. Nach ihrer Panik in den Dünen war sie ruhelos. Das Adrenalin hielt sie weiter auf Hochtouren. Neben ihr strickte eine Schwangere an Babysocken. Sie strahlte eine madonnenhafte Ruhe und Sicherheit aus, die Maria einen Stich versetzten. Der Kritiker war hellwach: *Jetzt auch noch Neid. Du machst dich lächerlich.*

Ihre Überlegungen hatte sie im Hotel zusammengefasst: Sie würde am Montag direkt zur Kripo gehen und Frau Grothus von ihrem Verdacht gegen Ennen und Voss erzählen. Alles Weitere würde sich finden. Dass Tobias Kaisers Auto gestohlen und sich Gretas Uhr darin befunden hatte, müsste sie ja nicht erwähnen.

Die Sonne näherte sich dem Horizont und die Gäste in der Deichbar sahen ihr dabei zu. Auch draußen vor den Scheiben stoppten Spazierende, die schleunigst durch empörtes Händewedeln und Gegen-die-Scheibe-Klopfen aus der Sichtachse vertrieben wurden. Die Stimmung war konzentriert, als stünde ein hochkarätiges kulturelles Ereignis bevor. Ein klassisches Drama, ein bürgerliches Trauerspiel, eine große Sinfonie. Die Gespräche und die Hintergrundmusik verstummten. Eilig holten sich Nachzügler ihre Getränke, um dem Ereignis beizuwohnen. Marias Nachbarin ließ das Nadelspiel sinken.

Maria war gleichzeitig belustigt und gerührt. Hier wurde der alltägliche Sonnenuntergang wie eine religiöse Zeremonie begangen, das Naturschauspiel ersetzte den obsolet gewordenen Kirchgang.

In dem Moment, als die Sonne den Horizont berührte, erklangen Streicher, eine Fanfare, Paukenschläge ...

Nach einigen Takten erkannte Maria das Eingangsmotiv aus *Also sprach Zarathustra* von Strauss. Wirklich eindrucksvoll, auch wenn dieser Teil überschrieben ist mit *Sonnenaufgang*. Warum diese tolle Inszenierung mit Spitzfindigkeiten vermiesen? Der Sonnenuntergang hier war der Sonnenaufgang anderswo. Also einfach mitschwimmen auf der Gefühlswoge ...

Eine Segeljacht zog vor dem glühenden Sonnenball vorbei, ein Fischkutter kam ihr entgegen. Die Wellen ließen rote Streifen übers Wasser laufen. Viel Romantik und ein bisschen Leuchtreklame. Handys und Fotoapparate klickten und schnarrten oder taten still ihr Werk.

Maria nahm einen Schluck aus ihrer Weinschorle, so konnte sie ihre therapeutische Pflicht (Nummer eins: Trink Alkohol!) erledigen. Die Erhabenheit des Momentes erfasste sie. Es tat gut, sich als Teil einer Gruppe zu fühlen, für die die Natur etwas Ergreifendes war.

Der letzte Abschnitt der Sonne versank in der Nordsee. Die Musik brach ab und – die Leute klatschten. *Wie nach einer Flugzeuglandung auf Mallorca*, dachte Maria. Ihr Gemeinschaftsgefühl reduzierte sich auf Normalmaß. Zurück blieb die Erkenntnis, dass die Insel voller Menschen war, deren Gedanken nicht bei der Bedrohung, Vertreibung oder gar Ermordung einer bremischen Lehrerin nebst Hundebegleitung waren. Menschen, denen es um Abwechslung vom Alltag und Kontakt zur Natur ging. Gute Menschen also.

Als hätte sie ihre Gedanken gelesen, prostete die Schwangere ihr lächelnd mit Rhabarberschorle zu.

Jeden von ihnen könnte sie um Hilfe bitten, wenn Kurz und Lang kämen. Keiner würde sie im Stich lassen. Berichte über andere Reaktionen kannte Maria zur Genüge, aber sie zog es aus Prinzip vor, zu glauben, dass diesen Gleichgültigkeiten viele kleine Tapferkeiten gegenüberstanden.

Sie lächelte und prostete zurück.

Marias Gehirn sendete Störimpulse. Ein Gedanke wollte gedacht werden. So allmählich wurde das zur lästigen Gewohnheit. Sie war sicher, dass der Gedanke mit Sven Kaiser und seinem Aufenthalt hier zu tun hatte.

Wann hatte die Irritation angefangen? Sie spulte gedanklich zurück zu den vorbeiziehenden Booten. Der Fischkutter lief in den Hafen ein, aber das Segelboot hatte Kurs von der Insel weggenommen. Man konnte auch abends oder nachts wegsegeln oder unter Motor die Insel verlassen. Daran hatte sie nicht gedacht. Aber warum sollte Voss zum Festland segeln, von dort nach Bremen fahren, Kaiser ermorden und dann wieder alles retour? Zu umständlich. Einfacher wäre es gewesen, Kaiser hier zu ermorden und seine Leiche in die Lesum zu werfen, um von der Insel abzulenken. Nein, Kaiser war hier im Auto gesehen worden. Von dem Portier seines Apartments, also von einem, der für Ennen arbeitete. Hatte der Portier etwa falsch ausgesagt …?

27. Schillerlocken

Der Wind geigt auf den Wanten und bläst in die straffen Segel. Die Jacht neigt sich dem Wasser zu und der Rudergänger wird sichtbar. Es ist ein riesiger Dornhai, dem an der Seite ein großes Stück Fleisch fehlt. Neben ihm hockt Robert Voss und schneidet Schillerlocken aus ihm heraus. Das ganze Cockpit liegt voller Schillerlocken. Aus der Kajüte kommt Simone Kaiser mit einer Kohlenschaufel. Sie schippt die Fischteile in die Kühlbox und singt laut: »An der Nordseeküste, am plattdeutschen Strand, sind die Fische im Wasser und selten an Land.« Sie schaufelt und schunkelt. Voss schneidet und schneidet. Der Fisch wendet Maria sein Gesicht zu und reißt sein Maul auf: Es ist Sven Kaiser.

Maria schreckte aus dem Schlaf hoch. Sie hörte noch das Schaben der Schaufel auf den Holzplanken und roch das Fischblut. Die grauenhaften Bilder liefen in einer Bandschleife ab.

Maria hatte schon Schillerlocken gegessen, sie war sich sicher, dass sie das nie wieder über sich bringen würde. Zumal die Dornhaie (*Squalus acanthias*) vom Aussterben bedroht sind.

Sie wusste, dass sie erst mal nicht mehr einschlafen würde und grub nach ihren Kenntnissen über Dornhaie, die sie nach dem Besuch bei Frau Kaiser aufgefrischt hatte.

Dornhaie sind faszinierende Fische, sie leben in Schulen, zu denen mitunter über eintausend Tiere gehören. Erst nach fünfzehn bis zwanzig Jahren werden sie geschlechtsreif und haben deshalb eine extrem geringe Fortpflanzungsrate. Die sogenannten Schillerlocken werden ausschließlich aus den seitlichen Filetlappen geschnitten, der übrige Fisch wird in der Regel nicht weiter verwertet.

Die restliche Nacht blieb traumlos.

28. Ladys Day

Schon vor dem Frühstück stand Maria im Hein-Looper-Weg. Pawlow musste an der Ecke auf sie warten, damit sie nicht seinetwegen erkannt wurde. In der Pförtnerloge saß ein anderer Mann als gestern. Wenn sie Glück hatte, war der auch vor zwei Wochen im Dienst gewesen und hatte Kaiser wegfahren sehen.
»Moin.«
»Guten Morgen, kann ich etwas für Sie tun?« Blick und Ton machten Maria Mut. Hier war ein Freund des *schwachen Geschlechtes* in seinem Element. Voller Vorfreude auf seine Chance, sich als Retter oder wenigstens Helfer zu zeigen, wartete der schlaksige Endzwanziger auf ihre Antwort.
»Ich hoffe, dass Sie mir helfen können«, griff Maria in die Saiten. »Ich habe gehört, dass hier Wohnungen frei sind und ich würde mir gern eine ansehen. Norderney ist so schön, dass ich mich vielleicht hier niederlassen möchte.« Schublade: Reiche, aber nette Lady.
»Oh, sorry, wir haben leider keine freien Apartments zurzeit.«
»Ist nicht … also, das ist mir jetzt ein bisschen peinlich, ist nicht einer der Bewohner kürzlich … also ist nicht dieser Lehrer … verstorben?« Die Lady wand sich, wollte nicht Leichen fleddern, aber sich auch nicht die Gelegenheit entgehen lassen.
»Ja stimmt, aber was aus der Wohnung werden soll, weiß ich nicht. Er war nur Mieter.«
»Das war ja eine schreckliche Geschichte. Kam er nicht sogar

direkt von hier, als er«, sie zögerte dezent und fügte leiser hinzu: »ermordet wurde?«

»Er ist aus dieser Ausfahrt gekommen mit seinem Porsche.« Stolz auf sein Wissen, wuchs er sogar im Sitzen um einige Zentimeter. »Ich war übrigens der Letzte, der ihn lebend gesehen hat, sagt die Polizei. Bis auf den Blitzkasten, na, der zählt ja nicht. Und den Mörder natürlich.«

»Dann sind Sie ja ein wichtiger Zeuge. Und Sie haben ihn genau erkannt?« Maria schraubte ihre Stimme in piepsige Höhen.

»Na klar, der wohnte schon lange hier, unfreundlicher Typ übrigens, und er war der Einzige, der hier einen Porsche fuhr. Geile Karre, Neunelfer, Typ 991, 911 Carrera S. Vierhundert PS. Sechszylinder-Boxermotor mit drei Komma acht Litern Hubraum. Von null auf Hundert in vier Komma fünf Sekunden.« Rote Flecken zogen sich den Hals herunter. Schweiß trat auf seine Stirn.

So jung und schon vegetativ überlastet, dachte Maria.

»Hat er mit Ihnen gesprochen?« Maria stoppte den Autoquartett-Fan, bevor er noch weitere technische Details ausspuckte.

»Never ever. Wie gesagt, eher der unfreundliche Typ. An dem Morgen war er aber mal gut drauf, er hat sogar gehupt und gegrüßt.«

»Aber er hat nicht angehalten und mit Ihnen geredet?«

»Nein, nur an seine Pudelmütze getippt und gehupt, wie gesagt. Das war für ihn schon high end friendly.«

»Pudelmütze? War es so kalt?«

»Anfang April eben. Er hatte auch eine dicke rote Segeljacke an, vielleicht braucht seine Heizung so lange, bis sie's bringt. Ist bei meinem Polo so. Obwohl der Neunelfer ja echt bequem ausgestattet ist, ein super Fahrkomfort, alles nice, nicht zu vergleichen mit seinen Vorgängern.«

»Sind Sie mal in dem Wagen gefahren?«

»What?« Seine Augen weiteten sich und er sah Maria ungläubig an. »Der hätte nicht mal Ferdinand Porsche höchstpersönlich fahren lassen!«

»Mütze und Jacke, aber Sie haben ihn trotzdem erkannt? Alle Achtung, Sie haben einen guten Blick.«

»Er hatte sogar eine Sonnenbrille auf, aber man kennt ja seine Kundschaft!« Er lehnte sich lässig zurück, die hektischen Flecken verblassten. Er fühlte sich sicher.

»Es ist wirklich gut, wenn jemand wie Sie da ist. Könnte ich die Wohnung vielleicht mal sehen? Nur damit ich weiß, ob sie für mich infrage kommt?« Gewagter Vorstoß, aber sie musste es einfach versuchen.

Sofort flammten die Flecken wieder auf. »Nope, also das geht leider nicht. Die ist noch nicht mal ausgeräumt.« Kurze Pause. Maria sah ihn, wie sie hoffte, prinzessinnenhaft flehend an.

»Ich könnte höchstens ... Ich ruf mal bei dem Besitzer an. Vielleicht ist der froh, wenn sich schnell wieder jemand findet.«

Bloß das nicht! »Äh, nein, nein, vielen Dank. Ich wollte ja nur ganz unverbindlich ... Lassen Sie mal. Ich komme vielleicht später darauf zurück.«

»Wie Sie meinen, aber es geht schnell. Vielleicht könnte Herr Ennen sogar mit Ihnen zusammen –«

Skurrile Vorstellung. »Nein wirklich, ich muss jetzt weiter. Es wäre schön, wenn Sie dem Besitzer nichts sagen würden. Zu viel Interesse treibt den Preis nach oben, verstehen Sie?« Die Lady zwinkerte dem Schlacks verschwörerisch zu.

»Klaro, verstehe, man muss seine Mäuse zusammenhalten.«

»Genau. Sie verstehen das. Also, vielen Dank noch mal.«

»Tschüss denn, war nice mit Ihnen zu reden, Lady.«

Die Rolle scheint mir zu liegen, dachte Maria. *Glück gehabt, endlich ein Ansatzpunkt.* Konnte der Fahrer Voss gewesen sein? Er war etwa so groß wie Kaiser, mit Jacke, Mütze und Sonnenbrille konnte man sie verwechseln. Ebenso gut hätte Ennen das Auto fahren können.

Überhaupt: Pudelmütze? Sie war ein einziges Mal mit Kaiser auf einer Skikursfahrt gewesen. Er hatte bei den tiefsten Temperaturen nie eine Mütze getragen.

Das sprach also für jemand anderen am Steuer. Passte eine Leiche in einen Porschekofferraum? Maria hatte keine Ahnung, bezweifelte es aber. *Höchstens zerstückelt*, dachte sie in Erinnerung an den Traum, aber das hätten die Kommissare wohl erzählt? Oder gerade nicht, um kein Insiderwissen zu verbreiten? Unsinnige Spekulationen.

Ihrer Einschätzung nach hatte höchstens eine Reisetasche in dem Kofferraum Platz. Der junge Mann hätte gesehen, wenn noch jemand im Auto gesessen hätte. So konnte die Leiche also nicht transportiert worden sein.

Warum sollte jemand das Auto nach Bremen schaffen? Und dabei so unvorsichtig sein, in eine Blitzfalle zu geraten?

Es wäre trotzdem gut, das Foto mal zu sehen, sie könnte bestimmt erkennen, ob es Voss oder Kaiser war.

Sie würde Frau Grothus danach fragen. Die Kritikerstimme in ihrem Hinterkopf meckerte, dass sie viel zu komplizierte Dinge konstruierte, um Greta zu schützen. Dabei wusste Maria nicht einmal, ob Greta ihre Vernebelungsaktionen brauchte.

Sie hatte gefrühstückt, das Zimmer war bezahlt, ihre Tasche stand im Hotel. Die Transportfrage ließ ihr aber keine Ruhe. Zwei Fähren waren schon ohne sie gefahren, als sie vor dem Hafenmeisterbüro ankam. Ein Zettel hing an der Tür: *Bei Anfragen bitte zur Surfschule am Becken (gleich hinter dem Deich) kommen. Ro Voss.*

Die Gelegenheit war günstig. Sie ging zielstrebig zur Olympia und stieg an Bord. Der Traum bedrückte Maria noch immer, obwohl sie seine Bestandteile durchaus als Tagesreste erkennen konnte. Hellseherische Fähigkeiten hatte sie ja wohl nicht.

Die Kühltruhe wäre groß genug für einen Menschen … Sie trat näher heran, ruckelte am Deckel. Verschlossen.

Auch die Schlösser an den Backskisten waren neu und die Steckschotten am Niedergang wurden jetzt von einem starken Bügel gesichert.

War die Leiche mit der Jacht nach Bremen – oder bis nach Norddeich – gebracht und dann später in die Lesum geworfen worden?

Aber den Wagen und zusätzlich die Leiche an Bord des Bootes nach Bremen zu bringen, das wäre für eine Person in einer Nacht unmöglich zu schaffen. Kam man überhaupt nachts von Norderney nach Norddeich? Im Fahrwasser unter Motor sicher. Dann wurde man aber gesehen und von der Leitstelle registriert. Die Umgehung des Fahrwassers war nur bei Hochwasser, günstigem Wind und wenig Wellen möglich. Wie war die Situation am Samstag gewesen, bevor Kaiser gefunden wurde? Wann war der exakte Todeszeitpunkt? Wenn sie diese Informationen hätte, würde ein Blick auf den Tidenkalender reichen, um herauszufinden, ob die Olympia für den Transport benutzt worden sein könnte.

Als sie von Bord sprang, sah sie Pawlow drei Boote weiter mit wedelndem Schwanz vor einer Jacht stehen. An Deck stand eine Huskyhündin mit einer sehr schönen Maske und Pawlow war sichtlich angetan. Er reagierte auf keine anderen Hunde interessiert, außer auf nordische Schlittenhundrassen.

»Ja, Junge, da hast du eine Hübsche entdeckt. Die bewacht aber das Boot und kann nicht zu dir kommen.«

Pawlow trippelte von einem Fuß auf den anderen, präsentierte sich von allen Seiten. *Sie wird doch wohl nicht läufig sein?*, fragte Maria sich.

Die Hündin war ebenfalls interessiert an ihrem Gegenüber. Sie stieß einen leisen Ton zwischen Jaulen und Heulen aus. Sofort schaute eine Frau aus dem Niedergang. »Laika? Was ist denn? Oh, Besuch.«

»Ist sie läufig?«

»Gerade durch, das riecht er wohl noch. Ich wollte sowieso

mit ihr raus, können die beiden kurz auf der Wiese toben? Laika hatte heut' noch nicht viel Auslauf.«

Natürlich drehte sich das Gespräch zunächst um die Hunde. Die junge Huskyhündin war ein Kindheitswunsch der Besitzerin, sie hatte eine Menge Fragen zum Zusammenleben mit einem solchen Energiebündel. Maria war in ihrem Element und erzählte von den Reisen mit Pawlow und seinen erstaunlichen Fähigkeiten.
»Laika segelt nicht gern, und Pawlow?«
»Paddeln gefällt ihm gut. Meistens schwimmt er allerdings oder rennt an Land nebenher.«
»Aber Sie waren doch gerade an Bord der Swan 38, oder?«
Maria tat so, als müsste sie auf die tobenden Hunde achten. Vielleicht konnte sie die Frage einfach überhören? Aber die Frau schaute sie weiter fragend an.
»Ich wollte nur etwas holen, die Olympia gehört einer Bekannten und sie hat mich gebeten. Aber Backskiste und Kajüte sind abgeschlossen. Das hatte sie wohl vergessen.«
»Die Schlösser sind auch neu. Der Hafenmeister hat alles gründlich sauber gemacht. In jeden Winkel ist er mit einer Bürste und viel Seife gekrochen. Und hat dann die Schlösser ausgetauscht. Ich dachte, das Boot sollte verkauft werden. Weil ja der Mann verunglückt ist.«
»Von einem Verkauf weiß ich nichts. Wann war das?«
»Das muss am vorletzten Mittwoch gewesen sein. Ich war gerade angekommen und habe meine Sachen verstaut. Erst zwei Tage später habe ich von dem Mord – es war wohl ein Mord? – erfahren.« Die Frau hielt inne. Als keine Antwort von Maria kam, sprach sie weiter: »Komisch, dass nach so einem Ereignis das Boot so wichtig ist. Vielleicht hat die Frau zu viele Erinnerungen an gemeinsame Zeiten. Oder sie braucht Geld, so eine Beerdigung ist teuer. Aber einen Verkaufszettel habe ich nicht entdeckt. Nicht am Schiff und auch nicht im Hafenmeisterbüro.«
»Tja, wie gesagt, ich weiß nichts darüber.«

Jetzt sahen beide den Hunden zu. Mal jagte Pawlow Laika, dann umgekehrt.

»Sagen Sie, mich hat neulich ein Bekannter gefragt, ob man außerhalb des Fahrwassers von Norderney nach Norddeich kommt. Nachts. Geht das?«, fragte Maria.

»Kommt drauf an, wie viel Tiefgang man hat und auf die Gezeiten natürlich«, antwortete die Seglerin. »Am besten fragt er mal unter *Wattenrutscher.de* nach. Das ist ein Forum, alles alte Seebären, die ihre Erfahrungen sehr gern teilen.«

»Guter Tipp, danke schön. Ich muss denn mal weiter.«

Sie waren auf dem Weg, der um den Hafen führte, als Voss ihnen über den Deich entgegenkam. Am liebsten wäre Maria geflüchtet, aber es war zu spät.

Marias neue Bekannte sprach ihn sofort an: »Ah, Herr Voss, gut, dass wir Sie treffen. Diese nette Frau hier wollte etwas für die Besitzerin der Olympia holen, aber Sie haben ja alles gesichert. Vielleicht können Sie ihr helfen?« Sie drehte sich zu Maria um: »Es war schön Sie kennenzulernen. Komm Laika. Tschühüß Pawlow.«

»Finden Sie nicht auch, dass das jetzt wirklich zu weit geht?« Robert Voss stand mit geballten Fäusten vor Maria. Selbst Pawlow war von seiner Körpersprache beeindruckt und hielt Abstand. Nur seine Schwanzspitze wedelte leicht wie ein zarter Hinweis für Voss, dass von ihm aus alles in Ordnung war.

»Nein, ich finde, dass Sie das gar nichts angeht«, konterte sie, ohne selbst davon überzeugt zu sein.

»Hören Sie zu: Halten Sie sich von der Olympia fern! Und am besten auch vom Jachthafen.« Voss sah in seiner Wut fremd und hart aus. Mund und Augen waren zusammengekniffen. In diesem Moment traute Maria ihm alles zu.

»Sagen Sie doch gleich, ich soll von der Insel verschwinden, wie das diese Schläger schon gemacht haben. Sie haben doch etwas zu verbergen! Genau wie Ennen.«

»Wenn das für Sie so klar ist, dann ist es wirklich besser, dass Sie die Insel verlassen – und nicht wiederkommen. Sie blinde Schnüfflerin!«

Maria drehte sich weg, ihr fielen nur Beschimpfungen ein, und noch schlimmer: Sie spürte, wie Tränen ihr in die Augen stiegen. Auf keinen Fall wollte sie sich zum Weinen hinreißen lassen.

»Und lassen Sie endlich Simone Kaiser in Ruhe, sonst …«, schob Voss nach.

»Was sonst?!«, fragte Maria, aber Voss marschierte schon auf den Steg mit der Olympia zu. »Ach, du kannst mich …«, murmelte Sie abschließend wenig souverän und schnipste mit den Fingern, um Pawlow bei Fuß zu holen.

Wütend stapfte sie am Strand entlang. Sie musste etwas tun, um diese Wut loszuwerden. Sollte sie sofort im Kommissariat in Bremen anrufen und sagen, dass Voss etwas zu verbergen hatte auf der Jacht von Frau Kaiser? Oder dass Voss und Ennen ein illegales Bordell betrieben? Aber würde Grothus mit einem Großeinsatz reagieren? Nein, sicher nicht. Bestenfalls würde sie es ernst genug nehmen, um selbst nachzuforschen. Das dauerte zu lange. Sie müsste etwas Konkretes in der Hand haben. Irgendeinen Beweis für – was auch immer.

Inzwischen war sie am Hotel angekommen. Sie könnte ihre Tasche nehmen und abfahren. Diese verdammte Insel tat ihr einfach nicht gut. Aber wollte sie Voss und Ennen davonkommen lassen? Sie hatten Kaiser getötet – Maria war sich dessen jetzt ganz sicher – und planten sexuelle Geschäfte mit Kindern. Nein. Und sie durften auch mit den Drohungen keinen Erfolg haben.

Aus dem Dünenhus, einer kleinen Pension neben dem Hotel, trat eine Frau so plötzlich und ohne zu gucken auf den Fußweg, dass Pawlow zur Seite und auf die Straße sprang. Ein Radfahrer bremste scharf und schnauzte Maria an, dass sie ihren Köter gefälligst anleinen solle. Die Frau, mit einer Sonnenbrille und einem bunten Kopftuch wie aus den Fünfzigern zurückgekehrt, stimmte ihm zu und zeterte darüber, dass sie sich erschrocken habe und … und … Marias Wut bekam neue Nahrung. Sie sah empört hinter der Meckerziege her.

Was dachten die sich hier eigentlich alle? Wollte sie sich so behandeln lassen? Die sollten sie kennenlernen! Spontan entschied sie sich, nochmals in die Nordsee-Lounge zu gehen. Die Aufmachung der Zicke brachte sie auf eine Idee: Sie kaufte im nächsten Laden ein scheußliches Tuch im Hermès-Style, band es sich à la Audrey Hepburn um den Kopf und setzte ihre Sonnenbrille auf. So würde man sie bestimmt nicht erkennen. Pawlow musste sie irgendwo lassen, wo er nicht gesehen wurde.

Zurück am Strand zog sie ihre Schuhe aus und ging durch das noch kalte Wasser. Es kühlte nicht nur ihre Füße, sondern auch ihren rauchenden Kopf.

Schon von Weitem hielt sie Ausschau nach einem Versteck für Pawlow. Gar nicht so einfach: auf der einen Seite Strand. Also keine Möglichkeit. Auf der anderen Seite führte der Radweg direkt am Gebäude vorbei und dann kamen die eingezäunten Dünen. Sobald sie diesen Bereich beträte, würde jeder brave Urlauber und erst recht jeder Einheimische eingreifen. Dünenschutz ist Inselschutz!, lautete überall zu Recht die Parole.

Es blieb der schmale Streifen zwischen Umkleidecontainer und Dünenrand. Der Nachteil daran war, dass sie an der Nordsee-Lounge vorbei musste. Sie ließ Pawlow laufen und tat so, als gehöre er nicht zu ihr. Am Container schnalzte sie leise und schob sich dahinter. Das Versteckspiel gefiel Pawlow, er folgte ihr in großen Sprüngen. Als er sich allerdings dort ablegen und warten sollte, war er nicht mehr so begeistert.

Auf der Treppe kamen ihr zwei Frauen entgegen. »Tschüss denn, bis morgen«, verabschiedete sich die eine. Maria hörte überrascht hin. Gab es doch auch weibliche Stammgäste hier?

»Ja, und denk dran, dass ich morgen erst um acht kommen kann. Ich muss Kathi in den Kindergarten bringen«, sagte die andere.

»Ach stimmt. Hätte ich vergessen. Na, bis dahin hab ich die Klos schon fertig. Dann machen wir die Küche und den Rest zusammen.«

»Danke, hast was gut bei mir.« Die eine ging zum Parkplatz, die andere schloss ihr Rad vom Geländer ab und fuhr weg.

Keine Stammgäste also. Maria ging hinein. Sie hatte Glück: Keine der Servicekräfte vom ersten Mal war im Lokal. Allerdings war es fast leer. Die Nordsee-Lounge hatte gerade erst geöffnet. Für die Anbahnung von erotischen Dienstleistungen war der Abend wohl geeigneter. Sie nahm am Tresen Platz und bestellte einen Kaffee. Neben ihr saß der einzige andere Gast, ebenfalls mit einem Becher Kaffee und einem Smartphone vor sich.

»Ich trinke sonst nur Tee«, begann sie ein Gespräch, »aber hier soll der Kaffee besonders gut sein«, suchte sie nach einem Aufhänger.

»So? Ist mir nicht aufgefallen.« Der etwa vierzigjährige Glatzkopf sah noch nicht einmal von seinem Handy auf.

»Sind Sie häufiger hier?« Das klang jetzt sehr nach Anbaggerei. Egal.

»Kann sein.« Entweder hatte sie einen echten Ostfriesen erwischt oder der Mann wollte schlicht seine Ruhe. Er legte das Geld für den Kaffee auf den Tresen und nickte dem Barmann zu. »Na denn.«

Der Gast war gerade draußen und Maria überlegte sich eine geschicktere Gesprächseröffnung für die Bedienung, da ging eine Tür links vom Tresen auf und ein Mann kam heraus. Er schloss ab und hängte den Schlüssel an einen Haken hinterm Tresen.

»Rico, ich hole die neuen Freestyle-Wave-Segel am Hafen ab. Die Lieferung ist gerade gekommen.«

Die Stimme! Ein kaltes Rieseln lief zwischen ihren Schulterblättern in Richtung Po. Das war Ennen. Eindeutig. *Hey, konzentrier dich. Da ist das Büro*, mahnte die Kriegerin, die eine Chance auf Nervenkitzel witterte.

Maria nahm ihren Kaffee und wechselte an einen Tisch, um

unauffälliger beobachten zu können, was sich abspielte. Ennen war kleiner, als sie erwartet hatte, und älter. Seine blonden Haare waren angegraut, schütter, und sie zogen sich aus der Stirn zurück. Seine Augen wirkten sanft. Maria war über sich mindestens so erstaunt wie über Ennens Erscheinung. Sie hatte sich tatsächlich eine auf den ersten Blick unangenehme Person vorgestellt und nun stand dort ein durchschnittlicher Mittfünfziger, an dem das Auffälligste seine Unauffälligkeit war. Vielleicht noch seine ausgeprägten Nasolabialfalten und seine schmale, stark gebogene Habichtnase. Eher der Typ Steuerberater als Surflehrer, Menschenhändler, Erpresser oder sogar Mörder.

Stopp, jetzt reicht's aber! So naiv kannst noch nicht mal du sein. Während sie die Schimpftirade des Kritikers an sich abprallen ließ, behielt Maria Ennen im Auge. Er ging hinaus, ohne sich im Raum umzusehen. Der Barmann wartete einen Moment ab, dann verschwand er in die Küche. *Wahrscheinlich isst er jetzt schnell was, wo der Chef weg ist*, erinnerte Maria sich an ihre Zeit als Servicekraft. Sie hatte dabei jede Gelegenheit für eine Minipause zu nutzen gelernt. Hinten in der Küche klapperte es, eine Schublade wurde aufgezogen …

Wann, wenn nicht jetzt? Sie ging schnell zur Theke, griff sich den Schlüssel und schlich ins Büro. Ihre Jacke hatte sie am Stuhl hängen lassen, damit man dachte, Audrey sei auf dem Klo.

Das Büro war klein. Ein Fenster nach Westen hinaus, ein Schreibtisch, ein Regal mit Ordnern und allerlei Tauwerk, Kästchen mit Schrauben, ein paar volle und leere Flaschen, ein Karton mit Kugelschreibern, ein anderer mit Streichholzbriefchen. Putzlappen, eine Haarbürste, zwei gebrauchte Kaffeetassen. Unübersichtlich. Sie sah sich um. Wo sollte sie anfangen? Wenn sie wenigstens wüsste, wonach sie suchte, aber da war nur eine vage Idee von Unterlagen, die Prostitution oder Erpressungen beweisen würden. Oder Fotos von … ja, wovon eigentlich? Hier half nur systematisch vorzugehen. Auf dem Schreibtisch: ein Computer, heruntergefahren. Sie setzte ihre Sonnenbrille ab. Einschalten machte keinen Sinn, wegen mangelnder Hackerfähigkeiten. Ergo: keine Passwortknackerei, keine schnelle Durchsicht versteckter Dateien. Einen Speicherstick, auf den sie Beweise kopieren könnte, hatte sie ohnehin nicht. Das sah in den Filmen immer so einfach aus. Ihre Welt war analog. Sie brauchte Menschen zum Reden, keine Computer. *Patrick Meißner!*, schoss es ihr durch den Kopf. Sie hatte ihn vergessen. Da gab es einen Menschen, der vielleicht in der Lage und sogar bereit war, etwas zu erzählen. Aber jetzt war sie erst mal hier. Also weiter.

Sie öffnete die oberste Schublade: Schere, Gummibänder, Büroklammern, ein Zollstock ... Ein wirrer Wust von nützlichen und überflüssigen, kaputten und angeschlagenen Büroutensilien.

Die nächste Schublade. Schon besser: Papierkram, Briefe, amtlich aussehende Unterlagen, eine Mappe mit mehreren Schreiben an eine Schule in Hamburg.

```
... bietet unsere Surfschule Ihren achten Klassen einen Surfschnupperkurs mit Materialausleihe, Surflehrern, Unterkunft und Verpflegung an ... Für sozial schwache Familien wird nach Rücksprache ein reduzierter Preis ermöglicht ...
```

Maria blätterte weiter. Gab es schon eine Zusage von der Schule?

Da hörte sie Ennens Stimme im Gastraum. »... vergessen ... wo ist denn der Schlüssel? Verdammt, ich hab' doch ... Rico!«

Schnelle Schritte aus der Küche. »Nein, Chef, weiß nicht, vielleicht in der Tasche?«

Sie schlich zur Tür und steckte den Schlüssel leise, leise ins Schloss. Ihre Hände zitterten. Wenn Ennen jetzt die Tür aufriss ... Sie lauschte, ob er käme, wartete mit angehaltenem Atem. Plötzlich waren mehrere Stimmen im Gastraum, eine Gruppe kam herein und begrüßte Ennen lautstark. Maria drehte den Schlüssel um. *Klack* – konnte Ennen das gehört haben? Sie lehnte sich erschöpft gegen die Tür. Ihr wurde eiskalt, obwohl sie schwitzte. Ihre Kopfhaut spannte, das Kopftuch fühlte sich an wie ein zu enger Stahlhelm.

»Oder hab ich …« Ennen machte zwei polternde Schritte zur Tür, drückte die Klinke heftig herunter, rüttelte.

Maria musste sich zusammenreißen, um nicht aufzustöhnen. Ihr Magen krampfte und ihr war speiübel vor Angst.

Die Schritte entfernten sich wieder. Maria atmete mühsam durch. Lauschte. Schlich zum Fenster. Vielleicht könnte sie rausklettern? Schnell wich sie zurück. Unter dem Fenster, direkt neben dem Umkleidecontainer stand Ennen an seinem Auto und suchte fahrig die Sitze und den Fußraum ab. Jetzt beugte er sich weit nach innen. Diesen Moment musste sie nutzen! Sie schloss die Bürotür auf und öffnete sie einen winzigen Spalt. Rico stand mit dem Rücken zu ihr beim Fenster an einem Tisch mit den drei lauten Neuankömmlingen. Am liebsten wollte sie die Mappe mit den Briefen mitnehmen, aber das konnte die entscheidenden Sekunden kosten. Sie musste sofort raus.

Maria behielt Rico im Blick und schlüpfte durch die Tür. Abschließen konnte sie nicht mehr. Sie schob den Schlüssel hinter ein paar Flaschen auf den Tresen und war gerade einen Schritt weit gekommen, als die Außentür aufgerissen wurde und Ennen zurückkam. Maria beugte sich hinunter und band ihren Schnürsenkel sehr sorgfältig neu. Ennen ging dicht an ihr vorbei. Er roch nach altem Schweiß und teurem Parfüm. Schnell legte sie fünf Euro für den Kaffee auf den Tisch, griff ihre Jacke, und als Ennen hinter die Theke ging, verließ sie die Nordsee-Lounge. Den Weg um das Haus herum zu den Containern rannte sie. Ohne anzuhalten lief sie an Pawlow vorbei und gab ihm das Zeichen, ihr zu folgen. Ein letzter Blick zum Fenster des Büros: Dort bewegte sich jemand – hatte Ennen sie doch noch gesehen?

Erst als sie auf dem Saumpfad durch die Dünen schon fast auf der Höhe der Deichbar war, wurde sie langsamer. Immer wieder hatte sie sich umgesehen und vergewissert, dass ihr niemand folgte. Der Fußweg war leer. Als er zur Strandpromenade wurde, begegneten ihr wieder Menschen. In den Strandkörben oben auf dem Deich saßen Leute ganz entspannt und sammelten die paar Sonnenstrahlen ein, die die aufziehenden Wolken durchließen. Da fiel Maria ein: Ihre Sonnenbrille lag noch auf Ennens Schreibtisch!

Sie war vollkommen erschöpft. Sollte doch die Polizei den Scheiß bearbeiten. Was taten die überhaupt die ganze Zeit? Arbeiten die auch mal?! Sie selbst würde sich ab sofort heraushalten und sich auf die anstehenden Klausuren konzentrieren.

Wie hatte sie so bescheuert sein können? Warum brachte sie sich immer wieder in solche unsinnigen Situationen? Sie wartete darauf, dass der Kritiker eine seiner zynischen Weisheiten von sich gab, aber es blieb still in ihr. Selbstbestrafung, das konnte sie sich auch selbst vorwerfen. Und: Du hast es eben nicht besser verdient. Meinst es gut und machst es schlecht. Wer braucht schon einen inneren Kritiker!

Auf den letzten Metern fing es an zu nieseln. Maria sah zum Himmel. Wo am Morgen noch ein Himmelblau-Himmel mit freundlichen weißen Wolken gewesen war, zeigte sich jetzt ein Grau-in-grau-Himmel, der schon weit vor dem nun unsichtbaren Horizont mit dem Meer verschmolz.

Der Wind war eingeschlafen, die winzigen Tröpfchen schienen in der Luft zu hängen und nur darauf zu warten, dass Maria sie berührte, um sich dann in sie hineinzusaugen. Ihre Haare, ihr Pullover, ihre Hose, alles wurde schwer und nass.

Für Pawlow blieben Strand und Wasser bei jedem Wetter Strand und Wasser: Gründe für Lebensfreude und Neugier. Er sauste hin und her. Muscheln, Tauenden, Holzbohlen und anderes Treibgut mussten untersucht und auf Spieltauglichkeit geprüft werden.

Maria sah, wie er die unterschiedlichsten Dinge aufnahm und hochwarf, um sich dann auf seine Beute zu stürzen. Manchmal schlich er sich an und machte den Mäusesprung.

Neben der Treppe, die vom Strand auf die Promenade führte, schnüffelte er besonders interessiert. Maria sah scharf hin, damit sie ihn bremsen konnte, wenn er sich wieder wälzen wollte.

»Nein, aus!«, der Befehl kam schnell, aber zu spät. Der Hund schlang große Bissen herunter. Bevor Maria da war, wendete er sich ab. Ein toter Fisch, noch frisch und unverwest. Wie war der so hoch auf den Strand gekommen? Hatte ihn ein Angler verloren? Maria hatte hier am Strand allerdings niemanden angeln gesehen.

Sie ging mit Pawlow die Treppe hoch, über die Deichwiese auf das Hotel zu. Der Rüde versuchte sich zu entfernen.

»Nein, du bleibst hier.«

Pawlow zitterte leicht und wich seitlich aus. Maria blieb stehen.

»Hey, was ist los?« Da hörte sie das typische rhythmische Pumpen des Hundemagens. Pawlow lief gebeugt ein Stück über die Wiese.

Der Fisch, dachte Maria, *so schnell?*

Pawlow zitterte stärker und würgte, aber es kam nichts heraus.

Wie die meisten Hunde fraß er von Zeit zu Zeit Gras und übergab sich dann. Das Zittern war neu.

Maria dachte an die Warnungen, an das verschwundene Halsband und an die Auseinandersetzung mit Voss.

Sie hatte vom Hafen bis zur Nordsee-Lounge und hierher zurück sicher zwei Stunden gebraucht. Voss hätte auf der Straße mit dem Rad viel schneller sein können und längst wieder weg. Hatte er einen vergifteten Fisch hier ausgelegt? War das nicht zu riskant? Es konnte ja jeder andere Hund auch Appetit auf Fisch haben. Andererseits war dies eben genau der Übergang, den sie und Pawlow nehmen würden, nehmen mussten. Vielleicht hatte er mit Ennen telefoniert und gesagt, dass sie keine Ruhe gab und die Drohungen nicht wirkten. Sie sah sich um – wurde sie beobachtet? Auf der Promenade waren trotz des Nieseins Radfahrer und Spaziergänger. Auch in den Strandkörben waren immer noch Leute, die dort geschützt saßen. Niemand kam ihr bekannt vor.

Pawlow krümmte sich.

»Egal! Wir brauchen sofort einen Tierarzt!«

Hastig schlang sie Pawlow die Leine um den Hals und zog ihn mit zum Hotel. Zum Glück war der Hotelier an der Rezeption.

»Wo ist der nächste Tierarzt? Mein Hund ist wahrscheinlich vergiftet worden!«

»Vergiftet? Womit denn? Und wo?«

»Später, ich muss sofort zum Arzt.«

Name, Adresse und Telefonnummer fanden sich schnell.

»Verdammt, es ist Sonntag!«, fiel Maria ein.

»Hier hat während der Saison alles auf.«

»Können Sie mich hinfahren? Ich weiß nicht, ob er bis dahin laufen kann.«

»Ist nicht weit, zweite Straße links, das fünfte oder sechste Haus rechts. Sie sind zu Fuß schneller, als wenn ich mein Auto aus der Garage hole.«

Schon an der ersten Querstraße wurde Pawlow noch langsamer und das Zittern verstärkte sich. Dann war das Würgen erfolgreich. Ein Schwall seines Frühstücks mit undefinierbaren Brocken und viel gelbem Schaum ergoss sich über den Fußweg, genau vor die Tür einer Edelboutique. Mit hängenden Ohren und schwer hechelnd stand der Hund über der Lache. Maria sah im Inneren des Geschäftes zwei aufgebrezelte Frauen im Gespräch. Eine feilte sich die Nägel, die andere hielt ein rosa Abendwolkenkleid vor sich und sah selbstverliebt in den Spiegel. Beide redeten dabei gleichzeitig. Keine hatte einen Blick für das Geschehen auf der Straße übrig.

»Komm weiter Pawlow, gleich hast du es geschafft.« Sie ließ Kotz und Gloria zurück.

Quälend langsam schlich Pawlow weiter. Mit seinen fünfundzwanzig Kilogramm hätte Maria ihn nicht weit tragen können. Solange er sich auf den Beinen halten konnte, war das schneller.

Der Tierarzt hatte nur nachmittags Sprechzeiten, las sie auf dem Praxisschild. Aber die Klingel verriet, dass er über seinen Behandlungsräumen wohnte. Sie klingelte. Und klingelte. Und klingelte. Endlich machte eine Gestalt im Bademantel auf, unrasiert, fettige Haare, Zigarette im Mund.

»Wassn los?«

»Ein Notfall! Sind sie der Tierarzt? Mein Hund ist vergiftet worden.«

»Ach Scheiße, wie spät issn?«

»Zwölf ungefähr.«

»Gehn Se rein, komme gleich.«

Nach ein paar Minuten, in denen Maria mindestens zehnmal auf den Flur gegangen war und ihr Finger ebenso oft wieder über der Klingel geschwebt hatte, kam der Arzt, jetzt im weißen Kittel, in den kleinen Warteraum.

»So, was hat er gefressen? Und wann?«

»Gerade eben, vor ungefähr zwanzig Minuten. Einen Fisch, ich glaube, er war vergiftet.«

»Wie kommen Sie denn da ...«

Nochmals krümmte Pawlow sich, er konnte sich kaum auf den Beinen halten. In einem explosiven Ausbruch spritzte wieder eine stinkende Brühe aus Futterresten, Fischfetzen, Gras und gelb-schaumigem Magensaft über den Boden.

»Na, das war's ja vielleicht. Mal sehen.«

Der Tierarzt beugte sich zu der unappetitlichen Lache herab und stocherte mit einem Holzspatel darin herum.

»Ah, hier.« Er löffelte einen Gegenstand auf den Spatel: ein Angelhaken.

»Er hat Glück gehabt, der Haken ist wohl nur ganz oberflächlich eingedrungen.«

Pawlow stand bedröppelt da. Er würgte nicht mehr, nur ab und zu lief ein leichtes Beben und Zucken durch seinen Körper.

»Sollte das da«, Maria deutete auf die Fischbrocken, »nicht untersucht werden?«

»Unsinn, sehn Se ihn doch an, geht schon wieder.« Er sah Marias Stirnrunzeln. »Wenn Sie darauf bestehen, schick ich ne Probe ins Labor. Dauert aber, und kostet.«

Pawlow ging zur Tür, er wedelte zaghaft. Er wollte weg hier. Das gab für Maria den Ausschlag, offensichtlich ging es dem Hund besser.

»Soll ich das da …«, sie deutete auf das Erbrochene, das sich weiter ausbreitete. Die ersten Rinnsale waren am Arzneimittelschrank angekommen und liefen unter die Holzbeine.

»Ne, lassen Se mal. Macht achtnfuffzig fuffzig. Inklusive Sonntagszuschlag und Aufwischen.«

29. Kein Ende in Sicht

Mit stechendem Kopfschmerz wachte Maria auf. Es war dunkel. Sie versuchte die Bruchstücke ihres Traums zusammenzusetzen: Pawlow an Bord eines großen Schiffes, von dem sie durch den Nebel nur das Deck sehen kann. Auf dem Deck steht eine Kühlkiste, die Kiste aus dem Traum mit den Schillerlocken. Wieder voller Fisch, aber diesmal sind es vergammelte Fischabfälle. Pawlow schlingt einen glitschigen Klumpen nach dem anderen herunter. Sein Bauch schwillt an und sie hat Angst, dass er platzt. Sie will ihn wegziehen, greift aber immer ins Leere. Er wird dicker und praller. Seine Beine sind im Verhältnis zum Bauch viel zu dünn. Maria schreit ihn an, aber es kommt kein Laut aus ihrem Mund. Dann fällt Pawlow um, er zittert und würgt. Stimmen nähern sich, panisch sieht sie sich um. Sie muss von Bord, schnell! Pawlow rührt sich nicht mehr. Schritte kommen aus dem Grau auf sie zu. Es klingt, als wäre dieses Deck mindestens hundert Meter lang. »Ist nicht weit«, hört sie, und eine zweite Stimme: »… soll sich fernhalten …«

    Neben ihr steht auf einmal Frau Kaiser im OP-Kittel und mit Mundschutz. Sie löst den Großbaum und legt Pawlow einen Gurt um. Mithilfe der Großbaumschot zieht sie den würgenden Hund hoch und schwenkt ihn über die Bordwand. In einer routinierten Bewegung schneidet sie ihm mit einem Skalpell den Bauch auf. Fischabfälle strömen ins Wasser. Sie löst den Gurt, Pawlow stürzt hinab. Maria springt hinterher. Dunkel.

Im Laufe des Montags tauchten unvermittelt immer wieder einzelne Bilder dieses Traumes auf. Maria ging schwerfällig und lustlos in ihr Büro, nachdem sie die ersten zwei Stunden Sport überstanden hatte.

Während ihrer Sprechzeit kam sie dazu, einen Tee zu trinken und etwas aufzuräumen. Ein seltener Glücksfall. Auf ihrem Schreibtisch stapelten sich Unterrichtsblätter, Hausaufgaben, To-do-Listen und Merkzettel zu skurril geschichteten Landschaften. Sie hatte keine Ahnung, was wichtig oder längst zu spät war.

Sie nahm ein paar Zeitungsausschnitte aus dem Stapel, die sie vielleicht, möglicherweise, irgendwann mal für den Unterricht einsetzen könnte. Das eine oder andere überflog sie … und schon klingelte es.

Biologie in der Abschlussklasse: Sie besprach den Ablauf der mündlichen Prüfung und die Themenbereiche mit dem Kurs. Dann gab sie kleine Übungsaufgaben aus. Die Schüler hatten zehn Minuten Vorbereitungszeit und es wurde gelost, wer ein Prüfungsgespräch mit ihr durchspielte. Es traf Leila, eine der leistungsstärksten Schülerinnen. Das war gut, so konnten die anderen sehen, wo die Latte lag. Sie bekam eine Aufgabe aus dem Themenfeld Populationen als Ökofaktoren. Anhand einer Wachstumskurve der Wolfspopulation in Deutschland in den letzten zehn Jahren beschrieb und interpretierte sie die intra- und die interspezifische Konkurrenz. Am Beispiel von Räuber-Beute-Beziehungen erläuterte sie das ökologische Gleichgewicht und das Prinzip der Selbstregulation. Und schließlich problematisierte sie diese theoretischen Prinzipien durch die Darstellung der Rolle des Menschen und die tatsächlich nicht mehr vorhandenen natürlichen Räuber-Beute-Systeme und den Konkurrenzausschluss. Maria war sehr zufrieden. Wieder einmal fiel ihr auf, dass diese biologischen Fragestellungen auf viele Alltagsfragen und Konflikte anwendbar waren und spannende Perspektiven eröffneten.

In den anderen zwölf Jahren ihrer Schullaufbahn stürmten die Schüler beim Klingeln sofort raus oder sie saßen mit gepackten Sachen startbereit, falls der Lehrer streng war. Erst kurz vorm Abi hatten die Schüler mehr Interesse an den Inhalten als an den Pausen. Na ja, oder an den Noten und Punkten.

Es war schön, nicht mitten im Satz abbrechen zu müssen. Heute wollte Maria aber weg.

Sie trieb Pawlow an, der den Feierabend an jedem Grashalm schnüffelnd feierte. Keine Spur mehr von seinen Beschwerden gestern.

Maria fuhr zu Greta. Sie wollte nicht mehr um die Uhr herumdenken müssen, wie um einen entzündeten Pickel beim Eincremen.

»Mensch, was hast du noch immer mit dieser Uhr? Ich freue mich, dass du sie gefunden hast. Mehr kann ich dir dazu nicht sagen.« Greta wurde laut.

»Es lässt mir keine Ruhe. Ich habe das Gefühl, du sagst nicht die ganze Wahrheit. Du oder Tobias oder beide.«

»Welcher Tobias?«

»Rüter, aus dem Abijahrgang.«

»Was hat der damit zu tun?« Greta runzelte die Stirn, ihre Stimme war plötzlich leise und brüchig.

»Das ist eine längere Geschichte. Es kann jedenfalls sein, dass er die Uhr im Wagen von Kaiser verloren hat.«

Greta war blass geworden. Sie wendete sich ab, mit beiden Händen umfasste sie ihren Nacken so fest, dass sich die Nägel in die Haut krallten. Es sah schmerzhaft aus.

»Nimmt das denn kein Ende?«, sagte sie mehr zu sich als zu Maria.

»Greta, nun sag schon, was los ist. Es geht schließlich um einen Mord!«

30. Hillary fliegt

Nach dem Gespräch fuhr Maria mit Pawlow zum Sperrwerk, stellte ihr Rad dort ab und ging zu Fuß auf dem Deich an der Lesum entlang in Richtung Schönebecker Sand. Nachdenken, verdauen, Abstand suchen …

Greta hatte eine Affäre mit Tobias gehabt.

Ihre Ehe war an einem schwierigen Punkt angekommen, die Jungs brauchten die Eltern weniger oder anders. Matthias und sie hatten noch nicht ihre neuen Rollen gefunden. Schweigen nistete sich zwischen ihnen ein. Zuerst unbemerkt, manchmal fühlte es sich einfach wie Vertrautheit an, dann gab es unausgesprochene Gesprächstabus, Empfindlichkeiten, No-go-Areas. Rückzug. Kleine und größere Verletzungen. Matthias stürzte sich in seine Arbeit, Greta nahm die Schule immer wichtiger und beide verloren das Interesse am Anderen oder es fehlte ihnen der Mut, sich auf das dünne Eis ihrer Beziehung zu wagen. Was, wenn es nicht hielt?

Dann sprach Tobias Rüter Greta an. Er hatte Deutsch bei ihr und wollte zum Ausgleich für seine schlechte Note in Politik ein paar Punkte mehr bei ihr heraushandeln. Sie verlangte eine Zusatzarbeit, die Tobias in den Weihnachtsferien anfertigen sollte. Sie trafen sich, um Details zu klären. Er kniete sich in das Thema rein. Greta war begeistert und wollte mit ihm gemeinsam eine Unterrichtssequenz über Intertextualität und Literaturrezeption in deutschen Rap-Texten erarbeiten. Sie diskutierten, hörten Musik, tranken Wein. Greta erfand sich noch einmal neu. Sie fanden Gemeinsamkeiten und reizvolle Unterschiede und schlitterten in eine Affäre. Die Unterrichtssequenz wurde nie fertig, auch kein Referat.

Ende Januar bekam Tobias eine für seine Mitschüler überraschend gute Deutschnote. Danach wich er Greta aus, suchte aber den Kontakt zu ihrem älteren Sohn. Greta wusste, dass Tobias regelmäßig kiffte und sie vermutete auch – nein, eigentlich wusste sie –, dass er dealte.

Besorgt, dass er ihrem Sohn Drogen verkaufen wollte, versuchte sie mit Tobias zu reden. Greta glaubte, dass sein Verhalten mit seinen Problemen zu Hause zusammenhing, und sie wollte ihm helfen, aber Tobias wies jeden ihrer Versuche zurück. Es kam zu einem Streit, bei dem er drohte, ihr Verhältnis bekanntzumachen, wenn sie ihn noch weiter bedrängen würde und ihrem Sohn nicht einen Ferienjob auf Norderney erlaube.

Greta war außer sich, er hatte nicht nur sie benutzt, er wollte auch noch ihren Sohn mit hineinziehen. Sie ging auf Tobias los, im Handgemenge riss unbemerkt das Armband ihrer Uhr. Sie stürmte weg und bemerkte den Verlust erst später.

In den Osterferien war sie wie geplant mit ihren Söhnen und Matthias zum Skilaufen gefahren. Tobias hatte sich nicht mehr gemeldet. Und dann hatte sie festgestellt, dass sie schwanger war ...

Am Ende des Schönebecker Sandes blieb Maria noch eine Weile auf der Spundwand, die die Lesum von der Weser trennt, sitzen. Hier hatte sie schwimmen gelernt. Hier hatte sie erste Partys gefeiert, getanzt, Händchen gehalten, der erste Kuss. Und schon damals hatte sie oft allein hier gesessen, wenn sie es zu Hause nicht ausgehalten, wenn die Zeit lange Fäden gezogen hatte.

Gretas Geständnisse drängten sich wieder nach oben. War damit jeder Zweifel ausgeräumt? Könnte das nicht noch ein Grund mehr sein, mit Kaiser aneinanderzugeraten? Wenn er etwas von dem Verhältnis zu Tobias erfahren hätte, würde er die Gelegenheit nutzen, Greta damit unter Druck zu setzen. Und dann ...

Maria sprang auf und fuhr zurück.

»Was ist los?« Maria schaute Pawlow an, der schon an der Einmündung ihrer Straße unruhig wurde, in die Luft schnupperte und in Höchstgeschwindigkeit zu ihrem Haus rannte. Er übersprang das Gartentor. Maria hörte ein lang gezogenes Gemisch aus Knurren und Jaulen, das sie zuvor erst ein einziges Mal gehört hatte: Als Felix beim Spielen vom Klettergerüst gefallen war und Pawlow erst Küchentür und Haustür öffnen musste, um zu ihm nach draußen zu können. Marias Knie wurden weich, sie ließ ihr Rad auf dem Hof fallen und rannte hinters Haus. Pawlow war jetzt still.

Ihr Zwerchfell flatterte. Als sie um die Hausecke stolperte, fiel ihr Blick auf eine surreale Szene: Pawlow saß stocksteif vor dem Hintereingang und starrte auf etwas, das dort nicht hingehörte. Hilly – Hillary, ihre weiße Henne – hob sich mit ausgebreiteten Flügeln von der roten Tür ab, als wollte sie steil zum Himmel hinauffliegen.

Maria schloss die Augen und öffnete sie wieder. Das Bild blieb dasselbe: Hund und Huhn bewegungslos vor roter Wand.

Hilly war tot. In jedem Flügel steckte ein langer Nagel und ein dritter hielt den verdrehten Hals. Wieder schloss Maria ihre Augen. Es konnte nicht sein, dass dies echt war. Das Bild hatte sich schon eingebrannt in die übersättigten Sinneszellen der Netzhaut und das Nachbild zeigte sich auf ihren geschlossenen Lidern: schwarzes Huhn auf grüner Tür. Komplementärfarben. Augen auf: Weiß auf Rot. Und über allem der blaue Himmel, als könnte ihn nichts trüben. Als wäre nichts passiert.

Während Maria versuchte, Hillary von den Nägeln abzunehmen, löste Pawlow sich aus seiner Starre. Er sah Maria an, sie wusste keine beschwichtigenden Worte und wendete sich wieder dem toten Huhn zu. Die Flügel konnte sie über die Nägel ziehen, der dritte Nagel war durch den Hals tief in das Holz der Tür getrieben worden. Da war jemand sehr wütend gewesen oder sehr geübt mit dem Hammer. Mit bloßen Händen konnte sie Hillary nicht von der Tür lösen, ohne ihren Hals zu zerfetzen. Das wollte Maria auf keinen Fall. Sie schob die Flügel wieder über die Nägel. Im Fahrradschuppen musste eine Zange liegen. Als sie sich von dem Albtraumanblick abwendete, überkam sie eine düstere Furcht: Was war mit ihren beiden anderen Hühnern, Maggie und Angie? Waren sie am Leben? Sie stürzte zum Stall: Im Auslauf waren sie nicht.

»Angie? Maggie? Gockgockgooock. Wo seid ihr?« Durch das Einstiegsloch konnte sie im Innenstall nichts erkennen. Zu dunkel. Sie riss die Tür zum Auslauf auf und griff an den Haken, der den Schlafstall verschloss. Sie zögerte. Was würde sie sehen? Sehr langsam öffnete sie die Klappe. Da hörte sie es leise: »Wiwi.« Und noch einmal: »Wiwiwi.« Stimmfühlungslaute. *Hier sind wir.* Die beiden kauerten ganz hinten unter der Sitzstange. Sie waren offensichtlich verängstigt, richteten sich aber auf, als Maria zum Futterkasten ging und ein paar Körner in den Napf füllte. Vorsichtig kamen die sonst gierigen Vögel näher.

Es musste sich etwas Verstörendes ereignet haben. Maria hatte mal beobachtet, dass sie sich sogar nach einem fehlgeschlagenen Bussardangriff nur kurz schüttelten und gleich wieder unbeeindruckt nach Futter scharrten.

Maria wollte zum Schuppen hinüber. Wo war Pawlow? War die Tür zum Haus überhaupt verschlossen gewesen? Meistens dachte sie daran, aber eben nur meistens. Sie war in *Räubersruh* aufgewachsen, einer Siedlung, in der man sich kannte und vertraute. Fast alles Vulkanesen, Kollegen oder Freunde. Die Hintertüren wurden nicht verschlossen, damit die Nachbarn hereinkommen konnten. Etwas bringen, etwas holen, nach dem Rechten sehen. Man rief »Moin« oder »Hallo, ich bin's!« und stand schon in der Küche. Maria hatte lange gebraucht, bis sie zumindest abschloss, wenn sie länger weg war.

Also, hatte sie oder hatte sie nicht? Konnte jemand im Haus sein? Sie pfiff nach Pawlow, sie wollte ihn bei sich haben.

Er kam vom Vordereingang. Vermutlich hatte er die Spur des Hühnermörders verfolgt.

Gemeinsam mit Pawlow ging sie zur Tür und stellte erleichtert fest, dass sie verschlossen war. Also holte sie eine Zange aus dem Fahrradschuppen und zog die sehr langen und dicken Nägel aus der Tür. Hillary klatschte zu Boden und mit ihr ein Zettel. In dicken Edding-Buchstaben stand da: HALT DICH RAUS! Maria ließ Zange und Nägel fallen. Jemand wusste von ihrer Liste! Dieser Jemand drohte ihr. Jemand, den sie kannte, vielleicht sogar gut. Das konnte nicht sein. Das durfte nicht sein! Gestern der Fisch und heute ihr Huhn. Ihr wurde schwindelig. Sofort schnauzte die Kriegerin sie an: *Mach jetzt nicht schlapp! Das wollen die doch. Reiß dich zusammen, überlege, wer das geschrieben haben könnte.* Das brave Mädchen stimmte ihr ausnahmsweise zu. *Und dann holst du dir Hilfe. Du musst nicht immer alles allein schaffen.*

31. In die offene Wunde

»Also noch mal langsam: Sie haben einen Anruf bekommen von einem Schüler, dessen Namen Sie nicht nennen wollen und der verschwunden ist. Er behauptet, der Besitzer der Nordsee-Lounge auf Norderney habe Herrn Kaiser ermorden lassen und bedrohe jetzt auch ihn.«

»Ja.«

»Hm.« Scholz zog ein Blatt Papier zu sich und machte Notizen. »Wann?«

»Was wann?«

»Wann war der Anruf dieses Schülers?«

»Der war … irgendwann letzte Woche, glaube ich.«

»Glauben Sie. Und warum kommen Sie erst heute?«

»Ich wusste nicht, ob ich das ernst nehmen soll.«

»Und deshalb sind Sie einfach selbst nach Norderney gefahren, um zu schauen, ob Sie einen Mörder sehen, und dann hätten Sie gewusst, dass es stimmt?!« Die Ironie triefte aus Scholz' Worten. Warum zum Teufel musste Frau Grothus gerade heute eine Fortbildung haben.

»Ich wollte sowieso etwas regeln wegen der Surfkurse und da habe ich mir auch die Nordsee-Lounge mal angesehen.«

»Nein, haben Sie nicht. Das haben Sie nämlich schon in der Woche davor. Am letzten Wochenende waren Sie nicht bei Herrn Ennen.«

»Woher wissen Sie …«

»Frau Brehm, Sie mögen ja glauben, dass wir auf Bäumen schlafen und unsere Arbeit nicht machen. Und dass nur Sie über den Aufenthalt von Herrn Kaiser auf Norderney nachdenken und seine finanziellen Verhältnisse zur Kenntnis nehmen. Aber Sie irren sich.« Scholz hämmerte mit dem Kugelschreiber auf dem Schreibtisch herum. »Sie sollten ab sofort sagen, was Sie wissen, und sich ganz und gar aus unserer Arbeit heraushalten. Es wird nicht leichter, wenn eine verhinderte Miss Marple herumschleicht und die Pferde scheu macht, die wir gern in Ruhe befragen wollen.«

Maria hatte sofort Margaret Rutherford vor Augen und fragte sich, ob sie sich jetzt zumindest ein bisschen aufregen durfte. Aber sicher sah Scholz ganz andere Vergleichsmomente, schließlich war Miss Marple letztendlich immer sehr erfolgreich, und sie regte sich wieder ab.

»Haben Sie das verstanden? Halten Sie sich raus!« Scholz war laut geworden und traf jetzt einen wirklich wunden Punkt.

»Fehlt ja nur noch, dass Sie mir auch drohen.«

»Wer hat Ihnen wann und womit gedroht? – Genau bitte.« Der Stift schwebte wieder über dem Papier.

Maria berichtete sehr knapp von den Drohungen und den Angriffen auf Pawlow. Robert Voss und ihren Fehlschlag in Ennens Büro verschwieg sie.

»Vermeintlichen Angriffen«, korrigierte Scholz. »Sie dürfen nicht vergessen, dass auf der ganzen Insel Leinenzwang für Hunde ist. Sie haben sich sicher bei militanten Naturschützern oder notorischen Hundegegnern unbeliebt gemacht.«

Dann kam er zurück zu dem Schüler. Schließlich gab Maria nach und nannte Lukas' Namen.

Das schien Scholz zufriedenzustellen, er grunzte in sich hinein und griff nach einer Liste mit Namen. Doppelgrunzer. Er hatte eine Übereinstimmung gefunden.

Jetzt kam noch das Schwierigste: Sie holte Luft, um von Hilly zu erzählen. Aber Scholz stand schon auf und wies vielsagend zur

Tür. Es war überdeutlich, dass er genug von ihr hatte. Er würde wieder eine Erklärung finden, die sie als die Dumme und Schuldige dastehen ließ. Maria schloss den Mund wieder. Sie hatte genug erzählt. Wenn die Polizei Ennen und seine Machenschaften untersuchte, würde der bestimmt seine Kerle zurückpfeifen. Sie hatte nichts weiter gegen ihn in der Hand, als die tote Hillary und den Zettel mit der Drohung, den sie so oft aus ihrer Tasche gezogen hatte, um ihn immer wieder zu lesen, dass garantiert keine Fingerabdrücke mehr darauf waren. Wenn es sie überhaupt gegeben hatte. Ennen war ja leider nicht so dumm, dass er solche Zettel eigenhändig schreiben würde.

Es reichte. Sie wollte nur noch weg hier. Sie hatte den Ball Scholz zugespielt. Sollte der doch das Runde in das Eckige schießen!

32. Segelnde Kugelelfe

Sie hatte gehofft, die ganze Sache der Polizei überlassen zu können, sobald sie die Norderney-Spur zur Sprache gebracht hätte.

Nach zwei Tagen und zwei fast schlaflosen Nächten dämmerte ihr, dass sie sich mit ihren Angaben lächerlich gemacht hatte. Grothus und Scholz hatten längst von Kaisers Kontakten zu Ennen gewusst und sie stand als homofeindlich und hysterisch da. Nichts an den vordergründigen Vorgängen in der Nordsee-Lounge war ungesetzlich. Von den Erpressungen und den Plänen, Minderjährige anzuwerben, hatte ihr nur Lukas erzählt und der war verschwunden. Sie würde Patrick Meißner ausfindig machen und mit ihm reden.

Mehr und mehr nagte auch der Verdacht gegen Robert Voss an ihr. Seine mal ironisch, mal wütend funkelnden Augen verfolgten sie und sie hörte seine Stimme, wahlweise weich und Gänsehaut verursachend oder schneidend kalt. Woran war sie mit ihm? Hatte er sie manipuliert? Was war er für ein Mensch? Ein Mörder? Oder *nur* ein skrupelloser Geschäftemacher? Ein loyaler Freund Simone Kaisers? Ihr Liebhaber? Ein Lügner oder ein Mann, der klugerweise genau prüfte, wem er vertraut?

Sie musste herausfinden, ob es für Voss noch eine andere Möglichkeit als die Fähre oder einen Flug gegeben haben könnte, zum Festland und nach Bremen zu kommen. Und sie wusste auch, wer ihr diese Frage beantworten konnte.

Nach einem kurzen Telefonat saß sie im Zug in die Innenstadt. Stefan Weber, ihr ehemaliger Hochschullehrer und Vorsitzender des Uni-Segelvereins, wartete im Bootshaus des Wassersportvereins Hemelingen auf sie. Er würde alle Fragen zu Tiden und Prielen im Watt beantworten können. Weber war sein Leben lang im Wattenmeer gesegelt, keiner kannte sich besser aus als er.

Er saß bei einem Bier und einem großen Teller mit Bratkartoffeln, Würstchen und Spiegelei an der Theke. Ihn konnte so gut wie nichts aus der Ruhe bringen. Nur einmal hatte Maria ihn außer sich erlebt: Auf einem Segeltörn nach Helgoland hatten sie in der Nähe einen Frachter gesehen, natürlich unter panamesischer Flagge – oder hieß es panamaisch? – der säckeweise Müll verklappte. Weber, schon damals sehr beleibt, regte sich dermaßen auf, dass Maria und die anderen mitsegelnden Studenten einen Herzinfarkt befürchteten.

»Diese Verbrecher, dieses verdammte Pack!«, schrie er. »Was denkt ihr, was die unter der Wasserlinie noch alles ins Meer pumpen?! Diese Schweine machen das Wattenmeer kaputt! Man müsste sie abknallen dafür!«

»Mensch Stefan, reg dich doch nicht so auf«, versuchte einer der neueren Mitsegler ihn zu beruhigen. »Das bisschen Müll, das spielt doch gar keine Rolle, das ist hier der Atlantik!«

Alle anderen hielten die Luft an, es war unvorhersehbar, wie Stefan reagieren würde. Würde er explodieren? Den Neuen kielholen oder zu den Müllsäcken ins Meer werfen?

Stefan sah den Neuen lange und nachdenklich an, dann den Rest der Crew, einen nach dem anderen. Maria schämte sich noch heute, dass sie nichts gesagt, nicht Stellung bezogen hatte, egal wie. Nur die Luft angehalten und gehofft, dass keiner zu Schaden kam. Stefan schüttelte schließlich matt den Kopf und ging unter Deck. Sie hörten, wie er eine Flasche aus dem Schapp nahm, es gluckerte leise und nach einer Weile schnarchte Weber in der Kajüte.

Erst vor Helgoland kam er wieder heraus. Gab seine Anweisungen, klar und besonnen wie immer, aber ansonsten sprach er mit keinem.

Der Neue war nie wieder mitgesegelt und Weber immer häufiger allein.

Bratkartoffeln, Würstchen, Spiegelei.

»Willst du auch?«, fragte er zur Begrüßung. »Der WVH-Teller ist in ganz Norddeutschland berühmt.«

»Ja, das glaube ich. Er hält wahrscheinlich mit Abstand den Kalorien-pro-Teller-Rekord.«

»Seit wann interessieren dich denn so langweilige Tierchen wie Kalorien? Da habe ich anderes in Erinnerung.«

Maria grinste. Stefan und sie hatten sich regelrechte Fressschlachten geliefert. Und sie hatte das genossen. Ihre Mutter hatte zu der Zeit nur noch flüssige, hochprozentige Nahrung zu sich genommen. Das Essen, das Maria ihr Tag für Tag gekocht und verlockend dekoriert hingestellt hatte, war immer unberührt geblieben und kalt in den Müll gewandert.

»Für mich einmal Pommes rot-weiß, bitte. Und ein Wasser.«

»Oha, du bist auf Diät. So siehst du auch aus.«

»Hallo Steff, schön, dich zu sehen.«

»Lenk nicht ab, ich weiß, dass ich nicht mehr so rank und schlank bin wie damals.«

Damals hatte er bei eins fünfundsiebzig Körpergröße etwa neunzig Kilo gewogen, heute mochten es glatt dreißig mehr sein, aber Maria wollte sich nicht auf das Thema einlassen. Sollte sie einem vierundsiebzigjährigen ehemaligen Biologieprofessor den Zusammenhang zwischen Gewicht und Gesundheit erklären?

»Segelst du eigentlich noch, Steff?«

»Das nenne ich mal eine frontale Eröffnung. Denkst du, das geht nicht mehr?! Von wegen! Man nennt mich auch die segelnde Kugelelfe!«

»Gut, stell dir vor, du willst nachts von Norderney zum Festland. Was geht da?«

»Fahrrinne.«

»Nachts?«

»Ist nicht erlaubt, aber mit meinem kleinen Holzboot können sie mich nicht orten. Und Radarreflektoren kann man abbauen.«

»Und wo gehst du an Land?«

»Norddeich, Esens, Bensersiel ... wo ich will.«

»Unbemerkt?«

»Ah, eine neue Bedingung. Nein, in die Häfen komme ich nicht unbemerkt.«

»Wie lange brauchst du bis in die Lesummündung?«

»Mindestens eine ganze Tide, aber bei Niedrigwasser komme ich nicht aus dem Jachthafen in Norderney.« Weber sah Maria kopfschüttelnd an. »Da musst du bis circa zwei Stunden nach Niedrigwasser warten. Hast du denn gar nichts gelernt bei mir?«

»Gelernt ja, behalten nein.«

»Und du segelst nicht mehr, seit ... na ja, seitdem das mit Holger vorbei war?«

Die Pommes und das Wasser kamen auf den Punkt. Sie nahm einen Schluck, schob sich drei große Kartoffelstäbchen auf einmal in den Mund und sah Stefan beim Kauen vielsagend an.

»Hab verstanden, keine Aufarbeitung von alten Beziehungskisten. Und was läuft jetzt so?«

Drei weitere Stäbchen folgten.

»Mannomann, soll ich denn nur als Googleersatz herhalten?«

»Stefan, bitte ...«

»Norderney – Festland. Aye aye, Käpt'n! Also, erfahrene Segler«, er zeigte mit beiden Zeigefingern auf sich, »können auch außerhalb des Fahrwassers nach Norddeich kommen. Es gibt einen Priel, der ausreichend tief ist, der aber wandert. Man muss also immer mit Echolot gegenchecken und schnell und exakt reagieren.«

»Wie lange braucht man da?«

»Ungefähr eine halbe Stunde bis Norddeich. Die Strecke ist viel kürzer.«

»Kann man da segeln?«

»Quatsch, der Priel ist schmal. Und wie gesagt, man muss zentimetergenau manövrieren. Das geht nur unter Motor. Und es darf nicht viel Wind sein, sonst drückt es einen auf's Watt.«

»Also, schwierig, aber möglich.«

»So kann man das sagen.«

Stefan orderte noch ein Bier und fragte Maria nach ihren ehemaligen Kommilitonen aus. Sie hatte zu niemandem mehr Kontakt. Alles war zerbröselt in der Zeit, in der sie gegen den Sog des tiefschwarzen Mutterabgrunds angekämpft hatte.

33. Ausweg

Das schlechte Gewissen quält ihn schon zu lange. Er hat beide im Stich gelassen und nur an sich gedacht.

Seine Mutter hat ihm gestern erzählt, dass sie versucht, den Vater nicht mit Lidia allein zu lassen. Aber sie schafft das nicht. Sie kommt gegen die Depression und die Tabletten nicht an. Vielleicht will sie es auch gar nicht. Oder gehört das zu dieser verdammten Krankheit dazu?

Und Lidia will nach der Schule nicht mehr nach Hause. Sie streift immer öfter durch Knoops Park und setzt sich auf ihre Lieblingsbank an der Jünglingshöhe. Letzte Woche hat ein Passant sie abends dort angetroffen und hat gefragt, ob er sie nach Hause bringen soll. Sie hat ihm dann erzählt, dass sie auf ihren Bruder wartet. Sie hat dem Mann ihr Handy gegeben, und der hat bei ihm angerufen. Natürlich musste er dann zu Lidia fahren und sie abholen. Wie soll das weitergehen? Sie kann nicht zu ihm in seine WG ziehen. Schule, Ausbildung oder Studium und eine behinderte Schwester betreuen, das passt nicht.

Sie kann aber auch nicht zu Hause bleiben. Und sein Vater wird nie zustimmen, dass sie in eine Wohngruppe oder eine andere Behinderteneinrichtung kommt.

Es gibt nur einen Weg: Sein Vater muss verschwinden!

34. Kaiserin III

Anders als bei ihren letzten Besuchen nahm sie Pawlow mit zur Tür. Ihr Klingeln blieb zunächst ohne Erfolg. Erst nach dem dritten Versuch hörte sie eine Tür zuschlagen und Schritte die Treppe herunterkommen.

Simone Kaiser öffnete. Sie sah müde aus.

»Sie?! Ich hatte Nachtdienst. Ich muss schlafen.«

»Entschuldigen Sie, Frau Kaiser. Aber ich befürchte, dass ein Schüler von mir in Gefahr ist. Wissen Sie etwas Neues? Bitte, es ist wirklich wichtig!«

Wortlos öffnete Frau Kaiser die Tür weiter, drehte sich um und ging voran in das Zimmer mit Aussicht. Nachdem sie sich ein Glas Whisky eingeschenkt hatte, setzte sie sich auf das Sofa und zeigte auf den Sessel.

Maria war betroffen darüber, wie erschöpft, nahezu durchsichtig die Frau wirkte. Ungeschminkt, mit strähnigen Haaren sah sie älter und gleichzeitig zarter und verletzlicher aus.

Pawlow kam vorsichtig durch den Raum und legte sich neben das Sofa, sodass Simone Kaiser ihn über die niedrige Lehne berühren konnte. Ihre Finger kreisten geistesabwesend über seine Fellspitzen.

Beide Frauen blickten aus dem Fenster. Die Lesum wurde durch ablaufendes Wasser und einen starken Westwind aufgewühlt, kabbelige Wellen hüpften um die Dalben herum. Ein Graureiher suchte einen Landeplatz im Schilf, das aber noch unter Wasser stand. Er zog mit langsamen Flügelschlägen ins Werderland ab. Als er schon hinter dem Deich verschwunden war, hörte Maria sein typisches *Kräääk*.

»*Ardea cinerea*«, sagte Maria vor sich hin.

»Das mache ich auch immer«, murmelte Simone Kaiser.

»Entschuldigung, ich war in Gedanken, was machen Sie auch?«

»Die lateinischen Bezeichnungen. Wenn ich mich stoße, am Oberschenkel zum Beispiel: *Os femoris*. Oder wenn jemand irgendetwas Auffälliges an sich hat, eine Tätowierung am Oberarm: *Brachium*. Am Unterarm: *Antebrachium*. Ich kann nicht anders, immer höre ich in mir die lateinische Vokabel und manchmal sage ich sie laut, so wie Sie eben. Was unterrichten Sie eigentlich außer Sport?«

»Biologie.« Maria fühlte sich ertappt.

»Dachte ich mir.«

Zum ersten Mal, seit sie sich kannten, lächelten die Frauen sich an.

»Geht es wieder um diesen Tobias, der sich mit Sven getroffen hat, am Montagmorgen?«, kam Frau Kaiser zum Thema.

»Ja. Ich glaube nicht, dass er ein Mörder ist, und ich glaube auch nicht, dass er ihren Mann im Streit erschlagen und ins Wasser gestoßen hat.«

»Warum nicht? Er war vermutlich der Letzte, der Sven gesehen hat. Sie hatten einen heftigen Streit und er ist abgehauen. Warum sollte er das tun, wenn er unschuldig ist?«

»Tobias ist jung. Er hat Angst. Er glaubt nicht an den Sieg der Gerechtigkeit. Sein Vater wartet nur auf einen Fehler. Seine Mutter ist krank. Er flieht auch vor seinem Leben.«

»Sie kennen ihn gut?« Der Blick, den Frau Kaiser Maria zuwarf, war jetzt forschend und wacher.

»Nein, aber gut genug, um ihm in diesem Punkt zu glauben.« Leise fügte Maria hinzu: »Wenn es schon sonst niemand tut.«

»Nun, das wird die Polizei prüfen. Wenn er unschuldig ist,

wird sich das zeigen. Allerdings gibt es Zeugen, die ihn im Segelverein gesehen haben.« Zeugen? Das war neu für Maria. Simone Kaiser drehte sich zur Seite und kraulte Pawlow, während sie weitersprach. »Die Kommissare vermuten, dass er den Porsche gestohlen hat. Wollte ihn vielleicht verkaufen, hat dann aber gemerkt, dass das bei einem solchen Wagen nicht einfach ist. Ihr Gefühl in Ehren, aber mein Mann hatte ein Talent, Menschen sehr wütend zu machen.«

»Sie auch? Oder Herrn Voss?«

Frau Kaiser zog ihre streichelnde Hand zurück und verschränkte die Arme vor dem Körper. Ihr Blick ging zum Fenster und kehrte verändert zurück. Eisig, als hätte er sich von der Lesum Kälte geborgt.

»Lassen Sie endlich Ro Voss aus dem Spiel. Er hat nichts damit zu tun.«

»Vielleicht mehr, als Sie denken. Er könnte Gründe gehabt haben, Ihren Mann umzubringen.« Maria wusste, dass sie gerade viel aufs Spiel setzte.

Frau Kaiser kniff die schmalen Lippen aufeinander.

»Er liebt Sie, er hasste Ihren Mann, fand ihn nicht gut genug für Sie«, zählte Maria ihre Vermutungen wie Tatsachen auf. »Aber er selbst wäre ja nicht infrage gekommen, nicht für Ihren Vater – und vielleicht auch nicht für Sie?«

»Sie wissen nicht, wovon Sie reden!« Simone Kaiser stand auf und ging zum Fenster. Mit dem Rücken zu Maria fuhr sie fort: »Ja, Ro liebt mich, aber wie eine Schwester. Er hat mich immer beschützt. Ich war sehr verliebt in ihn, es wäre mir egal gewesen, was mein Vater sagt, aber Ro hat mich abgewiesen. Mehrmals. Deshalb habe ich Sven geheiratet. Er tauchte auf, als ich sehr verletzt und verzweifelt war. Ich hatte einen Selbstmordversuch hinter mir. Sven gab mir das Gefühl, nicht auf Ro angewiesen zu sein. Ich wollte meinem Vater, vielleicht auch Ro und wohl vor allem mir selbst etwas beweisen.« Sie zog die Schultern hoch und ließ sie fallen. Ohnmachtsgeste oder Schauspiel?

»Er hatte trotzdem ein Motiv, wenn nicht Eifersucht, dann Fürsorge – oder das schlechte Gewissen, weil Sie seinetwegen unglücklich verheiratet waren«, ließ sie nicht locker.

»Da könnten Sie ebenso meinen Vater verdächtigen.«

»Ihr Vater muss siebzig, wahrscheinlich sogar schon achtzig sein. Außerdem hat er nicht versucht, Spuren auf dem Boot zu beseitigen.«

»Wie meinen Sie das?« Simone Kaiser drehte sich abrupt zu Maria um, sie sah ehrlich überrascht aus.

»Ihr Ro hat am Mittwoch die Olympia geputzt, sehr gründlich sogar. Er wurde dabei gesehen.« Maria beobachtete Frau Kaiser genau. Die war blass geworden, das konnte niemand spielen. »Wussten Sie das nicht? Er könnte die Leiche Ihres Mannes nach Bremen transportiert und dort ins Wasser geworfen haben.«

»Mein Mann ist am Sonntag mit seinem Wagen nach Bremen gefahren.« Die Kaiserin sah wieder aus dem Fenster und fuhr fort. »Er ist geblitzt worden, das wird wohl kein Gespenst gewesen sein. Und die Polizei geht von einem Todeszeitpunkt zwischen Sonntagabend und Montagfrüh aus. Durch die Zeit im Wasser und die Temperaturunterschiede ist das schwer zu bestimmen.« Bei den letzten sachlich-nüchternen Worten kam sie zurück und setze sich wieder. Ihre Hand strich über Pawlows Rücken.

»Hat Robert Voss ein Alibi für die Zeit?«, fragte Maria nach.

»Bestimmt war er auf Norderney, er ist immer dort«, kam sehr schnell die Antwort.

Maria musste improvisieren. »Das ist nicht besonders überzeugend. Ich habe gehört, dass er in der Zeit von niemandem gesehen wurde. Hat er nicht mit Ihnen Geburtstag gefeiert?«

»Nein, das habe ich Ihnen doch schon gesagt. Ich wollte allein sein.«

»Das ist doch seltsam. Sie stehen sich so nah, wie sagten Sie: *wie seine kleine Schwester*, und er kommt nicht zum Gratulieren vorbei? Er hätte also am Sonntag oder Montag in Bremen gewesen sein können.«

Das saß. Simone Kaiser schwieg. Sie fasste Pawlow fest ins Fell. Maria erwartete, dass er aufspringen und sich einen anderen Platz suchen würde. Aber er blieb ruhig liegen. Ob er spürte, dass Simone Kaiser seinen Beistand brauchte?

»Was war in der Backskiste, Frau Kaiser? Warum hat Voss die und das Deck gereinigt? Welche und wessen Spuren wollte er beseitigen? Sie wissen doch etwas. Decken Sie ihn? Hat er Ihren Mann ermordet? Vielleicht, um Sie zu beschützen?« Zu viele Fragen auf einmal, aber wenigstens waren sie raus.

»Möchten Sie auch einen?« Frau Kaiser sah auf ihr leeres Glas.

»Ja, danke.« So würde sie die Kaiserin vielleicht leichter zum Reden bringen, auch wenn Maria klar war, dass diese sich Zeit zum Nachdenken verschaffen wollte.

Mit zwei vollen Gläsern kam sie zurück. Leise klingelnde Eiswürfel wurden von einer honigfarben schimmernden Flüssigkeit umspült. Es sah eigentlich ganz gut aus und das Geräusch erinnerte Maria an die Glöckchen, die laut Straßenverkehrszulassungsordnung, Paragraf 64a, an Pferdeschlitten angebracht werden müssen. Als Kind war sie im Winter oft mitgefahren, wenn Bauer Siedenhans Weihnachtsbäume ausgeliefert hatte.

»Slorntsche.«

Maria sah wohl ratlos aus. Die Kaiserin erklärte, dass es sich dabei um das schottische Wort für Prost handelte. Und dass ihr Vater großen Wert auf die exakte Aussprache gelegt habe, geschrieben werde es nämlich Slàinte. Dann klimperte sie auffordernd mit dem Glas. »Das Eis würde er als barbarisch bezeichnen. Die Vielfalt der Aromen werde dadurch verdeckt, behauptet er. Mir schmeckt es so aber besser.«

Da schimmerte eine trotzige Tochter durch die Fassade.

Der erste winzige Schluck schoss Maria die Kehle hinunter wie ein scharfes Schwert, im Magen explodierte er und die Hitze wallte zurück bis zu ihrer Kopfhaut. Tränen stiegen ihr in die Augen.

»Sie trinken sonst keinen Whisky?«

Maria schüttelte den Kopf. »Premiere.«

Simone Kaiser schenkte nach. Maria nippte und fing an, die spektakulären Empfindungen zu genießen. Interessant. Sie rutschte tiefer in den Sessel, in ihrem Kopf begann es leise zu rauschen. *Wie die Wellen auf Norderney*, dachte sie.

Simone Kaiser erklärte, warum es keinen Grund für Ro gegeben habe, Kaiser umzubringen. Sie hatte ihren Mann gebeten, auf die Olympia zu kommen, um mit ihm zu sprechen. Schon vom Beginn ihrer Ehe an wollte Simone Kinder haben. Eine Familie, in der die Kinder willkommen sein sollten und so sein dürften, wie sie sind. Jungen ebenso wie Mädchen und egal, welche Leistungen sie in der Schule bringen würden. Das waren ihr Traum und ihr Vorsatz.

Als sie nach drei Jahren nicht schwanger geworden war, machte sie sich selbst Vorwürfe. Sie war lange magersüchtig gewesen und auch in ihrer Zeit als Assistenzärztin hatte sie massive Essstörungen, manchmal schaffte sie ihre Dienste nur mithilfe von Aufputschmitteln. Zum Schlafen brauchte sie dann Schlaftabletten. Eine Medikamentenachterbahn wie bei Medizin- und Pflegepersonal nicht selten.

Simone gab sich deshalb die Schuld an der ausbleibenden Schwangerschaft. Mit zunehmender Sicherheit im Beruf bekam sie ihre Essprobleme besser in den Griff. Sie begann Sport zu treiben und reduzierte die Tabletten. Sie hatten selten Sex, aber auch das schrieb sie sich, ihren Problemen und der Rücksichtnahme ihres Mannes darauf zu.

Die biologische Uhr tickte. In diesem Frühjahr hatte sie sich dann in einer Kinderwunschpraxis in Oldenburg untersuchen lassen. In Bremen kannte jeder jeden und sie wollte keinen Tratsch. Falls sich herausgestellt hätte, dass sie nicht schwanger werden könnte, wollte sie ein Kind adoptieren.

Aber: Organisch und hormonell war bei ihr alles in Ordnung. Die Gynäkologin riet dazu, dass ihr Mann sich untersuchen lassen sollte.

Simone Kaiser war hochgestimmt. Sie würde ein Baby bekommen! Falls das Hindernis bei Sven läge, würde eine künstliche Befruchtung weiterhelfen. Kein Problem, denn das war heute ja fast schon Standard.

»Also, ich wollte noch mal ganz von vorn anfangen mit ihm. Und das wollte ich ihm auf der Olympia sagen. Wir würden eine richtige Familie werden. Sicher wäre er dann auch ruhiger geworden. Er hat nie eine intakte Familie kennengelernt, fast seine gesamte Kindheit hatte er in Heimen verbracht. Sicher wären wir uns dann auch wieder nähergekommen …«

Im Laufe der Erzählung war Simone Kaisers Stimme immer höher und gequetschter, kindlicher geworden. Sie haspelte ihre Argumente herunter, ohne innezuhalten.

Maria rechnete damit, dass sie in Tränen ausbrechen würde. Hatte sie Taschentücher in ihrer Jacke?

Statt die erwartete Trauer zu zeigen, stand Frau Kaiser unvermittelt auf und schloss: »Also, es gab weder für Herrn Voss noch für mich einen Grund, meinen Mann zu ermorden. Ich hoffe, dass Sie nun endlich Ruhe geben. Ich muss jetzt wieder schlafen, ich habe noch für den Rest der Woche Nachtdienst.«

35. Rede, wenn es nötig ist

Zu Hause fütterte sie Pawlow, sah nachdenklich auf ihre geheime Liste am Kühlschrank: 1. T̂RINK ALKOHOL! hatte sie für heute erfüllt, 3. TU DAS UNERWARTETE! konnte sie auch abhaken. Sie legte sich auf das Sofa. Die anderen Punkte waren zu kurz gekommen.

Vielleicht hätte sie unfreundlich zu Simone Kaiser sein sollen, sie mit Kaisers Nebenjob konfrontieren, ihre Heile-Welt-Träume zerschlagen. Ihr Mann war ein Zuhälter gewesen, ein Menschenhändler, ein Erpresser.

Nach all ihren Versuchen war sie noch genau da, wo sie am Anfang gewesen war: Sie wusste zwar, warum Greta sich so sonderbar verhalten hatte, aber ihre Befürchtung, dass sie etwas mit dem Tod von Kaiser zu tun hatte, war dennoch nicht ausgeräumt.

Tobias hatte sich noch immer nicht gemeldet. Offenbar fand auch die Polizei ihn nicht. In der nächsten Woche fingen die Abiprüfungen an und Maria glaubte nicht mehr, dass er dabei sein würde. Inzwischen schloss sie nicht mehr aus, dass er einen Streit mit Kaiser hatte – mit tödlichem Ende. Viel zu viele Gedanken mit *nicht*. Sie rutschte immer tiefer in das alte Misstrauen: Jedem ist alles zuzutrauen, keiner sagt die Wahrheit …

Und Lukas? Scholz hatte nicht gesagt, ob er gesucht wurde. Sein Aufenthaltsort durfte für die Polizei leicht herauszufinden sein. Die Passagierlisten des Tages seines Anrufes konnten doch nicht so umfangreich sein? Falls er denn überhaupt vom Bremer Flughafen aus angerufen hatte.

Was konnte sie jetzt noch tun? Morgen würde sie die Adresse von Patrick herausfinden und ihn hoffentlich erreichen. Bevor Maria über Ennen und Voss grübeln konnte, schlief sie ein.

Kaiser winkt ihr zu. Er lehnt sich weit aus seinem Porsche Cabrio und winkt ihr mit großen schwungvollen Bewegungen, während er auf einer schmalen Allee auf sie zufährt. Zwischen den Bäumen stehen junge Männer, die den Daumen herausstrecken, aber Kaiser hält nicht an. Dann versuchen einige etwa dreizehn bis sechzehnjährige Jungen ihn zu stoppen. Sie stellen sich vor seinen Wagen, aber er fährt einfach durch sie hindurch wie durch einen Nebel, und sie schimpfen und gestikulieren hinter ihm her.

Immer noch winkend ist er fast bei ihr, als sie bemerkt, dass Felix neben ihr steht und dem Auto mit großen Augen staunend und sehnsuchtsvoll entgegensieht.

Sie greift nach Felix und will ihn von der Straße wegziehen, er wehrt sich, dabei reißt sein Arm aus dem Schultergelenk. Maria lässt ihn entsetzt fallen. Eine Aaskrähe kommt und fliegt mit dem Arm über einen breiten dunklen Fluss davon.

Mit lautem »Neeein!« wachte Maria auf. Pawlow hatte eine Pfote auf das Sofa gelegt und stupste sie mit der Schnauze an, sein besorgter Blick holte sie in die Wirklichkeit zurück.

Raus hier! Viel zu lange hatte sie all die Zweifel und Befürchtungen für sich behalten. Nummer sechs der Liste müsste heißen: Rede, wenn es nötig ist.

Es war kurz vor zehn Uhr abends, als sie bei ihrem Freund und Kollegen Karl Hüsing und seiner Frau Ute klingelte. Die kleine Johanna schlief sicher längst. Maria hoffte, dass sie nicht vom Klingeln aufwachen und ein Gespräch verhindern würde.

»Maria? So eine Überraschung! Komm rein!« Ute sah sie genauso besorgt an wie vorhin Pawlow.

»Hallo, es ist spät, sag, wenn's nicht passt, aber …«

»Komm erst mal rein. Karl ist im Wohnzimmer.« Ute ging

voraus, ohne auf Marias Entschuldigungen zu achten. Sie hatte Pawlow kurz an den Halsseiten gezottelt und ihm eine freundliche Begrüßung zugeraunt. Er lief mit Ute ins Haus.

»Hey, Maria, was ist los? Du siehst ja furchtbar aus.« Karl war kein Schmeichler und Maria war es recht, gleich zur Sache zu kommen.

»Es geht um den Tod von Kaiser.«

»Soll ich euch allein lassen?«, fragte Ute.

»Nein, bitte bleib, wenn du magst, ich kann jede vernünftige Meinung gebrauchen.«

Maria plumpste in das tiefe Sofa, nie wieder wollte sie daraus aufstehen.

Bei Wein für Karl und Ute und Wasser für Maria erzählte sie, was sie herausgefunden hatte, vermutete, befürchtete, auch die gefundene Uhr von Greta erwähnte sie, allerdings ließ sie die Beziehung zwischen Greta und Tobias ebenso wie die Schwangerschaft aus.

Karl und Ute blieben eine Weile stumm. Ute machte den Anfang: »Du versuchst die ganze Zeit, alles so zu drehen, dass der Mord – falls es denn einer war – auf Norderney passiert sein muss. Aber der Concierge hat euren Kollegen erkannt und es gibt das Blitzerfoto. Also ist Kaiser erst hier in Bremen zu Tode gekommen. Warum willst du das nicht wahrhaben?«

»Stimmt«, ergänzte Karl. »Kann es sein, dass du dich so sehr bemühst, nachzuweisen, dass Greta oder Tobias Rüter unschuldig sind, dass du die naheliegenden Dinge übersiehst?«

»Und die wären?« Maria fühlte sich durchschaut und antwortete schroffer als nötig, fand das brave Mädchen in ihr.

»Ute hat es ja schon gesagt: Kaiser ist vermutlich selbst zum Segelverein gefahren. Alles andere hätte die Polizei doch durch die Feststellung des Todeszeitpunktes gemerkt. *Sonntagabend bis Montagmorgen* – da war er nicht mehr auf Norderney gewesen.«

»Stimmt«, kam jetzt von Ute. Eigentlich mochte Maria es, dass die beiden sich oft gegenseitig den Rücken stärkten, aber jetzt gerade nervte es. »Dann kann es danach einen Streit mit irgendwem gegeben haben – wenn nicht mit Tobias, dann vielleicht mit diesem Ennen. Wer sagt denn, dass er Kaiser nicht nach Bremen gefolgt ist?«, überlegte Ute weiter.

»Oder diese Pat-und-Patachon-Schläger hinter ihm hergeschickt hat.« Kurt erwärmte sich für die Theorie: »Dieser Zuhältertyp hätte viel zu verlieren, wenn sein Versuch, Minderjährige zu rekrutieren, bekannt geworden wäre.«

»Ja, so hat Lukas sich das auch zusammengereimt.« Maria war bereit, in diese Richtung zu denken. Voss wäre entlastet. Und Ennen war ja auch ihr Wunschtäter. Dann wären die Pläne, Kinder sexuell zu missbrauchen, vereitelt.

»So wie ihr den Kaiser beschrieben habt, hatte er aber auch in Bremen nicht nur Freunde. Vielleicht hat er jemand im Segelverein getroffen, den noch keiner auf dem Schirm hat?«

»Aber, Ute, es wäre doch ein großer Zufall, dass er aus dem Geschäft mit Ennen aussteigen will und gerade dann wird er hier von jemand anderem ermordet«, hielt Maria dagegen.

»Ein Hund kann auch Flöhe und Läuse zugleich haben, das solltest gerade du wissen«, brachte Karl die Vielfalt der Möglichkeiten auf den Punkt. »Wir wissen noch immer zu wenig.«

Obwohl sie nicht weitergekommen waren, fühlte Maria sich getröstet. Reden ist doch manchmal goldener als Schweigen.

Nachdem sie noch über Vegesacker Dorfklatsch gesprochen hatten, machte Maria sich so zuversichtlich wie seit Tagen nicht mehr auf den Heimweg. Sie würde eine Auszeit nehmen und sich eine Weile heraushalten.

36. Trash-Metal

Er kann es nicht. Schon zweimal hatte er die Tabletten in der Hand, um sie seinem Vater ins Glas zu tun. Er hatte herausgefunden, dass die Antidepressiva seiner Mutter bei Überdosierung zum Tod führen können. Unauffällig, was viel zu leicht war bei den Massen von dem Zeugs, hatte er nach und nach eine ausreichende Menge beiseitegeschafft. Sein Vater trinkt abends in letzter Zeit immer mehr. Schon einige Male hatte er ihn völlig weggetreten auf dem Sofa gefunden. In dem Zustand wäre es leicht, ihm noch ein Glas Rotwein mit den Pillen einzuflößen, hatte er gedacht.

Technisch ist es das auch. Aber er kann es nicht. Beim ersten Mal klappte er schon beim Auflösen der Tabletten zusammen. Heulte und zitterte. Sein Vater hatte eben doch recht: Er ist eine rückgratlose Memme. Ein Versager.

Beim zweiten Mal kam er ein Stück weiter. Er stand mit dem Glas in der Hand vor seinem Vater, der schnarchend und röchelnd auf dem Sofa hing. Der Fernseher lief und ein Krimi knallte durchs Wohnzimmer. Er führte das Glas an seinen Mund und der Vater trank einen Schluck. Er öffnete die Augen und sah ihn an. »Tobias, danke«, nuschelte er. Da riss er seinem Vater das Glas weg und kippte den Inhalt in die Spüle.

Jetzt sitzt er im Auto und brüllt gegen Alien Weaponry an. Es hilft ein bisschen. Aber er muss sich etwas anderes einfallen lassen.

37. Krabben, Krähen und komplexe Flüssigkeiten

Mit einem zufriedenen Seufzer lehnte Maria sich zurück. Sie hatte ihre Fotos auf den Computer gezogen, die gelungensten Tierbilder sortiert und einige bearbeitet.

Aus den Osterferienbildern hatte sie ein Steinschmätzer-Männchen (*Oenanthe oenanthe*) vergrößert, das auf einem Felsblock saß und kurz vor dem Abflug genau in die Kamera blickte. Seine markante Maske war gut zu sehen. Die Beine waren schon gebeugt, der Hals weit vorgestreckt und die Flügel öffneten sich gerade. Einen Augenblick später wäre er weg gewesen. Ebenso der Rotfuchs, der unscharf über eine Wiese schnürte und gerade deswegen so lebendig wirkte. Sie erinnerte sich an den Blick, den er ihr und Pawlow zugeworfen hatte, als der Auslöser schnurrte. Pure Neugier, keine Angst. Das war bestimmt ein junges Tier gewesen, das noch keine schlechten Erfahrungen gemacht hatte.

Es folgten noch zwei Eichhörnchen, diverse Tauben, ein Graureiher mit einem Fisch im Schnabel und jetzt die Strandkrabbe. Maria holte die olivgrün-bläulich schimmernde Farbe des Panzers optimal heraus und freute sich über den klaren vorderen Rand mit den feinen Zacken. Sogar ein paar der Haare auf den letzten Beinpaaren waren gestochen scharf. Die lateinische Bezeichnung (*Carcinus maenas*) musste sie nachschlagen. Krebstiere waren nicht ihre Stärke.

Nach stundenlanger konzentrierter Arbeit schloss sie den Ordner *Ostern*.

Blieben noch die Bilder vom ersten Schultag nach den Ferien, die sie in dem Kaiserwirbel vergessen hatte. Der missglückte Versuch, die Bisamratte zu fotografieren und das treibende Schilfbündel mit den Aaskrähen.

Sie vergrößerte das Schilffloß. Da war der rote Fleck, der ihr damals aufgefallen war und Fantasien eines winkenden Armes bei ihr ausgelöst hatte. Sie fröstelte. Was, wenn dieses rote Etwas tatsächlich ein Arm war?

Weiter herangezoomt verschwamm der Fleck etwas. Es konnte aber durchaus ein menschlicher Arm sein. Rot mit beigem Rand.

Sie hatte etwas über Kaisers Kleidung gehört. Aber wann? Von wem? Und vor allem: was?

War es eine rote Segeljacke? Rote Jacke und blaue Pudelmütze, so war es doch? Sie hatte sich gewundert über das winterliche Outfit. Das hieß, dass dieser rote Fleck Kaiser sein konnte. Kaiser, der tot die Lesum heruntertrudelte und ihr zuwinkte! Quatsch, solche Zufälle gab es nicht. Andererseits, was war daran Zufall? Sie fuhr jeden Morgen diese Strecke, sie hatte die Lesum schon zu allen Tages- und Jahreszeiten bei jedem Licht und in den unterschiedlichsten Stimmungen fotografiert ...

»Mal angenommen, das wäre wirklich Kaisers Leiche«, führte sie diesen Gedanken am Telefon aus, »dann kann er nicht am Abend zuvor ins Wasser geworfen, gestoßen oder was-auch-immer worden sein. Um 21.03 Uhr war Niedrigwasser, hab ich nachgeschlagen. Das heißt, die Leiche wäre fast sechs Stunden flussaufwärts getrieben, dann kann sie nicht morgens um sieben Uhr, also drei bis vier Stunden nach Hochwasser, auf der Höhe des Brommy-Denkmals gewesen sein, wo ich sie fotografiert habe.«

»Vielleicht hatte sich die Leiche irgendwo verfangen?« Karl versuchte offenbar, sich das Szenario vorzustellen.

»Es gibt beim Segel- und Paddelverein keinen Bewuchs am

Ufer. Das sind mindestens hundert Meter, die mit Steinen befestigt sind. Höchstens die Bootsanleger, aber die sind ein Stück weiter flussaufwärts, wo Kaiser dann später ja auch gefunden wurde.« Maria sah die Lesum und die Steganlage genau vor sich. »Aber sag' mal, Karl, sinken Leichen nicht zunächst in die Tiefe und kommen erst später wieder an die Oberfläche, wenn sich genügend Gase gebildet haben?«

»Normalerweise schon, aber wenn Kaiser eine Segeljacke anhatte, könnte diese die Luft gespeichert und den Körper lange oben gehalten haben.«

»Hmm, möglich. Kannst du einschätzen, wie schnell ein solches Objekt treibt? Gehört so was zum Physikstudium?«

»Ha, ich habe sogar meine Examensarbeit zum Thema Strömungsdynamik einfacher und komplexer Flüssigkeiten geschrieben.«

»Dann bist du genau der Mann, den ich brauche. – Und?«

»Also, da benötigen wir erst mal den Transportkoeffizienten, damit wir mit der Lagrange-Euler-Darstellung die Komponenten des Terms berechnen können.«

»Hä? Auf welchem Bahnhof bin ich da gelandet?«

»Ist nur Spaß. Das ist alles reine Theorie und die Lesum ist ein echter Fluss mit so vielen Unwägbarkeiten, da kann ich nix Sicheres sagen.«

»Also müsste man es ausprobieren?«

»Klar, du kannst ein gleich großes und schweres Objekt in die Lesum werfen und gucken. Mir würde da der eine oder andere Kollege einfallen … Aber weißt du exakt, wie stark die Tide war? Weißt du, an welcher Stelle du beginnen musst? Vielleicht wurde er von einem Boot aus ins Wasser geworfen? In der Flussmitte sind die Strömungsverhältnisse natürlich ganz anders als am Ufer. Das ist alles zu unklar. Du kannst, glaube ich, nur mit einem Tidenkalender die ungefähren Daten und Möglichkeiten abschätzen.«

38. Tidenlogik

Also versuchte Maria sich in Tidenlogik: Wenn das auf dem Foto Kaiser war, konnte er nicht beim Segelverein im Wasser gelandet sein, folgerte sie aus dem Tidenkalender.

Die Leiche konnte aber zum Beispiel zwischen vier und fünf Uhr morgens lesumaufwärts ins Wasser geworfen worden sein. Vielleicht hatte der Mörder gehofft, dass sich die Leiche in dem dort dichten Schilf verfing und nicht gefunden würde. Wahrscheinlich wäre der Körper eine Weile in Ästen und Schilf hängen geblieben. Die einsetzende Ebbe hätte ihn dann mitgezogen. Dann wäre die Leiche passend gegen sieben Uhr am Anfang von Knoops Park gewesen, konnte fotografiert werden und trieb weiter bis vor das Sperrwerk. Um neun ging es mit der Flut wieder aufwärts bis zu den ersten Bootsanlegern, wo sie sich erneut verhakt hätte und später entdeckt wurde.

Das aber bedeutete, dass Kaiser schon im Wasser gewesen war, bevor sein Auto auf dem Parkplatz des Segelvereins abgestellt wurde.

Dann konnte er es nicht selbst gefahren haben. Und es war immer noch seltsam, dass er sich so anders verhalten hatte bei seiner Abreise.

Hatten sich die Pathologen bei der Bestimmung des Todeszeitpunktes geirrt?

Maria schüttelte den Kopf. Das konnte doch nicht sein!

Aber war das nicht meistens so? Wie oft hatte sie Fassaden

für die Wirklichkeit gehalten. Hatte daran geglaubt, dass andere Familien so heil und harmonisch waren, wie sie wirkten. Bis die Scheidung, der Selbstmordversuch, der Zusammenbruch oder die Ausbrüche der Kinder die Realität sichtbar machten.

Maria rief sich das Gespräch mit dem Pförtner auf Norderney in Erinnerung: Kaiser – oder die Person, die er für Kaiser gehalten hatte – war freundlicher gewesen als sonst, hatte gehupt und gewinkt. Falls es nicht Kaiser gewesen war, hatte es möglicherweise jemand gewollt, dass man ihn sieht und sich an die Abfahrt des Wagens erinnert.

Maria dachte an ihre Autofahrt nach Norddeich, an die beiden jungen Männer, die genau gewusst hatten, wo geblitzt wurde.

Kaiser war die Strecke von Bremen nach Norddeich-Mole unzählige Male gefahren. Wahrscheinlich kannte er die Blitzstellen ebenfalls und wäre vom Gas gegangen. Auch hier konnte jemand, der sich ebenfalls gut auskannte, die Absicht gehabt haben, Kaisers scheinbaren Weg zu dokumentieren.

Dann musste nur noch das Auto für ein paar Stunden versteckt und morgens vor dem Segelverein abgestellt werden. Das Risiko, gesehen zu werden, war gering, und wenn, dann schloss ein eventueller Beobachter wegen des Porsches auf Kaiser. »Das passt alles«, sagte Maria zu Pawlow, der sie gelangweilt ansah. Sie hatte viel zu lange die Bilder am Computer bearbeitet und dann nur vor sich hin gegrübelt. Das war nicht nach seinem Geschmack. Er wollte endlich raus.

»Hast ja recht. Los geht's. Ich muss mir den Kopf freipusten lassen.«

Bis zum Lesum-Sperrwerk kämpfte Maria damit, einen Rhythmus zu finden, der Körper und Kopf gleichermaßen gefiel. Dann konnte sie loslassen und laufend denken, ohne sich in immer gleichen alten Bahnen und Mustern zu verfangen.

Wovon wollte sie ausgehen?

Mal angenommen, es war nicht Kaiser, der am Sonntagmorgen von Norderney nach Bremen gefahren war. Wer konnte an seinen Autoschlüssel kommen? Seine Frau hatte möglicherweise ein Zweitexemplar, aber ebenso konnte der Mörder den Schlüssel nach der Tat von Kaiser genommen haben.

Konnte es sein, dass Kaiser schon früher nach Bremen gereist war? Ohne sein Auto? Und dann wurde er ermordet und sein Aufenthalt auf Norderney nur vorgetäuscht. Wer hatte ihn zuletzt lebend gesehen? Simone Kaiser am Samstag, an ihrem Geburtstag, als sie ihm von ihrem Wunsch nach einem Neuanfang erzählt hatte. Wenn das stimmte.

Wie war er nach Bremen gekommen? Mit jemandem, der ihn dann dort ins Wasser warf? Warum dieser Umstand? Wäre es nicht einfacher und ungefährlicher gewesen, ihn in die Nordsee zu werfen?

Nein, dann fiele der Verdacht sofort auf alle, die auf Norderney waren.

»Das Foto muss zur Polizei! Unbedingt. Vielleicht können die es so vergrößern, dass man Genaueres erkennen kann.« Pawlow wedelte im Laufen zustimmend. Vielleicht würde das etwas bringen. Ihr schienen die Ermittlungen noch immer zu langsam voran und in die falsche Richtung zu gehen. Sie hörte nichts Neues und in der Zeitung war Kaisers Tod sowieso kein Thema mehr.

Die Ungenauigkeit des Todeszeitpunktes würde sie auch klären – wozu gab es Internet. Bestimmt stand das drin. Und mit Patrick wollte sie auch endlich sprechen. Seine Nummer war nicht mehr aktuell, sie würde es bei den Eltern versuchen.

Danach müsste sie ein Versprechen einlösen und über mindestens zwei Schatten springen.

39. ... baldbaldbald – oder: Links ohne Schuh

»Paaaloooooo!« Der Ruf schallte über die Kopfsteinpflasterstraße. Pawlow war vorausgelaufen, und als Maria ihm durch den Torbogen auf den Hof eines großen Gebäudekomplexes folgte, sah sie, wie sich eine kleine Gestalt im hohen Bogen von einer Schaukel katapultierte, auf Händen und Knien im Sand landete, sich aufrappelte und in der Hofmitte mit Pawlow zusammenprallte.

Felix warf sich über den Rücken des Hundes, der mit dieser Last weitertrabte und sich sanft schüttelte wie ein Rodeostier. Gerade so, dass das Kind sich noch im Fell festhalten konnte.

Maria musste vom Rad absteigen, weil ihr Tränen die Sicht verschleierten. Sie wischte sie schnell weg, als Felix nun auch sie entdeckte: »Meier! Palo und Meier! Mama, komm schnell gucken! Meier und Palo sind da!«, schrie er, während er, jetzt wieder auf eigenen Füßen, auf Maria zustürmte. Pawlow hüpfte an seiner Seite wie ein Wildkaninchen im Spiel.

Maria ging in die Knie, um dem Ansturm standzuhalten und schloss Felix in die Arme. Er hatte sich in dem halben Jahr so verändert, dass sie es kaum fassen konnte. Das Kleinkindhafte war weg. Felix war in die Höhe geschossen und sah drahtig aus. Diese ganze Metamorphose hatte sie verpasst. Sie musste den nächsten Tränenaufstieg hinunterschlucken.

»Endlich seid ihr daaa! Ich warte schon soo lange. Soll ich dir unsere Kühe zeigen, Pam und Ela, so hat Alex sie genannt, ist 'n Witz, sagt er. Oder erst mein Zimmer? Nein, erst die Babykätzchen! Neun Stück! Die sehen noch ganz hässlich aus, aber bald sind sie süß, bestimmt.« Sehr kurze Atempause. »Hast du Darwin mitgebracht? Willst du vielleicht ein Kätzchen? Dann ist Darwin nicht mehr allein ...« Maria badete in dem Schwall von Fragen und Erklärungen. Erleichterung durchflutete ihren Körper, ihr Bauch pochte und glühte, der Innenhof drehte sich um sie herum. Erst jetzt merkte sie, wie sehr sie sich vor dieser Begegnung gefürchtet hatte. Davor, dass Felix sie gar nicht wiedererkennen würde. Oder, dass sie ihm fremd geworden wäre. Aber das hier war über jede Angst und jeden Zweifel erhaben.

»Los komm, wir gehen rein. Mama hat einen Rotkäppchenkuchen gebacken, extra nur für uns, nicht für den Hofladen. Das ist einer von meinen drei Lieblingskuchen. Ich wollte alle drei, aber Mama hat gesagt, das geht nicht. Kommst du?«

»Gleich.« Maria musste sich noch eine Galgenfrist vor der Begegnung mit Lisa verschaffen. Sie hielt Felix an den Schultern auf Armeslänge von sich. »Du bist groß geworden.«

»Jepp. Ich weiß.«

»Und du hast einen Rock an.«

»Jepp. Weiß ich auch. Komm endlich.«

Felix zog Maria hinter sich her.

»Warte, mein Rad.« Maria schob das achtlos an die Mauer gelehnte Fahrrad an die Seite, schloss es ab. Überprüfte, ob das Schloss auch hielt. Atmete. Zog sich die Jackenärmel herunter. Sah zum Haus. In der Tür stand ein Mann und im Fenster konnte sie Lisa erahnen. Sie schürfte nach Mutresten unter der Angst.

»Alex! Kuck, das ist Palo, also eigentlich heißt er Pawlow. Er ist der klügste Hund der Welt! Und da, die Schnecke da, das ist Meier, eigentlich heißt sie ja Ma-ri-a, aber Meier ist viel besser und Mama sagt auch immer Meier. Stimmt's Mama?! Mamaaaa, wo bleibst du? Sie sind dahaaaa!«

Kopf hoch, Brust raus und los: »Hallo, ja, ich bin Maria, ich hab mit Lisa zusammengewohnt in Vegesack …«

»Weiß ich doch. Felix redet seit Tagen von nichts anderem. Ich bin Alex.«

Hinter Alex tauchte Lisa auf. Einen Moment lang sah es aus, als wollte sie sich hinter ihm verstecken und Maria von dort aus die Hand reichen, aber dann schob sie ihn mit einer innig vertrauten Geste beiseite und nahm Maria kurz in den Arm.

»Schön, dass du da bist. Felix ist ganz aus dem Häuschen, seit er wusste, dass du kommst. Er hat euch vermisst.«

Du nicht?, lag Maria auf der Zunge, aber eine solche Frage war ausgeschlossen. *Wieso denn?*, zischte ihr die Kriegerin ins Ohr.

Lisa war wieder zurückgetreten und schmiegte sich an Alex, der seinen Arm um sie legte.

Klare Signale. Klare Verhältnisse. Das musste auch die Kriegerin einsehen. Maria spürte gleichzeitig Eifersucht und Erleichterung.

»Komm rein.« Alex trat ein Stück beiseite und machte mit dieser kleinen Geste deutlich, dass sie ins Haus durfte, aber nicht an ihm vorbeikäme.

Schon gut, ich hab verstanden.

Pawlow war mit Lisa in die Küche gegangen und hatte es sich bequem gemacht. Der Weg bis hierher, kurz vor Oldenburg, war weit gewesen und Maria hatte keine Ruhe für Pausen gehabt. Allerdings war sie langsam gefahren, je näher, desto zögerlicher, sodass sie für die knapp vierzig Kilometer fast vier Stunden gebraucht hatten. Unter Lisas Tisch schien Pawlow sich sofort wohlzufühlen, er rollte sich zusammen und schnaufte zufrieden.

Lisa richtete es so ein, dass sie nie mit Maria allein war. Alex zeigte Maria die Backstube. Sie verstand sofort, dass diese gut ausgestattete Bäckerei einen Traum von Lisa erfüllte.

Im Stall misteten zwei Mitbewohner des Hofes gerade aus.

Felix flitzte hin und her und erzählte allen von Pawlow und Darwin und den Hühnern und Maria und sich selbst, als er in St. Magnus gewohnt hatte.

Bald nach dem Kuchen, mit Kaffee und ohne Gelegenheit für einen Austausch unter vier Augen mit Lisa war es Zeit für Maria, sich auf den Heimweg zu machen. Zurück wollte sie ein Stück mit dem Zug fahren, um nicht erst in der Nacht zu Hause zu sein.

Der Abschied von Felix war schwer und sie musste ihm versprechen, sich die jungen Katzen noch einmal anzusehen, sobald sie die Augen auf hätten. Sie würde bestimmt eine haben wollen, hatte Felix beschlossen. Und Lisa musste Felix zusagen, dass sie Maria baldbaldbald besuchen würden …

Maria sah sich um: Der schwarze Mercedes fuhr noch immer hinter ihr. Er folgte ihr, seit sie am Bahnhof Lesum ausgestiegen war, und nun auf der Lesmonastraße durch Knoops Park rückte er näher heran. Die getönten Scheiben ließen nicht erkennen, wer hinterm Steuer saß und ob der Fahrer oder die Fahrerin telefonierte oder sonst wie abgelenkt war. Irgendwie so würde sich die Schleichfahrt erklären lassen, beschwichtigte sie sich selbst.

Vor den Ereignissen der letzten Wochen hätte sie angehalten, um zu sehen, ob der Wagen auch stehen bliebe. – Warum also nicht auch jetzt?

Maria stieg vom Rad und trat dicht an den Straßenrand. Pawlow war im Park mit der Suche nach nachtaktiven Mäusen beschäftigt. Der Mercedes wurde tatsächlich noch langsamer und hielt ein paar Meter von ihr entfernt an. Sollte sie hingehen? Oder doch weiterfahren? Vielleicht durch den Park, wo das Auto nicht folgen konnte? *Feigling*, schalt sie sich. Sie sah sich um, ob im Gebüsch neben dem Radweg ein Stock lag, um wenigstens wehrhaft auszusehen. Nichts. Sie machte einen Schritt auf das Auto zu. Plötzlich flammte das Fernlicht auf. Geblendet schloss sie die Augen. Der Motor heulte auf, die Reifen jaulten.

Maria flog in das Gebüsch.

War sie gesprungen oder hatte der Wagen sie erwischt? Sie wusste es nicht. Sie erwartete, dass gleich ein großer Schmerz kommen würde. Es roch nach verkohltem Gummi und feuchter Erde. Alles war still. Widerstrebend öffnete sie die Augen. Die Angst vor dem, was sie sehen könnte – ihr Blut oder einen Angreifer –, lähmte ihre Willenskraft.

Los jetzt! Steh auf!, forderte die Kriegerin mit scharfer Stimme. Wenigstens die war noch da. Die anderen aus ihrem inneren Team kauerten vermutlich feige hinterm nächsten Baum? Dieser Gedanke gab den Anstoß: Sie sah sich um. Kein Angreifer. Auch kein Auto. Im Licht der Straßenlaterne blickte sie vorsichtig an sich hinunter: Beine so weit okay, kein Blut, nichts seltsam verdreht. Sie bewegte vorsichtig die Füße. Rechts funktionierte, links fehlte der Schuh, aber der Fuß winkte ihr freundlich zu. Ein guter Anfang. Ihre Hände waren schwarz vom feuchten Boden, aber unverletzt. Den Rest sortierte sie mühsam in eine aufrechtere Haltung, dann in den Vierfüßlerstand und schließlich quälte sie sich etwas wacklig auf die Beine. Ihren linken Schuh fand sie ein paar Meter weiter.

Endlich kam auch Pawlow. Er brachte ihr stolz seine Jagdbeute und warf ein Mäusejunges, noch fast ohne Fell und nicht größer als ihr kleiner Finger, vor ihr in die Luft. Es fiel auf den Radweg, zwischen die Speichen ihres verbeulten Vorderrades. Panisch versuchte es unter dem Reifen Schutz zu finden. Ein Bein schleifte es mühselig hinterher.

Maria rutschte schlaff wieder auf den Boden. Dort beweinte sie die Maus, ihr Rad und den ganzen Kaiserscheiß. Pawlow sah zwischen der Maus und ihr hin und her und entschied sich, Maria erst mal die Tränen vom Gesicht zu schlecken. Die Maus behielt er fest im Blick.

Da war nichts mehr zu retten. Maria stand auf, hob ihr Rad an, die Maus war ohne Deckung. Pawlow verstand, dass Maria keinen Appetit hatte, und gönnte sich den kleinen Snack.

Das Vorderrad quietschte und knatschte beim Schieben wie

ein Siebenschläfer, der zu früh geweckt wurde, aber Maria hörte bei jeder Umdrehung das Fiepen des Mäusejungen heraus.

Sie hatte sich das Kennzeichen des Wagens gemerkt: HB-HR-66. Ein Kennzeichen aus Bremen-Nord.

Nichts passte zueinander. Irgendetwas übersah sie die ganze Zeit.

40. Panzer

Jetzt wird sie sofort zur Polizei gehen. Muss sie doch. Er hat ihr genug Zeit gelassen, um das Nummernschild zu erkennen. Es ist ganz anders gelaufen, als geplant. Eigentlich wollte er nur vor ihrem Haus stehen, hupen, das Fernlicht aufblenden, den Motor heulen lassen – bis sie herauskäme. Und dann weg, so, dass sie nur noch das Kennzeichen erkennen würde. Aber dann hat er sie zufällig vom Bahnhof kommen sehen und musste improvisieren. Es war echt hart, auf sie zuzufahren. Ob sie sich bei ihrem Sprung verletzt hat? Egal. Diese Aktion wird den Alten reinreißen. Unfall mit Personenschaden unter Alkoholeinfluss und Fahrerflucht. Der Alte hat kein Alibi für die Zeit. Der hat wieder mal mit seiner Bierflasche auf dem Sofa gelegen. Hatte nicht gemerkt, wie er sich ins Haus geschlichen und den Autoschlüssel vom Haken genommen hat. Lidia schlief schon und Mutter – na ja ...

Jetzt muss er nur noch den Schlüssel unbemerkt wieder zurückbringen. Komisches Gefühl, so im Haus herumzugehen und unsichtbar zu sein. Wie ein Gespenst. Er könnte auch tot sein. Wahrscheinlich würde ihn sowieso niemand vermissen.

41. Kriegsbeil mit Nadelstreifen

»Anwaltssozietät Siever Rückert Siever und Partner – ich verbinde mit Herrn Doktor Siever.« In der Leitung knackte es und Klaviermusik erklang.

Maria runzelte die Stirn. Eine Anwaltssozietät? Was hatte sie damit zu tun? Die Namen hatte sie noch nie gehört. Die Warteschleifenmusik wurde bestimmt als zeitlos, stilvoll und elegant verkauft, besser als das geschundene *Für Elise*, aber dennoch blieb es eine unverschämte Zeitfresserei. Gerade als Maria den unbekannten und ungebetenen Anrufer wegdrücken wollte, meldete sich eine warme, melodische Männerstimme: »Frau Brehm, wie schön, Sie erreicht zu haben. Wir haben schon gestern versucht, mit Ihnen zu sprechen, da waren Sie wohl im Sportunterricht, sagte man uns in Ihrer Schule. Sehr auskunftsfreudig Ihre Schulsekretärin, wirklich nett.«

»Wer ist denn da überhaupt? Und worum geht es?«

»Anwaltssozietät Siever Rückert Siever und Partner, Doktor Cornelius Siever am Apparat. Wir vertreten die Interessen unseres Mandanten Herrn Ennen. Sie haben in einem Telefongespräch gewisse Anschuldigungen angedeutet, die sicher auf Missverständnissen beruhen, die wollen wir gern aus der Welt schaffen.« Maria war sprachlos. Das störte ihren Anrufer aber nicht. »Ich habe gesehen, Sie haben ja so eine kleine Fortbildung in Mediation gemacht, ich finde es, nebenbei bemerkt, sehr schön, wenn sich juristische Laien mit der anspruchsvollen Rechtsmaterie der

Schlichtung befassen. Es ist doch immer gut, wenn man auf eine gewisse Grundlage hoffen kann, nicht wahr?

»Also, das ...«

»Nun, dann muss ich Ihnen als ... Mediatorin sicher nicht erklären, dass wir uns, *falls* Sie diese Andeutungen und Einfälle über meinen Mandanten auch gegenüber Dritten äußern sollten, ganz schnell im Bereich der Paragrafen 186 und 187 des Strafgesetzbuches bewegen! Aber das wollen wir für den Moment einmal außen vor lassen. Viel lieber möchten wir Ihnen doch die Gelegenheit geben, Ihre etwas ... voreiligen Schlüsse einmal zu überdenken, bevor Sie sich da in etwas verrennen.«

»Ich –«

»Und, bis zu zwei Jahren Gefängnisstrafe, nur weil sie in falsch verstandener Fürsorge das rechte Maß verlieren, damit wäre wahrlich weder Ihren Schülern noch Ihnen selbst oder auch Ihrem netten kleinen Bauernhof in Sankt Magnus gedient. Verstehen Sie?«

»Wovon reden Sie da?!« Maria war jetzt alarmiert. Was wusste dieser Anwalt über ihre Ausbildung, ihre Lebensumstände und sogar die Gründe für ihre Nachforschungen?

»Dann hole ich Sie mal ganz vorn ab, liebe Frau Brehm: Das Deutsche Strafgesetzbuch weist darauf hin, dass das Behaupten und Verbreiten hinsichtlich ehrenrühriger, sprich vermeintlicher Tatsachen gegenüber Dritten unter Strafe steht. Der Paragraf 186 stellt die üble Nachrede und 187 die Verleumdung unter Strafandrohung. Sie haben einen Zusammenhang zwischen meinem Mandanten und dem Tod von Herrn Kaiser behauptet. Darüber hinaus haben Sie sich über die Gäste in der Surflounge diskriminierend geäußert und sogar Missbrauchshandlungen unterstellt.«

»Aber ...« Sie musste schlucken. War sie wirklich so weit übers Ziel hinausgeschossen? Aber Lukas hatte ihr doch ganz klar ...

»Sie müssen sich gar keine Sorgen machen. Ich meine es gut mit Ihnen. Ich habe ja so viel Gutes über Ihr Engagement für die

Schüler und auch für Ihre Kollegen gehört. Da möchte ich Ihnen Ärger ersparen – also mal einen Schritt zurück: Sie und ich, wir sind uns doch sicher einig, dass es gut ist, dass der Paragraf 175 des Strafgesetzbuches 1994 gestrichen wurde.«

»Selbstverständlich.«

»Sehen Sie, das ist doch vernünftig, Frau Brehm. Die Zeiten, in denen Homosexualität strafbar war, sind zum Glück lange vorbei. Nur ist das anscheinend bei einigen immer noch nicht ganz angekommen. Sie als Vertrauenslehrerin wissen doch sicher, wie schwer es sein kann, sich gegen Diskriminierungen zu behaupten. Da ist es kein Wunder, wenn sich viele junge Männer nicht trauen, offen zu ihren Neigungen zu stehen.«

»Ja …«

»Zum Glück gibt es engagierte Menschen wie unseren Herrn Ennen, der diesen Männern mit seiner Lounge einen toleranten, sicheren Ort bietet. Eine Zuflucht, in der sie sich keine Sorgen über Diskriminierung machen müssen. Ja, wenn er sogar irgendwie dabei helfen kann, dass Homosexuelle in diesem Rahmen schöne Bekanntschaften knüpfen können, ist das doch sehr lobenswert.«

»Also, so kann man das …« Maria suchte nach Worten. Es hörte sich so an, als spräche dieser Anwalt über ein Vogelschutzgebiet. Über komische Vögel, denen jemand ein kleines Stückchen Watt zugesteht, in dem sie weitab von der *normalen* Welt herumstaksen können.

»… auch sehen, genau. Na also, Frau Brehm, da sind wir doch ganz d'accord. Nur wäre es doch wirklich tragisch, wenn irgendeine, mit Verlaub, eher unsensible Schnüffelei bei diesen Menschen wieder zu Scham und Verunsicherung führt …«

»Ich …«

»… oder gar dazu, dass sich Schüler von dieser Indiskretion so in die Ecke gedrängt fühlen, dass sie sich irgendwelche absurden Anschuldigungen gegen meinen Mandanten ausdenken. Das haben sie doch sicherlich auch nicht gewollt.«

»Ähh …«

»Sehr schön. Dann bleibt mir nur der Vollständigkeit halber und um der Form Genüge zu tun, der Hinweis darauf, dass Sie zukünftig jede Behauptung und Verbreitung von Anschuldigungen ohne Wahrheitsbeweis zu unterlassen haben. Damit wir alle Rechtssicherheit haben, habe ich dieses Gespräch aufgezeichnet. Das ist natürlich ganz in Ihrem Sinne und ich lasse Ihnen gern eine Kopie zukommen. Schön, dass wir das so harmonisch klären konnten. Man merkt eben, wenn man es mit einer qualifizierten Mediatorin zu tun hat. Ah, es kommt gerade ein Anruf herein, eine wichtige Telko mit Dubai. Auf Wiederhören, Frau Brehm.«

42. Beichte und Birke

»Haben Sie eine Vorladung?«, fragte die eine Uniformierte mit einem misstrauischen Blick auf Maria. Hätte sie sich doch etwas seriöser anziehen sollen? Sie war mit dem Rad zum Polizeipräsidium gefahren und weil es wieder einmal regnete, stand sie in ihr großes gelbes Regencape gehüllt, mit tropfendem lila Regenhut und rotgeringelten Gummistiefeln vor der Scheibe aus Panzerglas.

»Nein, ich möchte zu Frau Grothus.«

»Schriftliche Einladung?« Eine fordernde Geste hin zu einer schmalen Luke in der Scheibe.

»Hab ich nicht. Ich muss mit ihr sprechen. Sie kennt mich.«

Vier Augen musterten sie von oben bis unten. Zu Marias Füßen breitete sich eine Pfütze aus. Ihr war kalt und sie ärgerte sich, dass sie sich nicht telefonisch angemeldet hatte. Was, wenn Grothus gar nicht da war? Sicher hatte sie keine festen Arbeitszeiten, konnte ja gar nicht sein. Die Musterung war nicht günstig ausgefallen. Beide Frauen sahen sich an und schüttelten leicht den Kopf. Sie schalteten die Gegensprechanlage aus und besprachen sich. Maria überlegte, ob sie das Cape abstreifen sollte. Möglicherweise vermuteten die beiden schwere Waffen darunter? Die Ältere nickte schließlich sparsam und schaltete das Mikro wieder ein. Knack.

»Name?«

»Grothus, Kommissarin Grothus.«

»*Ihr* Name?«

»Maria Brehm. Ich will eine Aussage machen zu einem Mordfall.« Tatsächlich flammte nun so etwas wie vages Interesse auf den Gesichtern auf. Die Anlage knackte wieder. Lagebesprechung. Die Ältere griff zum Telefon, sprach kurz mit jemandem, legte auf. Knack. »Warten Sie hier.« Knack.

Maria verfolgte die Zeiger der Uhr hinter den Frauen.

»Ah, Frau Brehm, was verschafft uns das Vergnügen?« Hinter Maria stand Scholz. »Sagen Sie jetzt nicht, dass Sie schon wieder von irgendeinem Bösewicht bedroht werden. Oder wollen Sie ausnahmsweise mal etwas zur Wahrheitsfindung Dienendes sagen?«

Er hatte sie nach langen zwölf Minuten abgeholt und ging nun mit ihr in das Gebäude, in dem die Kripo untergebracht war. Auf den Gängen standen ausrangierte Schreibtische, Regale und überquellende Kartonstapel.

»Sperrmülltag?«

Scholz schnaufte nur und schüttelte unwillig den Kopf. Durch eine offene Tür sah Maria einen abgedeckten Fußboden, eine Leiter und mehrere Farbeimer. Scholz öffnete einen anderen Raum und schob ihr einen Stuhl zu, danach zwängte er sich hinter einen Schreibtisch. Es war klar, dass dieser Raum seit Jahren keine Farbe gesehen hatte und auch die Reinigungskräfte durften es schwer haben. Alles war vollgestopft mit Kisten und Kästen, Tüten, Taschen, Papierstapeln, Aktenordnern … An einer großen Pinnwand hingen nicht wie im Fernsehkrimi Fotos von Leichen, Tatorten und Verdächtigen, sondern verschiedene Autobilder. Auf den zweiten Blick erkannte Maria, dass es fast alles Modellautos waren, gebastelt aus vorgefertigten Holzteilen, aus Plastik, Metall, Legosteinen, Vollholz, sogar ein Streichholzmodell von einem VW-Käfer war dabei. Und Scholz, der sägte, klebte, eine Fernbedienung in der Hand hielt, immer mit einem glückseligen Lächeln, das ihn völlig veränderte. Auf etlichen Fotos war er zusammen mit einer ganzen Kinderschar zu sehen. Alle Kinder immer so fotografiert, dass sie nicht zu erkennen waren.

»Wow, tolle Modellwagen!«, versuchte Maria ihren Draht zu Scholz aufzubessern. »Und sind das alles Ihre Kinder?«

»Was wollen Sie?«

Verflixt, am liebsten würde Maria aufstehen und gehen.

»Ich möchte mit Ihrer Chefin sprechen.« So ein Satz! Aus ihrem Mund! Fast hätte sie über sich geschmunzelt, aber der grimmige Blick ihres Gegenübers hielt sie davon ab. Sie rechnete damit, hinausgeworfen zu werden. Stattdessen rief Scholz mit gekünstelter Fistelstimme über seine Schulter: »Frau Chefin, Besuch für Sie!« Tatsächlich hörte Maria die Rollen eines Schreibtischstuhls und gleich darauf kam Frau Grothus aus dem angrenzenden Zimmer, dessen Tür nur angelehnt gewesen war. Maria hatte sich auf einen Scherz von Scholz eingestellt.

»Frau Brehm, kommen Sie rein.« Grothus schloss hinter Maria die Tür, zeigte auf den Besucherstuhl und setzte sich hinter ihren Schreibtisch.

Schweigen. Lächeln und Eisaugen. Zur Spitze aneinandergelegte Hände. Auf Maria gerichtet. Schweißausbruch bei Maria.

»Ich … äh … ich weiß gar nicht, wo ich anfangen soll. Es ist kompliziert.« Maria druckste und die Hitze stieg ihr ins Gesicht. Sie fühlte sich wie eine delinquente Schülerin vor der strengen Schulleiterin.

Schweigen. Das Lächeln erreichte die Eisfläche und taute sie leicht an. Das musste reichen als Ermutigung. Maria zog das Foto aus der Tasche. Sie hatte es vergrößert und hatte gemeint, dass der Arm zu erkennen war. Jedenfalls bis gerade eben noch. Jetzt sah sie nur verschwommene Flecken, einzig die Krähen stachen klar heraus.

»Erklären Sie mir, was das ist?« Die Kommissarin drehte das Bild zu Maria, in ihrer Stimme war echtes Interesse zu hören, keine Spur von Ironie oder Vorwurf.

»Dieses Foto habe ich am Montagmorgen gemacht. Am ersten Schultag nach den Osterferien …«

Über eine Stunde später ging die Bürotür auf. Scholz warf Grothus einen fragenden Blick zu, sie schüttelte den Kopf. »Einen Moment, wir sind noch nicht fertig.«

Maria hatte ihre Theorie, die auf dem Foto, dem Tidenverlauf und der Kühltruhe beruhte, ausgebreitet. Auch ihre Rolle bei dem Versteckspiel mit dem Auto hatte sie gebeichtet. *Ja, so muss sich eine Beichte anfühlen*, dachte sie überrascht. Es war angenehm gewesen, ihre Gedanken und Taten auszusprechen und sie gewissermaßen in die Hände der anderen zu legen. Befreit. Erleichtert. Nicht mehr zuständig.

»Ich glaube, dass dieser Ennen und Robert Voss es gemeinsam gemacht haben. Vielleicht hat einer Kaiser umgebracht und den anderen dann gezwungen, die Leiche nach Bremen zu bringen, irgendwie erpresst.«

»Schauen Sie sich mal das Blitzfoto an, vielleicht können Sie erkennen, ob es einer von beiden ist?«

Aus einer dicken Akte zog sie eine Klarsichthülle mit dem Bild.

Maria wollte unbedingt Ennen darauf erkennen oder gern auch Kurz oder Lang, dann bliebe ihr die Hoffnung, dass Voss nichts mit dem Mord zu tun hatte und die Reinigungsaktion ein Zufall gewesen wäre, ein verspätetes Geburtstagsgeschenk oder Routine am Ende der Ferien.

Es konnte nicht Ennen sein. Das Gesicht auf dem Beweisstück war viel schmaler. Auch Lang kam nicht infrage, denn der Fahrer war eher mittelgroß. Aber Kurz hätte sich für das Blitzfoto größer und Voss sich kleiner machen können.

Das Gespräch zeigte, dass die Polizei etliche Fäden aufgenommen hatte. Vieles von Marias Vermutungen und Verdächtigungen war nicht neu für Frau Grothus. Maria erfuhr, dass sie ebenfalls unter Verdacht gestanden hatte. Man hatte ihre Radroute recherchiert und in der kleinen Pension in Süßstedt, wo sie die letzten Ferientage verbracht hatte, nachgefragt. Zum Glück waren die Tage völlig verregnet gewesen und sie hatte deshalb fast die ganze Zeit vor dem Kamin gesessen und wie im Wahn die ersten zwei

Bände der Stieg-Larsson-Trilogie gelesen. Bis auf den fehlgeschlagenen Leseversuch im Zug lag der dritte noch unberührt auf ihrem Nachttisch.

Außerdem sagte die Kommissarin ihr, dass Tobias Rüter bei einem Freund in der Stadt aufgegriffen worden sei. Er war für zwei Tage in Untersuchungshaft gewesen, hatte Marias Rolle beim Verstecken des Autos ausgesagt und seinen Vater wegen Missbrauchs an seiner kleinen Schwester angezeigt. Maria verstand den Vertrauensbeweis, ihr dieses unbestätigte Detail anzuvertrauen. Sie war entsetzt, gleichzeitig erklärte der Missbrauch so vieles an Tobias' Verhalten: seine Unbeständigkeit, seine Ausbrüche, seine Bereitschaft, sich mit Kaiser zu arrangieren, aber auch seine Wut. Maria war froh, dass sie ihn nicht im Stich gelassen hatte, und dennoch enttäuscht darüber, dass er sich ihr nicht anvertraut hatte.

Lukas war mit Ryanair nach Kairo geflogen, dort hatte sich seine Spur verloren. Aber Grothus war sich sicher, dass sie ihn finden würden. Nur eine Frage der Zeit. Tatverdächtig war er jedoch sowieso nicht. Kein Motiv und ein nachgeprüftes Alibi.

Die pathologischen Untersuchungen hatten ergeben, dass Kaiser schon eine Weile tot gewesen war, als er ins Wasser geworfen wurde. Die Spezialisten von der Wasserschutzpolizei waren überzeugt, dass er oberhalb des Zusammenflusses von Hamme und Wümme eine Weile an einem Steg, einem Poller oder Ähnlichem festgehangen hatte. Nur ein paar Stunden, andernfalls hätte die Leiche mehr äußere Verletzungen durch das Hin-und-her-Schlagen in der Strömung. In seiner Segeljacke waren die Klettverschlüsse an den Armen und unten straff geschlossen gewesen – nur deshalb war er so weit oben im Strom getrieben. Todesursache waren Einblutungen im Gehirn nach einem starken Schlag mit einem stumpfen Gegenstand. Die Tatwaffe war noch nicht gefunden worden. Trotzdem: Alles passte zusammen. Und dennoch blieb alles unklar, solange nicht das Motiv oder der Täter gefunden waren.

Immerhin: Sie war es nicht gewesen, Greta nicht und Tobias war in der fraglichen Zeit bei seinem Freund mit der Garage gewesen, zusammen mit dessen Familie. Die Kommissarin schien ihm zu glauben. Solange die genaue Tatzeit unklar war und auch die Zeit der Entsorgung ins Wasser, war er zwar noch nicht ganz raus, aber es war sehr unwahrscheinlich, dass er mit Kaisers Tod zu tun hatte. Ihre Sorgenkinder waren entlastet.

»Ach übrigens, ich weiß nicht, ob es mit Kaisers Mord zu tun hat, aber gestern Abend hatte ich das Gefühl, dass mich jemand verfolgt.« Sie beschrieb den Hergang, nannte das Kennzeichen und sagte auch, dass sie sich nicht sicher sei, ob es ein Angriff gewesen war. Aber da war ja auch noch ihr Huhn Hillary …

Sie verließ das Kommissariat wie in Trance. Vieles war sie losgeworden. Zu vieles hatte sie gehört und schleppte es mit. Der Regen hatte aufgehört, die Sonne hatte schon Kraft. Sie fuhr ein Stück die Straße hinunter und setzte sich auf eine Bank in dem kleinen Park neben der Kurfürstenallee.

Vier Wochen waren vergangen seit dem Ferienende. Vier Wochen, die die Natur intensiv genutzt hatte. Die Holunderbüsche grünten, eine Felsenbirne blühte und die meisten Bäume zeigten sich in ihrem leuchtenden Frühlingsblätterschmuck. Maria saugte Farben und Strukturen auf. Das Frühlingserwachen, die Explosion der Blätter, war immer ein Wunder für sie. Überall platzen pralle Knospen auf. Schon jetzt. Klimawandel ließ grüßen.

Maria konnte nicht widerstehen. Sie stand auf und legte ihr Ohr an die Birke neben der Bank: Das aufsteigende Wasser sickerte murmelnd durch die engen Kanäle unter der Rinde. Eine Gänsehaut lief ihr die Arme hinauf, halb vor Ehrfurcht, zur anderen Hälfte aus Angst, dass sie jemand dabei erwischen könnte, wie sie einen Baum umarmte.

Wahrscheinlich hatte sie einfach zu viel über das geheime Leben der Bäume gelesen. Auf jeden Fall: *Neuanfang, überall*, dachte sie und meinte nicht nur die Flora.

43. Nicht wie deine Mutter

Natürlich hatte Grothus sie ermahnt, sich nun völlig herauszuhalten. Die Drohungen gegen Maria hatte sie ernst genommen und sie darauf hingewiesen, dass der Kreis der Verdächtigen schrumpfte. Maria konnte in Gefahr kommen, wenn sie dem Täter zu nah kam. Grothus hatte sehr deutlich gemacht, dass die Bremer Polizei sie nicht schützen konnte.

Das Einzige, was sie noch machen konnte, war, es noch einmal bei Patricks Eltern zu versuchen. Wieder erwischte sie nur den Anrufbeantworter. »Es geht um Patrick, und es ist wirklich sehr, sehr wichtig! Bitte rufen Sie mich zurück oder geben meine Nummer an ihn weiter!« Ohne viel Hoffnung legte sie auf.

Maria konzentrierte sich auf die Schule. Je weniger Zeit bis zu den mündlichen Prüfungen blieb, desto interessanter wurde der Unterricht. Die Schüler kamen manchmal auf Fragen und Sichtweisen, die sie überraschten und es machte Spaß, sich gemeinsam mit dem Kurs auf unbekanntes Terrain einzulassen. *So sollte es die ganzen drei Oberstufenjahre sein*, wünschte sie sich nicht zum ersten Mal.

Tobias Rüter kam am Tag nach dem Gespräch mit Frau Grothus wieder in die Schule. Da er keinen Unterricht bei Maria hatte, konnte er ihr aus dem Weg gehen und tat das auch. Einmal sah sie ihn mit Greta auf dem Flur reden. Sie sahen beide angespannt aus. Zwei defensive Kampfhähne in der Arena. Maria ging rasch weiter und Greta erzählte später nichts darüber.

Karl Hüsing war voll eingespannt, er hatte viele Prüflinge und machte Zusatztermine, sogar Einzelstunden. Er nahm das Abitur immer sehr persönlich.

Die Hoffnung auf einen Neubeginn schwand schnell einem flauen Déjà-vu-Gefühl. Dieser Jahrgang würde verschwinden, neue Schüler kämen und dann wieder und wieder ... Die Kolleginnen und Kollegen hatten kaum Zeit und ihre Freundinnen wollte sie nicht mit ihrem Blues belasten. Maria blieben nur ihre Tiere und Bewegung. Sie joggte und radelte gegen Einsamkeit und Sinnlosigkeit an.

In solchen Zeiten war sie ihrer Mutter näher, als ihr lieb war. Sie verstand, warum sie angefangen hatte zu trinken, nachdem Marias Vater früh gestorben war und die Mutter auf eine andere Station versetzt wurde, auf der sie die Neue war. Dort hatte sie mit aufgebrauchter Kraft versucht, es allen recht zu machen und das Gegenteil erreicht. Den einen war sie zu bemüht, die lästerten und nutzten sie aus. Die anderen sahen eine Konkurrenz in ihr und stichelten. Die meisten machten beides, je nachdem, was ihnen besser passte. Krankenschwester: ein gesundheitsschädlicher Beruf – genau wie Lehrerin.

Stopp, du bist nicht wie deine Mutter! Und es bleibt egoistisch und gemein, dass sie euch Kinder im Stich gelassen hat. Die Kriegerin war zur Stelle.

Ach, das ewige selbstmitleidige Gejammere. Hört das denn nie auf?, konterte der Kritiker. Und er hatte ja recht. Maria warf ihre Gabel auf den Küchentisch und schob den Teller weg. Appetit vergangen.

Jetzt bloß nicht wieder ins Dunkle rutschen, mahnte sie sich. Sie blickte auf ihren Waschzettel am Kühlschrank: 1. TRINK ALKOHOL! – Ganz sicher nicht. 2. SEI UNFREUNDLICH! – Zu wem denn? Vergiss es. Sowieso ein blöder Punkt. Den sollte sie einfach streichen. 3. TU DAS UNERWARTETE! Ja, ausbrechen, nicht mehr vernünftig sein. Da war sogar die Angst um Pawlow auf Norderney besser gewesen als dieses graue Einerlei.

Was würde sie am liebsten Unvernünftiges tun? Sie wusste sofort: Nach Norderney fahren, mit Ro Voss kochen, dabei über *Die Kindheit Jesu* von Coetzee sprechen, das Buch, das sie inzwischen statt Stieg Larsson gelesen hatte. Und über den Hafen auf die Nordsee schauen und …

Unmöglich. Sie hatte nichts von Grothus gehört und sie war noch voller Zweifel, ob Voss bei der Beseitigung der Leiche mitgeholfen oder sogar Kaiser umgebracht hatte.

Solange sie keine Gewissheit hatte, konnte sie nicht an eine – Freundschaft? – Beziehung? – Was denn überhaupt? – denken. Und sowieso war ja völlig offen, was er von ihr …

Stopp, das bringt gar nichts! Diesmal hatte sie sich selbst in Gedanken zurückgepfiffen, Darwin strich ihr beruhigend um die Beine, vielleicht hatte er auch nur Hunger.

Nachdem sie den Katzennapf gefüllt hatte, nahm sie ihre Jacke vom Haken und verließ das Haus. Erst als sie schon ein Stück geradelt und Pawlow in einen gleichmäßigen Trab gefallen war, wurde ihr klar, wohin sie fuhr.

44. Disziplin kontra Whisky

Maria fuhr langsam am Grundstück von Simone Kaiser entlang. Das Haus sah verlassen aus, nirgends brannte Licht, auch die sonst immer beleuchtete Einfahrt war dunkel. Pawlow lief um das Haus herum. Maria stellte das Rad ab, folgte Pawlow und sah, dass jemand auf der Terrasse saß. In der linken Hand eine Zigarette, die rechte auf Pawlows Rücken. Wer konnte das sein? Sie war sicher, dass Simone Kaiser nicht rauchte. Maria hatte eine feine Nase dafür.

»Hallo?! Können Sie mir sagen –« Die Person stand auf. Doch Frau Kaiser.

»Ach, Frau Brehm, schon wieder Sie. Ich dachte, ich wäre Sie los.« Maria merkte, dass die Kaiser sich um eine klare Artikulation bemühte, aber sie klang, wie Marias Mutter an neun von zehn Abenden geklungen hatte. Der Wind trug den Zigarettenqualm und eine Alkoholfahne heran. Abrupt blieb Maria stehen. Sie sah zu Pawlow, der sich jetzt neben Simone Kaiser gesetzt hatte.

»Er mag Sie«, sagte Maria.

»Sagen Sie, was Sie wollen und dann lassen Sie mich in Ruhe.«

Maria setzte sich auf den am weitesten entfernten Stuhl.

Auf dem Terrassentisch standen eine halb leere Flasche Whisky und ein voller Aschenbecher, in dem Frau Kaiser gerade ihre Zigarette ausdrückte.

»Ich wusste gar nicht, dass Sie –«

»Ich rauche nicht. Und ich trinke nicht. Und Tabletten nehme ich schon gar keine mehr. Und überhaupt lebe ich sehr dis-zi-pli-niert.« Sie schraubte die Flasche auf und nahm einen großen Schluck. »Sehr, sehr diszipliniert.« Frau Kaiser sah Maria an, dann in die Weite des Gartens, den Fluss, das Werderland. Das letzte Licht spiegelte sich auf der Lesum und wurde durch die kleinen Wellen zu glitzernden Streifen und Schlängeln gezogen. Leise tönte eine Fahrradklingel zu ihnen herauf, weit entfernt bellte ein Hund, ein anderer antwortete, dann völlige Stille.

»Ich habe die Leiche Ihres Mannes am Montagmorgen von Schilf umgeben die Lesum heruntertreiben sehen.« Maria beobachtete Simone Kaiser. »Es war ein unglaublich schönes Bild, ich habe es fotografiert.«

Keine Reaktion.

»Auf Norderney habe ich herausgefunden, dass Ihr Mann unseren Schülern Jobs als Kellner und käufliche Sexobjekte vermittelt hat.« Seitenblick zu Kaiser. Die blieb regungslos. »Wussten Sie davon?«

Simone Kaiser richtete sich ein wenig auf. Griff fahrig nach der Flasche, die fast umfiel, schaffte es, sie zu packen, und nahm wieder einen großen Schluck.

Maria musste sich zusammenreißen, um nicht aufzuspringen und zu gehen. Ihr Zwerchfell verkrampfte sich, sie schluckte trocken. »Ich glaube, dass Robert Voss Ihren Mann umgebracht hat. Auf Ihrem Boot. Aus Eifersucht und um Sie vor ihm zu schützen.«

Ein erschrockener Blick. Endlich. Weiter.

»Er hat ihn dann mit seinem Boot ans Festland gebracht. Das ist einfach und geht schnell, das wissen Sie. Dann hat er die Leiche nach Bremen geschafft und in die Lesum geworfen.«

Simone Kaiser hatte sich bei den letzten Sätzen zu Maria herumgedreht und hielt sich mit beiden Händen an der Sitzfläche des Gartenstuhls fest. Ihre Fingerknöchel leuchteten weiß in der zunehmenden Dämmerung. »Das reicht«, sagte sie scharf.

»Damit wollte er von sich ablenken und sicher auch von Ihnen. – Die Ehepartner werden immer zuerst verdächtigt.«

Frau Kaiser begann langsam den Kopf zu schütteln. »Gehen Sie.«

»Dann hat er den Fehler gemacht, das Auto nach Bremen zu bringen. Er ist geblitzt worden und auf dem Foto habe ich ihn erkannt.«

Das Kopfschütteln wurde energischer.

»Ihr Mann kennt die Strecke genau, er wäre da langsam gefahren. Außerdem war er zu dem Zeitpunkt schon tot. Man konnte das zuerst nicht feststellen, weil Ro die Leiche in Ihrer Kühltruhe aufbewahrt hatte, deshalb hat er sie sauber gemacht.«

Alles zur Hälfte improvisiert, aber es konnte so geschehen sein. Maria stürzte sich in die nächste Behauptung: »Sie wissen das und Sie decken Robert Voss, obwohl Sie doch mit Ihrem Mann neu anfangen wollten. Ein Kind und so …«

Jetzt versuchte Simone Kaiser aufzustehen. Es gelang ihr nicht. »Hören Sie endlich auf. Robert Voss hat nichts damit zu tun!«

»Sie lieben ihn noch immer. Sie lieben den Mörder Ihres Mannes, Frau Kaiser! Robert Voss hat ihn umgebracht.«

»Nein!« Simone Kaiser hatte es nun doch geschafft aufzustehen. Sie stützte sich auf den Tisch und beugte sich so weit zu Maria herüber, dass ihr von der sauren Ausdünstung übel wurde. Die beiden Frauen sahen sich an, und plötzlich meinte Maria, in den Augen der anderen zu erkennen, was gleich kommen würde. »So war das nicht«, hörte sie die Stimme der Kaiserin wie aus weiter Ferne. »Ich war es. Ich habe meinen Mann umgebracht. Ich wollte das nicht. Es war ein Unfall und dann …«

45. Romantik 2.0

Er lachte sie aus …

Sie hatte sich das Gespräch anders vorgestellt: romantisch mit Kerzen und Wein. Sie hatte Sven angerufen und ihn zu ihrem Geburtstag eingeladen. So weit war es schon mit ihnen, sie musste ihren Mann zu ihrem eigenen Geburtstag einladen. Egal. Sie wollte einen neuen Anfang machen. Er war wortkarg, hatte keine Zeit. Er werde kurz auf die Olympia kommen, wenn es wirklich wichtig sei.

Als er kam, war er fahrig und sah sich nervös um. Blass saß er im Cockpit. Simone schlug einen kleinen Segeltörn vor, der Wind war günstig und die Sonne schien. Außerdem konnte er dann nicht, wie so oft, nach wenigen Sätzen oder beim ersten falschen Wort aufspringen und gehen. Sven war einverstanden, das war ungewöhnlich. Er schien erleichtert, aus dem Hafen herauszukommen und warf seine eben angesteckte Zigarette ins Wasser. Sie hatte ihn seit Jahren nicht mehr rauchen sehen. Natürlich sagte sie nichts dazu. Je länger sie ihn ansah, desto klarer wurde, dass es ihm nicht gut ging. Seine Augen waren rotgerändert und er hatte das Nagelbett seines linken Daumens blutig gepult.

Simone redete sich ein, dass seine Überreiztheit durch ihre Zuversicht gemildert werden würde. Sicher wäre er ebenso froh wie sie, dass eine Familie wieder vorstellbar war und dass sie gewagt hatte, einen Schritt zu machen.

»Wir hatten eine schwierige Zeit, aber ich weiß, dass wir es schaffen können, Sven! Ein Kind wird das Beste in uns wecken. Ich habe mich untersuchen lassen: Ich könnte schwanger werden. Mein Hormonstatus ist normal. Es wäre gut, wenn du dich auch testen lassen würdest. Vielleicht liegt es an den Spermien, sie könnten verlangsamt sein oder so …« Sie hörte selbst, dass ihre Stimme höher klang, kindlich, da sprach nicht die Ärztin, sondern die kleine Simone Winter. Und sie redete immer weiter, von künstlicher Befruchtung, alles gar nicht so schwierig, und wenn es doch nicht klappen sollte, ein Adoptivkind.

Sein Lachen traf sie mitten im Redeschwall.

Zwei, drei Herzschläge lang glaubte Simone, dass er sich freute. Dann hörte sie genauer hin: Es war so feindselig, dass sie verstummte und zurückzuckte. Hämisch, zynisch, ohne einen Funken von Mitgefühl.

Die Jacht machte schnelle Fahrt durch das Wasser, sie näherten sich hoch am Wind der Fahrrinne. Norderney lag sonnenbeschienen hinter ihnen und sie kamen allmählich aus der Abdeckung der Insel heraus, sodass der Wind stärker und auch böiger wurde.

Für einen Moment war sie von dem Gespräch abgelenkt, weil sie eine Wende machen musste, bevor sie der Fähre zu nah kamen.

»Klar zur Wende – Re!«, spulte sie das vertraute Kommando ab. Der Großbaum schlug um, die Automatikfock rauschte über das Vorschiff. Ein perfektes Manöver, bei dem Sven Kaiser sitzen bleiben konnte. Simone beherrschte das Boot allein. Der neue Kurs führte vom Festland weg zwischen den Inseln hindurch auf die Weite der Nordsee zu. Auf einem Raumschotkurs mit fast achterlichem Wind wurde es still an Bord.

»… sowieso nicht.«

»Was? Ich habe dich nicht verstanden.«

»Ich habe gesagt, dass ich keine Kinder will, nie wollte und auch keine Kinder zeugen kann!« Svens Worte kamen von weit weg.

Sie war noch so sehr in ihrem Traum verfangen, dass sie erneut ansetzte: »Das weißt du doch noch gar nicht, wirklich, wir können –«

»Ich hab mich vor Jahren sterilisieren lassen. Also hör auf mit der Spinnerei!«

»Wie? Wann? Aber wir haben doch immer von einem Baby geträumt.«

»Du hast geträumt. Ich nicht. Du warst nur mit dir, mit deiner Sucht und deiner Kindheitsnabelschau beschäftigt. Ständig zugedröhnt. Du hast ja sowieso nichts gemerkt.«

»Und du hast mich glauben lassen, dass es an mir liegt? Dass ich unfähig bin, ein Baby zu bekommen?!«

»Du hast es mir leicht gemacht.«

»Wann?«

»Ist lange her.«

»Wann genau? Sag es mir!«

»Du kamst aus der Kur, hattest zugenommen, fett warst du. Liebling, hast du gesäuselt, mir geht es gut und bald geht es uns bestimmt noch viel besser. Du hast mich angeglubscht, als wärst du schon trächtig.«

»Das ist zwölf Jahre her! Zwölf Jahre, hab ich mir die Schuld gegeben. Mein Kind könnte schon zur Schule gehen, könnte hier mit mir auf dem Boot segeln, könnte Klavier spielen.«

»Hör auf! Mein Kind dies, mein Kind das ... Du hast kein Kind, wirst nie eins haben und das ist gut so!«

»Warum hast du mich geheiratet, wenn du keine Familie wolltest?«

»Na, warum wohl: das Geld, das Haus, eine angehende Ärztin, guter Verdienst, viel weg, das Ansehen ... Du warst das kleinste Übel. Mager und knochig, fast ein Junge. Hast du's noch immer nicht begriffen: Ich mag Männer, je knabenhafter desto besser. Aber als Lehrer ... Ich wollte nicht angeglotzt werden. Eine Frau musste sein.«

Jetzt war er ruhig. Emotionslos. Eisig. Seine Kälte kroch an

Simone hinauf. Ihre Hände umklammerten die Pinne. Alles um sie herum, Wind und Wellen, Kurs und Kompass waren vergessen. Sven stand auf, wendete sich von ihr ab und sah nach vorn.

»Pass auf, die Tonne!«, rief er. Simone riss das Steuer herum, um noch weiter abzufallen und der nur wenige Meter entfernten Untiefentonne auszuweichen. Der Großbaum zischte über das Cockpit. Sven konnte sich nicht mehr rechtzeitig ducken und wurde mit der Wucht eines circa fünfundzwanzig Kilo schweren, mehr als vier Meter langen und rasend schnellen Baseballschlägers an der Schläfe getroffen.

Simone hatte das Boot auf einen ruhigen Kurs gebracht, die Selbststeueranlage eingeschaltet, sich in die Plicht gesetzt und auf Sven herabgesehen, der bewusstlos auf dem Boden gelegen hatte. Aus der Platzwunde an der Schläfe war etwas Blut gesickert. Sie hatte keinen Impuls gespürt, ihm zu helfen. Sie hatte ihn angesehen, ohne eine innere Regung.

46. Unterschätzt?

»Er war für Sie ein vollkommen fremder Mensch?«, fragte Maria, nachdem Simone Kaiser ihre Schilderung abgebrochen hatte und – wahrscheinlich ähnlich wie an jenem Tag – mit leerem Blick zu Boden starrte.

Auf Marias Frage reagierte sie zuerst nicht, zuckte dann mit den Schultern, als musste sie ein Gewicht abwerfen.

»Nein, dann hätte ich geholfen. Eher ein Mensch, von dem ich alles zu kennen geglaubt hatte. Auch – nein, vor allem seine Schwächen, seine Nachtseite.« Mit jedem Satz, jedem Erinnerungsstückchen wurde ihre Sprache klarer, wurden ihre Formulierungen präziser. Der Whisky kam nicht mehr zum Einsatz.

»Wir waren nicht glücklich, schon lange nicht mehr – er war es nie, das weiß ich jetzt.« Auch den Aschenbecher schob sie weit von sich. »Ich wusste, dass er kein guter Mensch war. Er war arrogant, gierig, ungerecht, egoistisch und hartherzig. Ich dachte, ein Kind würde ihn ändern, würde seine andere Seite zum Vorschein bringen. Ich wollte nicht zugeben, dass mein Vater recht hatte. Habe mir schöngeredet, dass jeder Mensch seine Schwachstellen hat.« Sie vergrub ihre Hände in die Ärmel ihrer Strickjacke. »Ich hab' Medizin studiert, um meinem Vater zu imponieren. Aber für meinen Vater blieb ich immer eine Enttäuschung.«

»Wollten Sie Ihren Mann bestrafen?« Maria wollte zurück zu Kaiser.

»Es ging nicht nur darum. Ich hätte mich trennen können,

mich scheiden lassen. Das Haus gehört mir. Mein Vater hat dafür gesorgt, dass Sven keinen Zugriff auf mein Erbe hat. Ich verdiene gut. Ich hätte vielleicht doch noch ein Kind haben können.«

Sie nahm indes wieder einen Schluck aus der Flasche. Ihr Blick tröpfelte durch Maria hindurch. Das Kinderthema war wohl nicht ohne Unterstützung auszuhalten.

»Jeden weiteren Tag meines Lebens hätte ich daran gedacht, was er mir genommen hat, und seinen faulen, stinkenden Fisch gefressen. Dazu hätte er nicht mal in meiner Nähe sein müssen. Bekäme ich jemals ein Kind, hätte es gelernt, sich zu fügen, wie ich gelernt habe, mich zu fügen.«

Beide Frauen schwiegen.

Dann ergriff Simone Kaiser wieder das Wort. »Zuerst wollte ich nur Zeit haben. Zeit zum Nachdenken und auch Zeit, in der er nachdenken konnte. – Nein, er sollte nicht denken, er sollte Angst bekommen.« Kaiser war konzentriert in der Vergangenheit. Maria fragte sich, ob sie es auch so befreiend fand, endlich darüber zu sprechen, was wirklich passiert war, wie sie bei ihrer Beichte bei Frau Grothus.

»Ich stellte mir vor, dass er aus seiner Bewusstlosigkeit erwacht und nicht weiß, wo er ist – retrograde Amnesie, ganz normal nach so einem Schlag. Es müsste dunkel sein und eng. Er hatte Angst im Dunkeln, müssen Sie wissen. Er fuhr nie Fahrstuhl, nicht weil er so sportlich, sondern weil er klaustrophobisch war. Daher kam seine große Leidenschaft für alle Natursportarten. Draußen sein, Platz haben, sich großräumig bewegen können, das war immer wichtig für ihn. Und dann fiel mir die Backskiste ein. An Kälte habe ich nicht gedacht, sie war ja nicht eingeschaltet. Erst als aus meiner heißen Wut Frösteln wurde, kam mir der Gedanke an die Kühlung. Eine Stunde, dachte ich, eine Stunde dunkle, enge Angst. Das ist wenig gegen fünfzehn Jahre kalten Betrugs.« Die Erinnerung zeichnete ein feines Glitzern in Simone Kaisers Augen. Rache war eben doch ein mächtiger Energiespender.

»Eine Stunde lang dachte ich also nach. Über seinen Betrug und meine Blödheit. Seine Frechheit und meine Feigheit. Seine Zielstrebigkeit und mein Zaudern. Die Stunde verging schnell. Dann wusste ich, dass ich es mir und dem Kind, das ich mir wünsche, schuldig bin, dass er stirbt. Eine weitere Stunde brauchte ich für den Plan. Den Plan, den Sie kennen. Der Plan, der so gut und sicher war, dass mein Kind und ich eine Chance hatten. Eine Chance, die vielfach größer wäre, als in den Jahren davor.«

Sie schwiegen beide. Maria war sich sicher, dass sie dasselbe vor sich sahen: ein strampelndes, vergnügt krähendes Baby.

»Es war noch immer nichts zu hören in der Kiste. Ich war unsicher, was mir lieber wäre: Ihn bereits tot zu finden oder …« Simone Kaiser stockte. »Als ich die Kiste öffnete, hatte ich das Paddel des Beibootes bereitgelegt. Aber er war schon tot. Hirnblutungen wahrscheinlich. Ich hatte den Schlag unterschätzt.«

Maria fragte nicht danach, ob Simone Kaiser ihren Mann wirklich erschlagen hätte. Sie fragte sich auch nicht selbst, ob sie diese Fassung glauben sollte. Es war nicht mehr wichtig.

Für Maria nicht und für Simone Kaiser nicht.

47. Wie eine Eule in der Nacht

Die intensive, beinahe intime Spannung zwischen den Frauen löste sich nach Simone Kaisers letzten Worten auf. Die Magie verschwand wie eine Eule in der Nacht: lautlos und schnell.

Sie sahen einander nicht an.

Beide spürten, dass eine Grenze überschritten worden war. Wie sollte es jetzt weitergehen?

Ein Schauer kroch Maria über Arme und Rücken. Sie zitterte, ohne zu wissen, ob wegen der Abendkälte oder der mitgefühlten Kälte in der Geschichte – oder Angst?

»Sie frieren. Kommen Sie, gehen wir rein.« Simone Kaiser stand auf und ging durch die Terrassentür ins dunkle Haus.

Maria zögerte. Sie konnte auf ihr Rad steigen und nach Hause fahren. Oder zur Wache nach Lesum. Oder von zu Hause mit der Kripo telefonieren. Wie sollte Frau Kaiser sie daran hindern?

Würde sie dann jemals erfahren, welche Rolle Ro Voss gespielt hatte? Hatte er mitgeholfen? Hatte er Maria bedroht, damit sie die Insel verließ?

Sie rief Pawlow aus den Büschen und beide gingen ins Wohnzimmer.

Simone Kaiser lag in Embryonalhaltung auf dem Sofa, die Hände am Gesicht.

Wut durchschoss Maria, ein bitter-saurer Geschmack stieg aus ihrer Speiseröhre auf. Zu gut kannte sie diese Haltung, diese verdammte Selbstaufgabe, diese feige Schwäche, die darauf baute, dass andere taten, was zu tun war. Und – schlimmer noch – da war ihr Impuls, fast ein Reflex, diese Frau zu beschützen, ihr zu versprechen, dass sie, Maria, sie retten würde ...

Marias Fingernägel krallten sich in ihren Unterarm. Der Schmerz knüpfte an all die Schmerzen an, die sie sich schon selbst zugefügt hatte, um sich nicht in anderen Menschen zu verlieren. Sie atmete scharf ein.

»Nein! Setzen Sie sich hin, wir sind noch nicht fertig.« Sie rüttelte Simone Kaiser an der Schulter. »Wie konnten Sie die Leiche transportieren? Hat Robert Voss Ihnen geholfen?«

Sie hatte den richtigen Ton getroffen. *Natürlich, bei deiner Erfahrung!*, flüsterte der Kritiker. *Bleib mir weg mit deinem Scheißzynismus*, schlug sie zurück.

Simone Kaiser setzte sich kerzengerade hin und schilderte sachlich, fast wie ein Protokoll, den Ablauf Samstag bis Montagfrüh.

Sie ließ die Leiche in der Kühlkiste, weil das die Feststellung des Todeszeitpunktes erschweren würde. Im günstigsten Fall käme man auf einen Zeitraum mindestens sechsunddreißig Stunden später, für den sie ein Alibi haben würde. Am Sonntag fuhr sie in der roten Segeljacke ihres Mannes, mit Mütze und Brille verkleidet nach Bremen und ließ sich absichtlich blitzen. Sie fuhr nach Hause, um die Reisetasche ihres Mannes auszupacken und seine Ankunft vorzutäuschen. Dabei hörte sie auf dem Anrufbeantworter die Nachricht von Tobias Rüter, wegen des Treffens. Diese Chance wollte sie nutzen. Sie fuhr mit dem Zug zurück nach Norderney. Im Trubel des letzten Ferienwochenendes fiel sie niemandem auf. Noch in derselben Nacht fuhr sie mit ihrer Jacht unter Motor nach Norddeich. Die Kühlkiste fierte sie mit Hilfe des Großbaums von Bord. So hatte es ihr Vater gemacht, um nach Angeltörns den Fisch frisch nach Hause zu bringen. Eine Sackkarre stand immer am Hafen bereit. Ihr eigenes Auto parkte dort in der Garage. Niemand sah sie mit der Kühlkiste, es war fast Mitternacht und der Osterurlaub für alle beendet. Im

Morgengrauen warf sie die Leiche mit der roten Jacke bekleidet nahe der Ritterhuder Schleuse ins Wasser. Sie hatte gehofft, dass sie sich im Schilf verfangen und erst viel später gefunden werden würde. Oder sogar gar nicht.

»Ich glaube, hier habe ich gemerkt, dass mein Plan nicht funktionieren würde. Es war alles so ungewiss. Was wäre gewesen, wenn Sven nie gefunden worden wäre? Ich hätte nur für die von mir vorgetäuschte Todeszeit nachweisen können, dass ich auf Norderney und nicht in Bremen war. Und dieser Schüler? Käme ich damit klar, wenn er tatsächlich für schuldig befunden würde? Am liebsten hätte ich Sven wieder rausgefischt und aufgegeben. Aber das ging nicht. Ich hätte alles verloren. Ich machte einfach nach Plan weiter, wie ein Automat.«

Maria nickte.

Simone hatte Kaisers Porsche vor dem Segelverein abgestellt und war zurück nach Norddeich gefahren. Als sie dann frühmorgens mit der Jacht ankam, hatte Ro hatte sie gesehen und sie später, nach dem Leichenfund, beiläufig danach gefragt. Sie sei kurz im Morgengrauen gesegelt, um den Urlaub mit einem Törn in das menschenleere Watt abzuschließen.

Erst von Maria hatte Simone von Ros Reinigungsaktion erfahren.

»Ich glaube, er wollte mich schützen und eventuelle Spuren beseitigen, falls ich tatsächlich …«

»Warum haben Sie das nicht selbst gemacht?«

»Ich war völlig antriebslos die nächsten Tage. Konnte nicht klar denken und wollte einfach nur abwarten, was kommen würde. Ro hat das erkannt und gehandelt, ohne mit mir darüber zu sprechen. Er würde Sie nie bedrohen. Er wollte mir nur helfen, niemandem schaden.«

Leider waren das alles nur Behauptungen.

Wer sollte sie sonst bedroht haben? War es nicht doch wahrscheinlich, dass Ro es gewesen war, um sie davon abzuhalten, hinter Simone herzuschnüffeln?

»Was werden Sie jetzt tun?«, fragte Maria. Sie wollte ihr keine Entscheidung abnehmen. Und schon gar nicht über Strafe oder Absolution nachdenken, zumal sie keine Reue bei ihr verspürte.

Simone Kaiser sah Maria eine Weile schweigend an. Dann sagte sie: »Das hängt von Ihnen ab. Ich glaube, man kann mir nichts nachweisen.« Eben noch schien sie einzuschlafen, jetzt lauerte sie auf Marias Reaktion wie eine Raubkatze auf ihre nächste Mahlzeit. »Ich habe Ihnen eine Geschichte erzählt. Ich war betrunken. Sie können zur Polizei gehen, ich werde alles leugnen.«

»Sie werden nicht damit leben können, Frau Kaiser. Kein Neubeginn mit einer Lüge.«

»Wer weiß schon, wozu Menschen fähig sind, bevor sie es tun. Jetzt, nachdem ich alles erzählen konnte, ist es leichter für mich. Ich danke Ihnen.«

48. Scheißaktion …

Ich werd sie stoppen, die blöde Schlampe. Sie soll ein für alle Mal die Finger von Tobias lassen.

Er geht zur Hintertür. Abgeschlossen. Schade, andererseits sind ein paar Scherben eindrucksvoller als eine unverschlossene Tür. Der Wintergarten ist die schwächste Stelle, das hat er schon beim ersten Besuch festgestellt. Komisch, dass die Lehrertussi sich nichts aus dem toten Huhn gemacht hat. Da sieht man's wieder: Spielt die große Tierfreundin, aber in Wirklichkeit ist ihr das Viehzeug schnurzegal.

Er wickelt sich seine Jacke um die Faust und schlägt die Scheibe ein. Erst die Plastiktüte mit den Überraschungen, dann er. Ein bisschen eng, aber er kann sich durchschieben. Gar nicht mal ungeschickt. Gehörst noch lange nicht zum alten Eisen, Hartwig. Ein schiefes Lächeln zieht seine Mundwinkel nach oben, während er sich an seine Jungenstreiche erinnert. Hat immer mal sein Taschengeld aufgebessert durch den Griff in die Zuckerdosen und Umschläge mit dem Haushaltsgeld der Nachbarinnen. Selbst schuld, wenn die so doof waren, ihn beim Verstecken zusehen zu lassen, wenn er ihnen die kleinen Einkäufe, die er für sie erledigte, brachte.

Vom Wintergarten geht er in die Wohnküche. Er schaltet die Taschenlampe ein. Natürlich: schmutziges Geschirr auf dem Herd. Der Tisch zur Hälfte voll mit Zeitungen, Büchern, Zetteln und Stiften. Auf dem Fußboden knäulen sich Hundehaare *zu Nestern. Saustall. Die braucht jemanden, der ihr zeigt, wie ein Haushalt zu führen ist. Hat Karina ja auch gelernt. Na ja, so lala. Ein paar Jahre ging's ganz gut.*

Das Papier bringt ihn auf eine Idee: Ein kleines Feuerchen würde sich gut machen. Tischfeuerwerk. Aber zuerst das Schlafzimmer, da sind seine Mitbringsel am besten untergebracht.

Der Inhalt des ersten Beutels landet im Bett. Er legt noch die Bettdecke auf den übel stinkenden Haufen und lässt die Tüte fallen. Uäääh, schnell weg hier. Neben dem Bett das volle Bücherregal – den offenen Kotbeutel kopfüber zwischen die Bücher. Zusammenschieben. Flutscht.

Er deponiert seine Fracht auch im Badezimmer, pfeffert Zahn- und Haarbürste in den Haufen und geht wieder nach unten in die Küche. Der Gestank bereitet ihm inzwischen heftige Übelkeit. Noch schnell einen Gruß auf den Küchentisch, mitten auf die an der Seite gestapelten Klassenarbeiten. Drei Beutel sind noch übrig, aber das ist ihm jetzt zu viel. Er muss raus hier. Er lässt sie auf den Küchenboden fallen und holt sein Feuerzeug aus der Tasche. Ein kleiner Scheiterhaufen, hihi, Scheiterscheißhaufen, das ist gut, auf dem Tisch. Nicht zu viel Papier, soll ja nicht die ganze Bude abfackeln. Obwohl ... Nein, das wäre unklug. Anzünden und ...

Verdammt, was ist das? Er lauscht angespannt. Tatsächlich, da jault ein Hund, kratzt an der Tür, ein Schlüsselbund klimpert. Raus hier! Er dreht sich abrupt um und will in den Wintergarten flüchten. Stattdessen rutscht er auf den hingeworfenen Kacktüten aus, sie platzen, er stürzt, schlägt mit dem Kopf auf die Tischkante und landet mit dem Gesicht in der ... »Scheiße«, *ächzt er noch, bevor er ohnmächtig wird.*

49. … mit sauberem Abgang

»Hey, Pawlow, was ist los?« Maria war alarmiert. Sie wollte nicht schon wieder eine abscheuliche Entdeckung machen. Schnell öffnete sie die Tür. »Darwin? Bist du da?« Ihre Stimme versagte fast. Pawlow stürmte sofort zur Küche. Er bremste vor dem Fremden ab und wurde steif vor Ekel und Missbilligung. Da war nicht nur ein Mensch in sein Revier eingedrungen. Nein, dieser Eindringling roch auch noch penetrant nach mehreren fremden Hunden, die hier absolut nichts zu suchen hatten.

»Was? Wie? Ääh.« Maria erfasste zunächst nicht, was sie da sah – und roch. Erst auf den zweiten Blick erkannte sie in dem verschmierten Gesicht die hageren Züge von Tobias' Vater. Wie war der hier hereingekommen? Was wollte der hier? Und warum war er so – beschissen?

»Herr Rüter?« Sie schüttelte ihn an der Schulter, nachdem sie sich vergewissert hatte, dass dort keine braunen Spuren waren. Rüter stöhnte. Sie schüttelte etwas heftiger. Rüter stöhnte lauter. »Herr Rüter, wachen Sie auf!« Er öffnete die Augen, bewegte die Lippen, schmatzte leise. »Uuuuäähx!«, machte er, dann beendete ein Schwall Erbrochenes jede willentliche Lautäußerung.

Erst eine halbe Stunde später war er in der Lage, einen zusammenhängenden Satz von sich zu geben. Bis dahin hatte er stöhnend, würgend, schnaufend eine Rolle Küchenpapier und viel Wasser in der Küche verteilt. Das Ergebnis war in keiner Weise befriedigend, nicht einmal ausreichend, aber Maria hielt sich mit Kommentaren zurück. Hier handelte es sich entweder um einen Fall von schwerer Trunkenheit, obwohl sie keinen Alkohol riechen konnte – in diesem Gestank wäre das wohl auch untergegangen. Oder Rüter war überfallen, misshandelt und hierhergeschleppt worden? Hatte es jemand auf Tobias abgesehen? Oder auf sie? Ging das auf Ennens Konto?

Sie stellte ein Glas Wasser vor Rüter auf den Küchentisch. Erst jetzt sah sie den Papierhaufen auf den Klausuren, der an einer Ecke verkokelt war. Noch ein Rätsel. »Also, erzählen Sie.« Da saß nicht der großspurige Vater, nicht der wichtige Prokurist, da baumelte ein verschrumpelter Egoballon. Alle Luft war raus.

Maria saß restlos erschöpft, aber gelassen und ruhig auf ihrer Bank im Garten.

Sie hatte die Informationen Bröckchen für Bröckchen aus Rüter herausgepult. Erstaunlicherweise ohne zu schreien, ohne ihn zu schlagen, zu treten oder mit seinem eigenen Hemd die Küche aufwischen zu lassen. Sie war rückwärts durch die Zeit gereist, durch Rüters verschwurbelte Fantasien über ihre Rolle bei Tobias' Entwicklung (»Sie sind an allem schuld, Sie haben ihn gegen mich aufgehetzt.«). War cool geblieben, als er den Mord an Hilly schilderte. Sie hatte sich nicht auf seine Versuche, sie zu manipulieren (Geld, Drohungen, Betteleien, mehr Geld) eingelassen. Hatte die ganze Zeit Pawlow neben sich gehabt. Mit gesträubtem Fell, knurrend ohne Pause. Wenn Rüter sie bedrängte, lauter wurde, zeigte Pawlow sein beeindruckendes Gebiss und Rüter wich zurück. Nein, sie wollte nicht, dass er seine restlichen Hinterlassenschaften im ersten Stock selbst beseitigte. Nein, er sollte auch seine Frau nicht zum Putzen schicken. Nein, sie würde das alles nicht für sich behalten, sondern der Polizei melden.

Ihr war bewusst, dass der schlaffe Ballon durchaus noch eine Gefahr darstellte. Aber sie fühlte sich sicher neben den zweiundvierzig Zähnen, inklusive vier Fangzähnen und der sogenannten Brechschere, den Reißzähnen.

Kein einziges Mal hatte sich das innere Team eingemischt. Sie war mit Pawlow allein gewesen und ohne Selbstzweifel. Vielleicht war ein beifälliges Raunen zu hören gewesen, als sie Rüter nach dem umfassenden Geständnis – von ihm unterschrieben – weggeschickt hatte: »Hauen Sie ab, waschen Sie sich und gehen Sie selbst zur Polizei. Das wird sicher strafmildernd bewertet.«

Zur Sicherheit informierte sie telefonisch Grothus.

50. Flamingomutation

»Hallo Patrick. Schön, dass es klappt mit dem Treffen.«
Patrick Meißner setzte sich Maria gegenüber.
Der Vater von Patrick Meißner war sehr zurückhaltend gewesen, als er Maria zurückgerufen hatte. Er hatte die Telefonnummer seines Sohnes nicht herausgeben wollen. Erst nach einigem Drängen hatte er ihr versprochen, seinem Sohn ihre Nummer zu geben. Sie hatte schon nicht mehr damit gerechnet, als Patrick doch zurückgerufen und ein Treffen vorgeschlagen hatte.
»Worum geht es denn? Mein Vater hat Lukas erwähnt.«
Aus dem staksigen Flamingo war ein Berglöwe geworden. Muskulös, geschmeidig, wachsam.
Er hatte sich einen Espresso von der Theke mitgebracht. Sah nach einem kurzen Gespräch aus.
»Lukas hat mir erzählt, dass Sie mit Kaiser und Ennen zu tun hatten.«
»Kaiser, Ennen, Lukas, was genau wollen Sie?«
Maria zählte auf: Kaiser tot, Verdacht gegen Ennen (ihr Gespräch mit Frau Kaiser ließ sie weg), Lukas' Infos zur Prostitution und sein Verschwinden.
»Läuft weg. Typisch. Blender und Fuchtler.«
»Sie boxen?«, fragte Maria viel zu schnell nach. Warum wechselte sie das Thema?
»Boxen, Muay Thai und MMA.« Daher der Staturwandel. »Musste sein. Hat mich gerettet.«

Also doch kein Themenwechsel, sondern Teil der Geschichte.

»Hat Lukas von seiner Rolle im System Ennen erzählt?«

Maria schwieg.

»Dachte ich mir. Wundert mich, dass er Ihnen geraten hat, mit mir zu reden. Er sollte wissen, dass er da nicht gut wegkommt. Oder er ist noch naiver, als ich dachte.«

»Er hatte Angst«, sagte Maria.

»Luke? Das wäre neu. Dazu fehlte ihm bisher die Vorstellungskraft. Ein Anfang immerhin.«

Beide waren neu in Bremen gewesen. Lukas pendelte von Thedinghausen und Patrick wohnte bei seiner Oma in Walle, die Eltern in Cloppenburg. Beide wollten sie weg von zu Hause und diese Schule war ein willkommener Vorwand.

Lukas war beliebt. Er schlief häufig bei Freunden, manchmal, wenn sich nichts Besseres fand, auch bei Patrick.

In der ersten Schulwoche hielt Kaiser eine lange Rede: Am Ende der Einführungsphase würde nur noch die Hälfte von ihnen an der Schule sein und in vier Wochen wisse er, wer das sein würde. Er sah jeden Einzelnen lange an – die Mädchen nur flüchtig – und jeder versuchte, an seinem Minenspiel abzulesen, wie seine Chancen standen. Er war Richter und Henker zugleich, kein Zweifel.

Nach kurzer Zeit gab es eine kleine Truppe von Gefolgsleuten, Schleimer oder Strategen. Kaiser sprach aber auch von sich aus Schüler an: Scheue, Einzelgänger, Jungs mit häuslichen Problemen. Wie Patrick. Woher Kaiser von den Problemen wusste, wie er spürte, wen er für sich einnehmen konnte, war unklar. Es klappte fast immer.

Patrick nahm er mit in seine Basketball-AG. Stellte ihn vor als Fahrkarte zum *Jugend-trainiert-Finale* in Berlin. Und Lukas als seinen Freund. Da hatte er Patrick gewonnen.

Später erfuhr Patrick dann, dass Kaiser Lukas beim Kiffen erwischt und mit dem Schulverweis gedroht hatte, wenn er sich nicht Patrick und ein paar anderen annehmen würde.

Zuerst sah es wie Fürsorge aus, dann ging es auch ums Kiffen, ein bisschen dealen, ein paar Fotos auf TikTok, Queerdating-Plattformen, spielerisch zuerst, dann ernster auf Accounts für Hobbypornos, auf denen Abonnenten Geld zahlten für Fußbilder und Ähnliches. Es war aufregend, so mit Sexualität zu experimentieren, im Internet präsent und gefragt und gleichzeitig anonym zu sein. Eine kleine Gruppe von Schülern schloss sich immer mehr zusammen und Kaiser war der Kristallisationspunkt. Er lenkte, zunächst so, dass alle dachten, sie seien auf ihrem eigenen Weg. Dann kam der Surfkurs auf Norderney. Natürlich mit allen aus der In-Group. Ganz schnell wurde klar, welche Möglichkeiten sich dort noch boten. Von der Arbeit im Service über einen Promotionsjob als Eye-Candy bis zur Prostitution. Alles einvernehmlich – zunächst. Dann wollte Patrick nicht mehr. Er fühlte sich zunehmend unter Druck gesetzt, mehr Geld heranzuschaffen – Ennen hatte ein Provisions- und Bonuszahlungssystem eingerichtet, das sich für manche als Schuldenfalle herausstellte. Ennen drohte damit, Patricks Vater zu informieren. Als streng katholischer Gemeindepfarrer wäre er erpressbar. Um zu funktionieren, kamen mehr Drogen. Schließlich bestahl Patrick seine Großmutter und floh nach Hamburg. Den Kontakt zum Vater und zu allen aus der Schule brach er ab. Harte Drogen, missglückter Entzug, zweite Runde, gerade so geschafft. Therapie, Sport als Ersatzdroge, Schulabschluss nachgeholt, Tischlerlehre, Coming-out, Kontakt mit dem Vater wieder aufgenommen. Ennen hatte tatsächlich versucht, ihn zu erpressen, der Vater war nicht darauf eingegangen, hatte den Kirchenvorstand informiert und war unterstützt worden.

Nach einem langen gemeinsamen Schweigen fragte Maria: »Warum haben Sie mich angerufen? Wollen Sie mir helfen, Ennen zu stoppen?«

»Nein«, sagte Patrick. »Ich wusste ja gar nicht, was Sie wollen und was Sie wissen. Ich wollte das alles erzählen. Hauptsächlich wohl mir selbst.«

»Es würde vielen helfen, wenn Sie damit zur Polizei gingen.«

»Nein. Für mich ist das zu früh und für meinen Vater wäre es zu viel. Ich brauche noch Zeit. Manche Schläge treffen einen selbst mehr als den anderen, wenn das Timing nicht stimmt. Sie wissen das.«

Er stand auf und ging hinaus, ohne sich noch einmal umzudrehen.

51. Gras wächst

»Das war's dann also?« Monja, die in den letzten Wochen ihr Rettungsanker geworden war, sah ungläubig zu ihr herüber. Sie hatte damals ihre Doktorarbeit über Gut und Böse im interkulturellen Diskurs geschrieben. Gerechtigkeit, Toleranz, Solidarität waren ihre Grundnahrungsmittel – neben zu starken Getränken und zu süßem Gebäck.

Maria saß auf der abgewetzten Bank in der Küche ihrer Freundin und drehte ihren Teebecher zwischen den Händen. Baklava, Knefe, Halawet el Jibn, alle Köstlichkeiten der libanesischen Konditorinnenkunst standen auf dem Tisch. Monjas Dackel Ludwig und Pawlow schliefen darunter. Die pure Idylle … »Was wird nun aus Frau Kaiser? Du bist nicht zur Polizei gegangen?«

Maria schüttelte den Kopf.

»Aber, sie ist eine Mörderin, oder?«

Achselzucken. »Mord, Totschlag, fahrlässige Tötung, Körperverletzung mit Todesfolge, unterlassene Hilfeleistung, wer kennt sich damit schon aus.«

»Aber, die Frau ist Ärztin … Soll sie einfach damit durchkommen?«

»Ich weiß nicht. Ich will das nicht entscheiden. Ich glaube aber nicht, dass sie das durchhält.«

»Schaust du da nicht weg? Sieht dir gar nicht ähnlich«, wand Monja ein.

»Ich überlasse das der Polizei. Und wie hat Scholz gesagt: Die Kripobeamten schlafen nicht auf Bäumen … Wenn Simone Kaiser tatsächlich weiter schweigt, kann ich immer noch Frau Grothus einen Tipp geben. Aber beweisen kann ich ja tatsächlich nichts.«

Beide pusteten in ihre Becher und tranken einen Schluck Tee. Viel zu schwarz. Normal bei Monja.

»Aber, dass Ennen einfach so davonkommt, kann ich kaum aushalten.«

»Warum hast du den eigentlich so gefressen? Du hast doch selbst gesagt, dass eure Schüler ganz froh über diese Verdienstmöglichkeit waren? Und sie sind zu nichts gezwungen worden. Du bist doch sonst kein Moralapostel.«

»Nein, freiwilliger Sex zwischen Erwachsenen ist nicht das Ding. Traurig, wenn er käuflich ist, aber nicht strafbar. So wie Brustvergrößerungen oder das Dschungelcamp.« Maria trank noch einen Schluck. »Die Schüler sind oder waren aber unsere Schützlinge, auch wenn sie volljährig sind. Sie sind uns anvertraut worden, da ist es verantwortungslos, sie zur Prostitution zu verleiten.«

»Das gilt aber nur für Kaiser.«

»Stimmt. Kaiser hat sie emotional abhängig gemacht, er war der Rattenfänger. Andererseits hat er sich wenigstens geweigert, Minderjährige für das Geschäft anzuwerben. Ennen ist ein anderes Kaliber. Laut Lukas will er noch jüngere Schüler anbieten. Das darf nicht passieren.« Maria stellte den Becher so hart auf den Tisch, dass der Tee überschwappte.

»Und die Polizei – schläft doch …?«

»Frau Grothus behält Ennen im Auge, das hat sie versprochen, als ich ihr von seinen Plänen erzählt habe. Aber sie haben noch niemanden gefunden, der die Vorwürfe bestätigt. Sie haben auch Gäste befragt, ob sie von Ennen erpresst wurden. Niemand will etwas über die Geschäfte gewusst haben. Ist ja klar, die haben eine Fassade zu verlieren. Deshalb reicht es nicht für einen begründeten Anfangsverdacht, geschweige denn für einen Durchsuchungsbeschluss. Es macht mich so unglaublich wütend, dass er jetzt nur eine Weile stillhalten muss und dann wächst Gras über seine Machenschaften, in dem er noch größere Schweinereien verstecken kann.«

»Hört sich falsch an«, gab Monja ihr recht. »Und die Grenze zwischen selbstbestimmter Sexarbeit und Zwangsprostitution ist aufgrund der vorhandenen Abhängigkeiten schwammig. Geld, Angst, Noten ...«

»Hm, und ich sitze hier und mache nix.« Maria wurde plötzlich schlecht und das lag nicht an der Teebrühe. »Nein. Das geht nicht«, entschied sie. »Ich weiß, wie ich Ennen drankriege.«

Der Plan, den sie Monja darlegte, war absurd. Viel zu riskant. Aber so sehr Monja auch argumentierte, es blieben am Ende immer zwei Möglichkeiten: Abwarten, bis Ennen tatsächlich den Missbrauch von Kindern organisierte – vielleicht an einem ganz anderen Ort? –, und hoffen, dass er irgendwann überführt werden könnte. Oder etwas wagen, was ihn hinter Gitter bringen könnte, noch bevor nur ein einziges Kind in einen solchen Albtraum gezerrt wird.

»Pawlow lasse ich hier bei dir. Noch mal halte ich die Sorge um ihn auf der Insel nicht aus.«

Marias Entscheidung war gefallen.

52. Tarantel im Schwertfisch

»Der Tarantelnebel ist eine riesige Sternbildungsregion in der Großen Magellanschen Wolke, im südlichen Sternbild Schwertfisch, ungefähr einhundertsiebzigtausend Lichtjahre entfernt von der Erde; er ist die größte und heftigste Sternbildungsregion, ein riesiger Haufen, R136 genannt, der einige der größten, heißesten und massereichsten Sterne enthält, die wir kennen.« Maria stoppte ihr Gemurmel und lauschte. Nichts. Seit mindestens einer Stunde war kein Geräusch im Gebäude zu hören gewesen. Sie beschloss, noch einmal eine halbe Stunde auszuharren, um sicherzugehen, auch wenn ihre Beine längst eingeschlafen waren und ihre Nerven ihr immer wieder schleichende Schritte, leises Türenöffnen, Atmen direkt neben ihr in der engen Kabine vorgaukelten. Sie versuchte sich weiter abzulenken, indem sie zusammensammelte, was sie auf der Bahnfahrt über den Tarantelnebel gelesen hatte. Das Foto des Weltraumteleskops Hubble hatte sie fasziniert. »Weitere Regionen mit massereichen jungen Sternen finden sich in spinnenförmigen Ausläufern, denen der Nebel seinen Namen verdankt …«

Als sie vom Klodeckel hinuntersteigen wollte, sie hatte eine Weile darauf gehockt, verweigerten ihre Beine zunächst den Dienst. Sie sackte zu Boden. Vielleicht war es auch die Angst, die erst jetzt ihren Körper durchflutete und ihn lähmte. Zu spät. Vernunft hätte noch bis vor zwei Stunden wirksam sein können, als sie sich kurz vor Feierabend in die Damentoilette der Surferlounge geschlichen und sich in ihrem Versteck eingerichtet hatte. Zuerst hatte sie alle Tiere, die auf Norderney vorkamen oder zumindest vorkommen konnten, memoriert. Mit allen Details, die sie kannte, war sie die erste Stunde gut beschäftigt gewesen. Als sie das Gefühl bekommen hatte, sich zu wiederholen, hatte sie das Watt mit einbezogen. Wieder hatte sie einsehen müssen, dass sie zu wenig über Meeresgetier wusste, und war schließlich beim faszinierend leuchtenden Tarantelnebel gelandet, der ihr die letzte halbe Stunde in der totalen Finsternis der fensterlosen Kabine erhellt hatte.

Nach ein paar zag- und schmerzhaften Bewegungen und einem vorsichtigen Ausschütteln waren ihre Beine wieder halbwegs einsatzbereit. Maria tastete nach der Tür, entriegelte das Schloss und drückte die Klinke lautlos hinunter. Der Vorraum war ebenfalls vollkommen dunkel. Ihr Herz pochte. Was, wenn hier im Dunklen schon jemand auf sie wartete? Was, wenn jetzt eine Hand ihren Mund umschlösse ... *Stopp! Atme. Breite die Arme aus. Ertaste die Tür.* Selten war sie so froh über die klaren Anweisungen der Kriegerin gewesen. Da war die Tür. Niemand stand zwischen ihr und dem Flur. Noch langsamer und vorsichtiger öffnete sie die Tür einen Spalt weit. Für einen Moment wurde sie vom Mondlicht geblendet, das durch die Glastür des Ausgangs fiel. Dann konnte sie über den Flur und in den Gastraum sehen, der dank des Vollmonds und der großen Fensterfront fast taghell war. Das hatte sie gar nicht erhofft. Sie brauchte keine Taschenlampe, die sehr auffällig gewesen wäre. Glück gehabt.

Die Glückssträhne hielt an: Der Büroschlüssel hing tatsächlich am Haken hinter dem Tresen. Beinahe entspannt schloss sie auf. Diesmal quietschte es etwas, als sie eintrat. Sie hielt inne. Nichts. Schnell ging sie zum Fenster und schaute über den Strand und zu den Containern. Alles war ruhig. Ein Blick auf die Uhr auf Ennens Schreibtisch zeigte ihr, dass sie mit ihren Schätzungen richtig gelegen hatte: Es war inzwischen halb drei. Auch eine lebendige Insel wie Norderney schlief kurz vor dem Ende der bei den Seeleuten ungeliebten Hundewache. Sie hatte also mindestens drei Stunden Zeit, bis die Reinigungskräfte kämen. Sie hoffte, dass sie immer bei den Toiletten begannen und sich dann von der Küche aus durch die Räume arbeiteten. So hatte sie es verstanden, als sie die beiden Frauen auf der Treppe gehört hatte. Routinen erleichtern die Arbeit – und wenn nicht, würde sie einfach etwas von eingeschlossen sagen und weggehen. Bisher lief ja alles gut, warum sollte es nicht so bleiben? Monja hatte mit ihren Bedenken und schlimmen Szenarien übertrieben, ganz eindeutig.

Mit Zuversicht öffnete sie die zweite Schublade von oben, in der sie die Briefe an und von Schulen gesehen hatte: frische Briefumschläge und leere Papierbögen. Maria griff unter den Stapel: nichts. Die nächste Schublade: Pfefferminzbonbons, angebrochene Schokoladentafeln, eine Tüte Lakritz. Vielleicht doch die oberste? Das schon bekannte Sammelsurium von Büromaterial. Sie schloss kurz die Augen. Was jetzt? Auf der linken Seite gab es offene Fächer mit Aufschriften: Kurstermine, Quittungen, Rechnungen, Verträge. Sie fing unten bei den Verträgen an, fand aber nur Vordrucke für Surfkurse und Standardarbeitsverträge. Auch die anderen Rubriken waren uninteressant. Ennen hatte potenziell belastenden Papiere weggeräumt. Er hatte vorgesorgt, falls die Polizei doch eine Durchsuchung machen würde.

War das Ganze hier also umsonst?

Irgendwas wird er übersehen haben, redete Maria sich zu. Sie hatte ja noch Zeit, die würde sie nutzen.

In einer Ecke des Raumes stand ein kleiner Rollcontainer aus Metall. Den hatte sie beim ersten Besuch nicht beachtet.

Alle Schubfächer waren mit einem Zentralverschluss gesichert. Das hatte garantiert einen Grund. Maria sah sich das Prinzip an: Eine Stange mit einem Schloss ganz oben blockierte die Fächer. Wenn sie diese Stange hochhebeln könnte oder das Schloss mit etwas anderem auffummeln … Beides schien ihr eher etwas für die toughen Ermittlerinnen in Fernsehkrimis zu sein. Oder den Schlüssel finden. Das wäre ihre erste Wahl.

Wo würde man so einen Schlüssel verstecken? Der Container musste schnell geleert werden, wenn die Polizei käme. Ennen könnte den Schlüssel also immer bei sich tragen. Aber er traute sich da ja selbst nicht, sonst hätte er auch den Büroschlüssel mitgenommen. Am Tresenhaken hatte weiter nichts gehangen. Also hier im Büro. Traditionell kleben die Filmbösewichte Schlüssel und Passwörter immer unter eine Schreibtischschublade. Also … Nichts. Wäre ja auch zu einfach gewesen. Im Blumentopf? Keine Pflanzen auf der Fensterbank. Maria setzte sich auf den Drehstuhl und gab sich Anschwung. Das Zimmer sauste um sie herum. Bei jeder Drehung blitzte ein knalloranger Fleck auf. Das Bild. Das einzige Dekorative im Raum: ein kitschiger Sonnenuntergang vor einem glitzernden Strand und schäumenden Wellen. In der Bildmitte trug ein gut gebauter Schönling sein bunt bemaltes Surfbrett zum Wasser. Seine blonden langen Haare schimmerten golden. Puh. Verständlich, dass sie bisher immer daran vorbeigesehen hatte. Dieses Machwerk war auf Leinwand gemalt und auf einen Holzrahmen aufgezogen. Sie erhob sich und ging zu dem Ding. Dahinter musste ein Hohlraum sein, groß genug für einen Schlüssel. Vielleicht würden sich sogar Dokumente dahinter …

»Das dachte ich mir, dass Sie nicht nachlassen. Ich hätte sogar gewettet, dass Sie den Schlüssel finden, bevor ich hier bin.«

Marias Herz setzte einen Schlag aus. Mit lautem Krachen landete das schwere Bild, das sie gerade von der Halterung gehoben hatte, auf den Boden. Sie fuhr herum. Ennen! Er lehnte gegen den Rahmen der Bürotür.

»Macht nichts. Ich kann das Ding sowieso nicht leiden. Ich habe es ja nur für Sie aufgehängt. Sollte Sie beschäftigen. Genau wie der hübsche kleine Aktenschrank dort.«

»Was? Ich verstehe nicht …«, bekam Maria nur mühsam heraus. Ennen beiseiteschubsen und wegrennen war keine Option. Er hatte nun beide Arme in den Türrahmen gestemmt. Sie musste ihn erst mal zum Reden bringen.

»Oh doch, Sie verstehen nur zu gut. Sie sind in die Falle getappt.« Er sah so zufrieden aus, beim Lächeln entblößte er seine Zähne. Ein Prädator, ein Organismus, der einen anderen zum Zweck der Nahrungsaufnahme nutzt und dabei meist tötet. Maria spürte in diesem Moment genau, wie sich die Beute eines solchen Raubtieres fühlt.

»Kommen Sie, ich zeige Ihnen, was Sie gefunden hätten, wenn Sie schneller gewesen wären.« Er kam zu ihr, zog einen Schlüssel aus dem Spalt zwischen Stoff und Holzrahmen heraus, gab ihn ihr und achtete dabei darauf, immer zwischen der Tür und ihr zu bleiben.

Er wies auf den Rollcontainer. »Gleich in der ersten Schublade.«

Maria ging hinüber und schloss den Schrank auf. In der obersten Schublade lag – ihre Sonnenbrille.

»Das war ein sehr dummer Fehler. Aber: vielen Dank dafür. So konnte ich alles für Sie vorbereiten.«

»Was meinen Sie?« Zeit gewinnen, dachte Maria. Gab es etwas im Raum, das sie als Waffe benutzen konnte?

»Die Alarmanlage hier im Büro, zum Beispiel. Nagelneu. Praktisch, so ein stiller Alarm zu mir nach Hause.« Ennen leckte sich über die Lippen, als hätte er seine Zähne schon in ihren Hals geschlagen, als könnte er schon ihr Blut schmecken. Maria fühlte, wie eine Lähmung sich in ihr breit machte. Es war vorbei. Es hatte keinen Sinn mehr.

Spinnst du jetzt völlig?, brüllte die Kriegerin, die mit Gesichtsbemalung, Schwert und Schild plötzlich vor ihr stand. An ihrer Seite die Bärin. Beide ignorierten Ennen. Sie fixierten Maria und traten noch näher heran. *Es ist erst vorbei, wenn es vorbei ist!* Sie atmete den satten, schweren Geruch der Bärin ein und spürte die Hitze der Kriegerin an ihrer Seite. Die Kraft der beiden floss in ihre Arme und Beine, verdrängte die Lähmung, breitete sich im Rumpf aus, erreichte ihr Herz, stieg zum Kopf hinauf. »Es ist erst vorbei, wenn es vorbei ist«, sagte Maria und sprang mit all der Energie, die sie wiedergefunden hatte, auf Ennen zu und stieß ihn beiseite. Sie stürzte aus dem Büro durch den Gastraum in den Flur, zum Ausgang.

Dort erst erkannte sie, warum der Flur noch dunkler war als vorhin: Ennens Schläger standen vor der Tür wie schwarze Engel vor dem Paradies. Ohne einen Laut von sich zu geben, fingen sie Maria mit einem Tuch ein und wickelten es um sie herum. Sie konnte sich nicht bewegen, nur ihr Kopf war frei. Sie schrie auf – und hatte im nächsten Moment einen mit Salzwasser getränkten Knebel im Mund. Nur mit Mühe konnte sie durch die Nase atmen, während ihr Wassertropfen in den Rachen liefen und einen heftigen Würgereiz auslösten.

Ennen lachte hinter ihr. »Wie schon gesagt: Ich habe mich vorbereitet, Frau Brehm.«

53. Keine Fragen mehr

»Sie gehen jetzt schwimmen, Frau Brehm. Unvernünftig weit hinaus.« Ennen wedelte tadelnd mit dem Zeigefinger. »Wahrscheinlich wird Ihre Leiche nie gefunden. Und falls doch: Spuren wird man keine finden. Das Segeltuch hinterlässt keine Druckstellen.« Er grinste. »Und nun, liebe Frau Brehm, kommen wir zum Ende. Nicht dass uns noch ein Frühschwimmer in die Quere kommt.«

In Marias Kopf rauschte es. Oder waren das die Wellen?

Sie zogen ihr die Schuhe aus. Informierten sie, dass sie ihr die Kleidung erst ausziehen würden, wenn sie schon ertrunken sei. »Keine Sorge, wir sind nicht weiter an Ihnen interessiert.« Maria sah Ennen bei seinen zynischen Erklärungen nicht an. Er sollte nicht der Letzte sein, den sie im Leben sah.

Dann wurde sie von seinen Helfern hochgehoben und nach unten zum Strand getragen. Sie hielt die Augen fest geschlossen und rief sich Erinnerungen an Pawlow und Darwin auf. Sie würden es bei Monja gut haben, das wusste sie. Schade, dass sie Felix nicht mehr sehen würde.

Die kalte See kroch zwischen die Segelschichten. Noch war ihr Kopf oben, aber sie wusste, dass sie gleich unter Wasser gedrückt werden würde. Sie öffnete die Augen, um noch einmal den Himmel zu sehen, den Tarantelnebel womöglich, bevor …

»Es ist vorbei, Frau Brehm.« Ennens Stimme kam vom Strand.

Nein!, schrie es in ihr. Alle ihre Muskeln spannten sich an.

Es ist erst vorbei, wenn es vorbei ist! Maria krümmte sich in ihrem Kokon mit aller Kraft und stemmte ihre Füße fest in den Grund. Sie schaffte es, sich halb aufzurichten. Der Mann, der sie am Oberkörper gehalten hatte, war überrascht, und das Segel schlüpfte ihm aus den Händen. Bevor die drei Kerle die Lage erfassten, schnellte sie mit einem delfinartigen Sprung ins Tiefere. Sie riss sich den Lappen aus dem Mund und wand sich aus dem Tuch, nur noch die Füße steckten fest. Fast geschafft, sie würde schwimmend entkommen! Dachte sie. Aber beide Helfer hatten sich zu schnell orientiert. Der eine riss ihre Beine nach oben. Kurz konnte sie sich mit den Armen hochdrücken und bekam wieder Luft, dann schwappte eine Welle über sie und der andere Mann trat ihr die Arme weg. Sie schluckte Salzwasser, versuchte verzweifelt den Kopf über Wasser zu bekommen.

Unmöglich.

Vorbei.

»Halt! Sofort aufhören!«

Die Griffe hatten sich plötzlich gelockert, sodass Maria sich losreißen konnte. Die ferne Stimme hatte sie gehört, als sie gerade gierig nach Luft geschnappt hatte.

Monja? Das konnte doch nicht …

Maria konnte sich aus dem Segel herauswinden und tauchte, so weit sie mit den letzten Reserven konnte, weg von den Männern.

Als sie auftauchte, blinkte und blitzte es am Strand blau. Ein Polizeiwagen und ein Notarztwagen standen neben der Nordsee-Lounge, die Alarmsirenen heulten, Männer schrien. Sie versuchte, das Geschehen zu erfassen, als eine Person durchs Wasser auf sie zukam. Noch bevor sie *flüchten oder kämpfen* denken konnte, stürzte Monja ihr in die Arme, weinte und schimpfte gleichzeitig los: »So etwas unglaublich Dämliches, nie wieder! Ich dachte, dass sie dich … wusste nicht, was, ach, verdammt noch mal!«

Maria und Monja wateten an den Strand und ließen sich in den Sand fallen. Maria hielt sich an Monja fest oder die sich an ihr oder – egal.

54. Es ist vorbei

»Hast du wirklich gedacht, dass ich dich diesen Scheiß allein machen lasse?« Monja schüttelte den Kopf über ihre Freundin.

»Aber wo hast du denn Pawlow und Ludwig gelassen? Und wer füttert Darwin und die Hühner?«

»Na, wenn du sonst keine Sorgen hast, nachdem man dich gerade fast ermordet hat«, wieder schüttelte sie den Kopf und versuchte gleichzeitig einen Schluck Kaffee aus dem Pappbecher zu trinken. Das gelang nur mäßig gut. »Wenn es dich beruhigt: Meine Schwester ist bei mir zu Hause und managt das.«

»Hmm, danke, Monja.«

Erst jetzt merkte Maria, dass sie einen Becher in den Händen hielt. Heiße Flüssigkeit war darin.

Plötzlich kippte die überdrehte Stimmung und Maria zitterte. Der Boden schien unter ihren Füßen wegzurutschen. Kaltes Wasser nahm ihr den Atem und sie hörte wieder: *Es ist vorbei, Frau Brehm.*

Sie saßen schon eine Weile auf der Polizeistation von Norderney. Zwar hatten sie trockene Kleidung, Decken und den Kaffee bekommen, aber sie wollten endlich weg von hier.

Nach weiteren zwei Stunden hatten sie ihre Aussagen gemacht und darauf bestanden, zur ersten Fähre gebracht zu werden. Die Inselpolizisten hätten Maria lieber für einen Tag im Norderneyer Krankenhaus zur Beobachtung gesehen, aber da sie unverletzt war – das Segel hatte seinen Zweck erfüllt – und mit

Monja eine Krankenschwester an ihrer Seite hatte, brachte man beide zur Fähre.

Unterwegs erzählte Monja, dass sie mit demselben Zug gefahren war wie Maria und ihr zur Surferlounge gefolgt war. Sie hatte sich in den Dünen versteckt, sodass sie den Eingang im Blick behalten konnte. Die Zeit war lang, sie musste eingeschlafen sein. Als sie wach wurde, kamen gerade drei Männer mit einem länglichen Paket heraus. Irgendwas war da mehr als faul, das wusste sie. Sie rief die Polizei an, flüsterte etwas von Überfall und Mord. Sie schlich sich so nah wie möglich heran und filmte die Vorgänge. Erst als sie Ennen sagen hörte: *Es ist vorbei, Frau Brehm*, war ihr klar geworden, dass Maria in dem Paket gesteckt hatte.

Noch während sie darüber diskutierten, ob es richtig gewesen war, dass Monja sich selbst so in Gefahr … schlief Maria ein.

55. Tschüss, Lisa

Seit sie am Mittag von der Schule heimgekommen war, saß Maria in der Küche und starrte vor sich hin. Sie hatte versucht, die Zeitung zu lesen, gab es aber schnell wieder auf. Wieso sollte sie wissen, ob DJ Bobos erste Frau jetzt eine Dance Academy betrieb oder warum der DAX auf einen neuen Höchstwert gestiegen war? Nicht einmal die lokalen Nachrichten interessierten sie: Zum dritten Mal in sechs Jahren bereitete der Investor der Bausünde Markthalle einen Neustart vor … Weg mit dem Scheiß. Ihr Gedankenkarussell zu stoppen, klappte sowieso nicht. Immer wieder gab es den Impuls, Ro Voss anzurufen, und immer wieder rief sie sich selbst zurück. Sie wusste nicht, ob sie ihm trauen konnte. Sie war wie ein Meerschweinchen: ein scheues Fluchttier, dessen Vertrauen langsam wächst. Lieber tief im sicheren Bau verstecken.

Sie hatte dem Kühlschrank den Rücken zugedreht. Nicht, dass die Lebensliste wieder so schlaumeiernd daherkam. Auf das Stichwort *meier* hätte sie schon wieder weinen können. Stattdessen schlug sie mit der flachen Hand auf den Tisch. Darwin schreckte vom Nachbarstuhl hoch und sauste mit gesträubtem Schwanz aus der Küche.

Als das Telefon klingelte, wollte sie nicht rangehen. Aber vielleicht gab es Änderungen im Prüfungsplan? Die Pflicht siegte.

»Maria, hier ist –«

»Hallo Lisa.« Maria schloss die Augen. Jetzt nicht auch noch aus dieser Richtung eine Watsche.

»Du, Felix hat sich so sehr gefreut, dass du da warst, und jetzt will er dich unbedingt besuchen. Pawlow, Darwin, die Hühner, sein Zimmer und so.« Mit jedem Wort fiel Maria ein Steinchen von der Seele.

»Ja gern, ich freue mich, wenn ihr kommt«, piepste sie.

»Nein, ich ... also, ich habe gemerkt, dass ich das noch nicht kann. Versteh mich nicht falsch, es ist alles okay mit Alex und so, aber ... Na, jedenfalls wollte ich dich fragen, ob es geht, dass Alex ihn dir bringt und am nächsten Tag wieder abholt. Felix wäre so glücklich, wenn er bei dir übernachten könnte«, dämpfte Lisa Marias Höhenflug. Aber Felix *und* Lisa, das wäre ja auch fast nicht auszuhalten gewesen.

»Ja, ist gut, ich bin nur gerade im Abi, also tagsüber viel weg. Vielleicht am Wochenende oder nach den Prüfungen? Dann fällt einiges aus.«

»Nächste Woche also?«

»Das ist gut.«

»Ich ruf dich an.«

»Ja, mach das.«

»Also bis dann, tschüss.«

»Tschüss, Lisa.«

Maria hüpfte die Treppe hoch. Sie würde Felix' Zimmer mit Tierpostern und einem Sessel gemütlicher machen. Ein Bett gab es nicht, aber Felix würde die Isomatte und den Schlafsack cool finden!

56. Meierwetter

Die Sonne schien schon über die Bäume auf den Admiral-Brommy-Weg, obwohl es noch vor sieben war. Es würde ein heißer Tag werden. Maria hatte nur zwei Stunden. Jetzt, nachdem alle Prüfungen vorbei waren, konnte sie im Garten die letzten Klausuren korrigieren. Sie freute sich auf ruhigere Zeiten und viele Badetage in der Lesum. Ihre Freude am Wasser war trotz allem ungetrübt. Ennen und seine Männer hatten ihr das nicht nehmen können.

Kaiserwetter hatte ihre Oma es immer genannt, aber Maria dachte lieber an Meierwetter, als sie langsam durch den Park fuhr. Sie war früh dran und hing ihren Gedanken nach, während Pawlow auf der Suche nach dem Abenteuer von heute war.

Der Besuch von Felix war kurz, aber sehr schön gewesen. Sie hatten einfach nur die Nähe zueinander, die Tiere und den Garten genossen. Mehr brauchten sie nicht. Viel zu früh hatte Alex Felix am nächsten Tag wieder abgeholt.

»Bis bahald, Meier«, hatte Felix aus dem Fenster gerufen und gewinkt, bis der Wagen um die Ecke gebogen war.

Frau Grothus hatte sie gestern angerufen und erzählt, dass der Kinder- und Jugendnotdienst bei Rüters eingeschaltet sei. Sie habe selbst an einem Gespräch mit der Leiterin und der Mutter von Tobias und Lidia teilgenommen. Wahrscheinlich werde Lidia noch in diesem Monat in eine betreute Wohngemeinschaft ziehen können.

Herr Rüter sei seit seiner Festnahme in stationärer Behandlung. Ein Nervenzusammenbruch, also eine akute Belastungssituation oder eine akute vorübergehende psychotische Störung. Genaueres war ihr nicht bekannt.

»Und was ist mit Tobias' Missbrauchsvorwurf?«, fragte Maria.

»Für sexuelle Übergriffe auf Lidia wurden in Untersuchungen und bei einer Befragung durch eine Psychologin keine Hinweise gefunden.«

»Aber Lidia war doch zuletzt so still geworden, hat Tobias erzählt.«

»Die Psychologin geht davon aus, dass die von Tobias geschilderten Rückzugssymptome eine Reaktion auf multiple Überlastung sind. Die Erkrankung der Mutter, die Probleme zwischen den Eltern und zwischen dem Vater und Tobias sowie Tobias' Auszug.« Grothus hatte sich angehört, als zitiere sie direkt aus dem Gutachten.

»Hm, klingt nachvollziehbar. So viele Baustellen auf einmal sind für jeden Jugendlichen zu viel. Vielen Dank für ihren Anruf, Frau Grothus.«

»Gern geschehen, Sie müssen es ja nicht an die große Glocke hängen, von wem Sie die Infos haben.«

Am Denkmal für Admiral Brommy watschelte gerade eine Entenfamilie vom kleinen See in Richtung Lesum. Eins, zwei, drei, vier schon recht große Küken folgten in gerader Linie der stolzen Mutter. Sie hatten es also tatsächlich alle geschafft.

Maria hielt Ausschau nach der Bisamratte – dem Bisam, richtiger gesagt. *Ondrata zibethikus*. Irgendwann würde sie ihr Foto schon noch bekommen.

Nachbemerkung

Dieser Kriminalroman ist eine Fiktion.

Das Mies-Roland-Schulzentrum und die geschilderten Personen entspringen meiner Fantasie. Ähnlichkeiten sind unvermeidlich, aber rein zufällig. Konflikte, Probleme, Schrulligkeiten und Fehler kommen in Schulen ebenso vor wie an anderen Orten der Begegnung. Gleiches gilt für gutes Miteinander, Lösungen, Herzenswärme und Professionalität. Das thematisierte Spannungsfeld im Umgang mit Kindern und Jugendlichen zwischen Instrumentalisierung und Idealisierung ist leider Realität. Die manchmal dramatischen oder tragischen Folgen führen in unseren Schulen vermehrt zu Herausforderungen, die die Grenzen pädagogischer Möglichkeiten sprengen.

Die Insel Norderney existiert zum Glück wirklich und hat mir während meiner Recherchen und einiger Schreibaufenthalte wunderbare Zeiten beschert. Die Schauplätze in diesem Kriminalroman und vor allem die weniger netten Gestalten sind frei erfunden.

Übrigens ist mir bei meinen häufigen Bädern in der Lesum noch nie eine Leiche begegnet und ich bin sicher, dabei wird es auch bleiben.

Einen Husky-Wolf-Mix wie Pawlow gab es tatsächlich. Es war eine Hündin, die mich achtzehn Jahre lang begleitet hat und von der ich gern gelernt hätte, zu laufen, wenn ich laufe, und zu sitzen, wenn ich sitze …

URSULA PICKENER lebt und arbeitet als freiberufliche Autorin in Bremen. Die ausgebildete Bauingenieurin studierte Architektur, später dann Deutsch, Sport, Psychologie, Kunst und Behindertenpädagogik. Viele Jahre war sie an einem Schulzentrum als Lehrerin, Mediatorin und Beraterin tätig. Sie schreibt Prosa und Lyrik und veranstaltet Lesungen in Kooperation mit Künstler*innen – oft an ungewöhnlichen Orten. 2019 erschien ihr erster Kriminalroman »Utopia war gestern« (Fehnland Verlag).
Ursula Pickener ist Mitglied im Verband deutscher Schriftsteller*innen sowie im Bremer Literaturkontor und gehört den »Mörderischen Schwestern« an.